KB055851

만년 만에 귀환한 플레이어

나비계곡 퓨전 판타지 장편소설

WISHBOOKS FUSION FANTASY STORY

만 년 만에 귀환한
플레이어 11

나비계곡 퓨전 판타지 장편소설

초판 1쇄 찍은 날 | 2020년 05월 22일
초판 1쇄 펴낸 날 | 2020년 05월 29일

지은이 | 나비계곡
펴낸이 | 권태완 우천제

기획 | 위시북스
편집책임 | 한준만
편집 | 위시북스

펴낸곳 | (주)케이더블유북스
등록번호 | 제25100-2015-43호
등록일자 | 2015. 5. 4
KFN | 제2-35호

주소 | 서울시 구로구 디지털로31길 38-9, 401호
전화 | 070-8892-7937 팩스 | 02-866-4627
E-mail | fantasy@kwbooks.co.kr

ⓒ나비계곡, 2019

ISBN 979-11-293-5541-6 04810
        979-11-293-3914-0 (set)

※ 파본은 구입하신 서점에서 교환하여 드립니다.
※ 저자와 협의하여 인지를 붙이지 않습니다.
※ 이 책은 케이더블유북스와 저작자의 계약에 의해 출판된 것이므로 무단 전재 및 유포,
   공유를 금합니다.
※ 이 도서의 국립중앙도서관 출판시도서목록(CIP)은 서지정보유통지원시스템 홈페이지
   (http://seoji.go.kr)와 국가자료공동목록시스템(http://www.nl.go.kr/kolisnet)에서
   이용하실 수 있습니다.

만년만에

귀환한 플레이어

만년

나비계곡 퓨전 판타지 장편소설

WISHBOOKS FUSION FANTASY STORY

11

Wish
Books

만년만에 귀환한 플레이어

CONTENTS

· 1장 ·
미쳐 돌아가는 상황

"솔직히 말해서, 깜빡 잠들어 버렸다.

마기 제어력을 올리기 위해 쉬지 않고 수련을 거듭한 결과, 우려했던 이상으로 피로가 겹치게 된 것. 그리고 새하얀 빛의 기둥을 만들어 마물들을 쓸어버리는 김시훈의 모습을 보고는 '아, 뭐 저 정도면 알아서 하겠네'라고 안심한 것도 사실이다.

그런데.

'뭐야 이건.'

밀어닥치는 수마(睡魔)를 이기지 못하고 눈을 감은 것도 잠시. 몸이 어딘가로 빨려드는 감각에 눈을 뜨니 눈앞에 이해할 수 없는 광경이 펼쳐져 있었다.

"으응?"

칼기아는 당황스럽다는 표정으로 강우를 바라보았다.

예언의 악마라고 하기엔 그냥 취직 못 한 백수나 다름없는 모습. 위엄이라고는 눈을 씻고 찾으려야 찾을 수 없었다.

"설마 소환이 잘못된……."

그는 잠시 복잡한 표정으로 중얼거리다가, 이내 고개를 저었다.

'분명 지옥의 서에 쓰여 있는 대로야.'

맥주와 팝콘을 양손에 든 채 소파에 누워 있을 거라고는 상상조차 못 했지만, 외형적인 것만 보면 '지옥의 서'에 적힌 그대로가 맞았다. 날카로운 눈매를 가진 인간의 모습.

'바로 저분이.'

만 년 만에 모든 지옥의 역사를 갈아치우며 악마의 정점에 오른 괴물. 악마의 악마이자, 지옥의 지옥이며, 포식자의 포식자. 마기의 바다를 품고, 수백 가지의 권능을 다루며 모든 대공을 무릎 꿇게 한.

'예언의 악마.'

칼기아는 고개를 끄덕였다. 겉모습은 중요치 않았다. 그가 연구했던 예언의 악마와 마왕의 조건은 완전히 일치했다. 이번 소환도 마왕이 지닌 마해를 추적하여 불러들일 수 있도록 악마교가 수천 년간 쌓아 올린 모든 재물과 재화를 쏟아부었다.

'실패할 리가 없다.'

모든 것이 철저한 계산 아래 이뤄진 소환이었다.

"아아!"

칼기아는 무릎을 꿇었다.

"예언의 악마시여!!"

"뭐?"

자신을 예언의 악마라 칭하는 칼기아의 외침에 강우가 두 눈을 부릅떴다.

"그게 무슨 개소……."

"그대가 강림할 이 순간을 고대하고 있었습니다!!"

"뭐, 이 새끼야?"

"전 모든 진리를 알았습니다! 사탄이 옹졸하게 감추고 있던 지옥의 진실을 깨달았습니다! 자! 이것을 보십시오! 당신의 진정한 정체가 담긴 책입니다!"

"씨바, 잠깐만."

강우의 눈이 떨렸다. 칼기아가 들어 올린 검은 표지의 책. 그건 분명 리리스가 자신과 만나기 전에 지옥의 진실을 악마교에게 전파하겠다며 유포한 '지옥의 서'라는 이름의 책이었다.

'뭐야, 이게 뭔 일이야 씨바.'

상황이 너무 복잡해 따라갈 수가 없었다. 강우의 손에서 맥주와 팝콘이 떨어졌다.

"이 책을 읽고 깨달았습니다! 당신이야말로 모든 신들이 두려워 공포에 떠는 예언의 악마라고!"

'아니.'

"온 세상에 파멸을 가져다줄 진정한 악(惡)이라고!"

'아니. 저기요, 씨발.'

"우리가 섬겨야 할 것은 사탄이 아니었습니다!"

'그만해.'

"예언의 악마이시여!!"

'그만해 이 씨발 새끼야.'

"저 우매한 인간들을 벌하고 이 세계에 종말을 가져다주시옵소서!!!"

'그만하라고 이 미친놈아아아아아아아아!!!'

강우는 머리를 쥐어뜯었다. 상황이, 이 복잡하고 난잡한 상황이 드디어 머릿속에 그려지기 시작했다.

'리리스… 야, 인마……'

리리스와 만나기 전, 그녀가 지옥의 서를 악마교 내부에 유통했다는 사실이 기억났다.

당시 큰 해프닝은 일어나지 않았다. 사실 악마교 입장에서 보면 판타지 소설이나 다름없는 것이 바로 지옥의 서였다. 그들이 섬기던 사탄이 사실 패배자이며, 고작 만 년에 불과한 시간 만에 지옥의 판도를 뒤집어엎고 악마들의 정점에 올라선 인간이 있다. 이런 허무맹랑한 말을 믿을 존재가 대체 어디에 있단 말인가.

'그래야 했는데.'

강우는 칼기아를 노려보았다. 광기에 빠져 있는 흑마도사의 모습.

'이런, C바알.'

그 허무맹랑한 소설을 믿어버리는 새끼가 나타나 버렸다. 그것도 악마교에 남은, 마지막 '악의 위상'이라는 놈이.

강우는 굳게 입을 다문 채 고개를 돌렸다.

'어머나, 썅.'

만 년 만에 귀환한
플레이어

자신을 향해 쏠려 있는 시선이 느껴졌다. 가이아와 김시훈, 차연주, 천무진부터 시작해서 이제까지 꽤나 깊은 신뢰를 쌓아 올린 동료들. 그 밖에도 자신의 얼굴을 익히 알고 있는 천랑부대의 플레이어들. 샤르기엘을 포함한 천사까지.

"혀, 형님……?"

김시훈이 떨리는 목소리로, 창백하게 질린 표정으로 그를 바라보았다. 끔찍한 악몽을 눈앞에 둔 듯 몸을 떨고 있었다.

강우는 입을 다물었다. 아니, 굳게 입을 다물 수밖에 없었다. 지금 상황을 가장 정확하고, 적절하게 표현할 수 있는 단어는 하나뿐.

'× 됐다.'

이보다 더 지금 상황을 적나라하게 나타낼 수 있는 단어가 무엇이 있을까.

강우의 표정이 창백하게 질렸다. 이건 뭐 발록 때처럼 빛의 용사고 나발이고 할 문제가 아니었다. 그냥 망했다. 도저히 손 쓸 수 없을 정도로, 무슨 시도를 해볼 수도 없을 정도로 상황이 꼬였다.

"응?"

칼기아는 고개를 두리번거렸다.

의식을 방해하러 쳐들어온 가이아의 권속이 예언의 악마를 보고 '형님'이라 부르고 있으니 당연한 반응.

"대체 이게 무슨……"

퍼석!

강우가 손을 뻗었다. 그러자 칼기아의 머리통이 터져 나가며 뇌수가 비산했다.

'일단 닥치고 있어.'

계속 칼기아가 나불거리도록 한다면 상황은 악화될 뿐이다.

"혀, 형님!! 이게 어떻게 된……."

"야!! 무, 무슨 말 좀 해봐! 이, 이거 아니지? 뭔가 잘못된 것 맞지?"

김시훈과 차연주가 당황스러운 목소리로 외쳤다.

물론, 그들도 강우가 과거 악마였다는 사실은 알고 있었다. 하지만 그가 예언의 악마라는 것은, 온 세계를 파멸시킬 악의 화신이라는 것은 알지 못했다.

"크읏… 그 인간이… 우리를 속인 거로군요!"

"아닙니다!"

샤르기엘의 말을 자르며, 김시훈이 외쳤다.

"뭔가 잘못된 겁니다!! 형님이 그럴 리가 없습니다!!"

"닥치십시오! 지금 저 모습을 보고도 모르시겠습니까!!"

샤르기엘이 손을 들어 강우를 가리켰다.

"악마교가 펼치는 의식이 얼마나 강대하고 사악한 마기를 풍기고 있었는지는 여기 있는 모두가 느꼈을 겁니다!"

사실이다. 의식이 절정에 달했을 때, 허공에 검은 균열이 달리며 숨 막힐 정도로 거대한 마기가 뿜어져 나왔다.

"그 마기 속에서 나타난 것이 저 인간입니다! 그리고 악의 위상이라는 자도 저자를 예언의 악마라 불렀습니다! 대체 무슨 증거가 더 필요하다는 겁니까!"

샤르기엘은 이글거리는 눈빛으로 강우를 노려보았다.

"가이아 님께서도 말씀하시지 않으셨습니까!! 사탄이 예언의 악마가 아니었다고! 그렇다면 저자가 모든 원흉인 겁니다! 저자가 사탄을 조종해 모든 일을 꾸민 것입⋯⋯."

"이 개자식이 뭔 헛소리를 지껄이는 거야?"

차연주가 거칠게 발을 굴렀다. 그녀의 몸에서 붉은 마력이 피어오르며 쇠사슬이 공중으로 떠올랐다.

"저놈이 너희가 생각하는 것처럼 착하고 선량한 영웅은 아닐지도 몰라! 그래도, 그렇다고 해도!!"

발악하듯 외쳤다.

"그런 끔찍할 짓을 저지를 정도로 나쁜 새끼도 아니라고!!"

만약 강우가 예언의 악마라고 가정한다면, 이제까지 사탄이 벌여왔던 모든 일들은 그의 명령하에 이뤄졌다고 생각하는 게 맞다. 사탄이 예언의 악마와 연관되어 있다는 것은 그가 직접 밝힌 사실이니까.

그렇다면, 사탄이 정말 예언의 악마의 권속이라면. 수호자 알렉을 죽인 것도, 영웅 레이날드를 잔인하게 살해한 것도, 성자 루드비히를 타락시킨 것도. 모두 강우가 꾸민 일이라는 말이 된다.

"당신들은 모두 저 악마에게 속고 있었던 겁니다!! 지금 이걸 보고도 몰⋯⋯."

"닥쳐."

"⋯⋯예?"

"닥치라고."

김시훈이 샤르기엘을 향해 성검을 겨눴다.

"네가 뭘 알아."

검 끝이 떨렸다.

"네가 형에 대해서 뭘 아냐고 새끼야!!!"

김시훈은 절규하듯 외쳤다.

"네가 이제까지 형이 무슨 일을 해왔는지, 얼마나 무거운 짐을 어깨에 짊어지고 있는지 대체 뭘 알고 그딴 개소리를 지껄이는 거야!"

"그건 모두 거짓……."

"입 닥쳐!!"

김시훈이 외쳤다. 하지만 일그러진 그의 표정이, 당황과 분노에 찬 목소리가 말해주고 있었다. 지금 김시훈 자신도 이 상황에 대해서 확신을 가지지 못하고 있다고.

"형님! 무슨 말이라도 해주십쇼!"

김시훈은 고개를 돌렸다. 그곳에는 그가 기억하고 있는, 존경하고, 사랑하는 강우의 모습이 있었다.

"제발… 형님……."

김시훈은 울먹이는 목소리로 말했다. 당장이라도 주저앉을 것만 같은 처절하고, 처량한 목소리.

강우는 굳게 입을 다문 채 김시훈을 응시했다.

하지만, 아무런 감정의 동요도 없는 것 같은 무표정한 얼굴과 달리 그 내부에서는 폭풍이 몰아치고 있었다.

'시바 대체 이 상황에서 무슨 말을 하라고!!'

소리 없는 아우성. 마음속으로 절규를 내뱉는다. 머리가 터져 나갈 것 같았다. 아니, 왜 아직도 멀쩡한지 의심스러울 정도.

'이런 씨바아아아아아아아알!!!'

망했다. 망해도 도저히 손을 쓸 수 없을 정도로 망해 버렸다.

'어떻게 해야 하지?'

이 개 같은 상황을 벗어나기 위한, 미쳐 버린 전개를 풀어내기 위한 방법이 필요했다.

'악마교가 잘못 소환한 거라고 우겨?'

가장 먼저 떠오른 생각은 이것.

'아냐.'

입술을 깨물던 강우는 고개를 저었다. 잘못 소환했다는 것으로 넘어가기에는 이미 일이 너무 커졌다.

물론, 김시훈이나 차연주, 가이아처럼 그에 대한 기본적인 신뢰가 높은 사람들은 그의 말을 믿어줄 것이다.

'하지만.'

강우는 샤르기엘을 향해 시선을 옮겼다. 샤르기엘 외에 다른 천사들도 그를 향해 적대적인 시선을 보내고 있었다.

"뭐, 뭐지?"

"무슨 일이 일어난 거야?"

"저분은 김시훈 단장님의 의형 아냐?"

"아! 저번에 그 황금빛!"

"그런데 왜……."

다른 플레이어들은 또 어떤가. 그들은 영문을 모르겠다는 표정으로 고개를 두리번거리고 있었다.

'다 속여 넘길 수 있을 리가 없어.'

플레이어들이야 그렇다 치더라도 천사들에게 의심을 사는 것은 최악이다. 라파엘만이 문제가 아니다. 그 뒤에는 다른 대천사들과 신까지 연결되어 있었다. 온 세상을 적으로 돌리는 것과 마찬가지인 짓이다.

'제기랄.'

강우의 표정이 일그러졌다.

'생각해.'

찾아야 한다. 이 미쳐 돌아가는 상황을 해결할 수 있는 방법. 최악의 상황을 뒤집을 수 있는 방법을.

'있을 거야.'

없을 리가 없다. 이런 상황은 익숙하다. 언제나 이런 최악의 상황을 뒤집어 왔다.

'방법이……'

강우가 두 눈을 번쩍 떴다. 전신에 짜릿한 전율이 흘렀다.

'그래.'

입가가 올라가고 주먹이 불끈 쥐어졌다. 생각해 보면 아주 간단한 문제. 고민할 필요도 없는 문제였다.

'그렇구나.'

모든 것을 해결할 수 있는 한 가지 방법이 있었다.

"형님!! 제발 무슨 말이라도 해주십쇼!!"

고개를 들자 자신을 향해 절규하는 김시훈의 모습이 보였다.

탁. 발을 박차고, 쏘아졌다.

주먹을 들었다.

퍼어어어억!!

"커헉!!"

강우는 절규하는 김시훈의 얼굴을, 망설임 없이 후려쳤다.

김시훈의 몸이 뒤로 튕겨져 나갔다. 그는 바닥을 굴러, 벽에 부딪혔다.

"기, 김시훈 수호자님!!"

눈이 보이지 않지만 들려오는 소리만으로 대충 상황을 짐작한 가이아가 다급히 외쳤다.

"무, 무슨……."

강우의 공격을 받고 튕겨져 날아가는 김시훈의 모습. 사람들은 갑작스럽게 벌어진 사태에 경악한 표정으로 몸을 떨었다.

"형님……?"

보는 사람들이 그 정도인데 직접 맞고 날아간 사람은 얼마나 경악에 빠졌겠는가. 김시훈은 창백하게 질린 채 덜덜 떨리는 눈빛으로 강우를 바라보았다. 뺨이 얼얼했다. 아니, 얼얼한 정도를 넘어섰다. 반사적으로 몸을 비틀지 않았다면 광대뼈가 함몰했을 정도로 '살의'가 담긴 공격.

"왜, 왜 그러십니까, 형님!!"

김시훈이 절규했다. 하지만 강우는 답하지 않았다. 그는 깊게 가라앉은 표정으로, 아무런 감정의 편린조차 느껴지지 않는 무기질적인 눈빛으로 그를 내려다보았다.

"역시 본색을 드러냈군!"

샤르기엘이 의기양양한 목소리로 외쳤다. 자신의 예상이 적중했다는 듯한 표정. 그는 손에 쥔 검에 힘을 더했다. 그러고는 여섯 장의 날개를 펄럭이며, 강우를 향해 달려들었다.

"멈춰, 이 자식아!!"

차연주가 다급히 쇠사슬을 뿌렸다. 하지만 라파엘군의 이인자인 샤르기엘의 힘을 막는 것은 역부족. 그녀의 몸이 쇠사슬에 딸려 질질 끌려갔다.

"크윽!!"

"잠시만, 잠시만 기다려 주세요!!"

"네놈까지……!"

샤르기엘의 앞을 김시훈이 막아섰다. 차연주의 힘만으로 샤르기엘을 막기는 역부족이었지만 김시훈이라면 얘기가 다르다.

샤르기엘의 표정이 일그러졌다.

"저 악마에게 공격을 당하고도 정신을 못 차린 거냐!"

분노한 목소리로 소리쳤다.

김시훈은 굳게 입을 다물었다. 부정할 말도, 변명할 말도 떠오르지 않았다.

'아니.'

순간 김시훈의 두 눈이 커졌다. 그는 자신의 손에 쥔 새하얀 검의 이름을 떠올렸다. 정확히는, 그 검의 이름과 같은 이름을 지니고 있었던 자신의 친구를 떠올렸다.

"혀, 형님은 조종당하고 있는 겁니다!"

"뭐라고?"

샤르기엘의 표정이 일그러졌다.

"루드비히가 그랬던 것처럼! 형님도 악마의 손에 조종당하고 있는 거라고요!!"

침묵이 흘렀다.

샤르기엘은 코웃음 쳤다.

"네놈은 예언의 악마를 조종할 수 있는 존재가 있다고 생각하나?"

"그러니까 형님은 예언의 악마가 아니……."

"그래서 어쩌라는 건가!!"

샤르기엘이 일갈했다. 그는 주먹을 움켜쥔 채, 몸을 떨었다. 그러고는 씹어뱉듯이 외쳤다.

"그래서 루드비히를 결국에 어떻게 했지? 사탄의 손에 타락한, 그 성자를 너는 어떻게 했지?"

"……."

"네 손으로! 직접! 루드비히를 죽이지 않았나!!!"

김시훈의 표정이 창백히 질렸다.

그랬다. 지금 강우가 조종당했다는 것으론, 그를 구할 수 없다. 상황을 뒤집을 수 없다. 그가 조종당했다면, 루드비히처럼 타락했다면. 결국 그를 죽여야 한다.

"……형님."

이번에도 강우는 답하지 않았다.

김시훈은 절박한 목소리로 외쳤다. 조종당하고 있다는 것은 상황을 바꾸지 못한다. 다른 이유를, 다른 해답을 찾아야 한다.

"무슨 말이라도 해주십쇼, 형님!! 전 무슨 일이 있더라도 형님의 편입니다!"

강우가 천천히 팔을 들어 올렸다.

철컥.

그의 손등에서 검은 칼날이 빠져나왔다.

강우가 즐겨 쓰는 무기. 김시훈의 얼굴에 절망이 맴돌았다.

"형……."

까아아앙!!

강우가 돌진한다. 손등에서 뻗은 칼날로, 망설임 없이 김시훈의 목을 노린다.

김시훈은 성검을 들어 올렸다. 일 초를 수십 개로 쪼갠 사이, 무수한 격이 서로를 오간다. 목을 내려치는 검은 칼날을 튕겨내고, 그대로 팔을 당겨 왼쪽 어깨로 이어지는 공격을 막아낸다.

몸을 낮춘 채 한쪽 발을 뒤로 뺐다. 대검을 넓게 베어 거리를 벌린다.

하지만 그것도 잠시. 강우의 몸이 공중으로 날아오른다. 아니, 정확히는 '허공을 밟으며' 질주한다.

김시훈은 가볍게 발을 굴렀다. 이기어검의 묘리에 따라 주변에 널브러진 무기들이 떠오른다.

무기를 밟고, 날아오른다. 평면적으로 이뤄지던 전투가 3차원의 선상으로 확장된다.

꺄가가가가가강!!!

요란한 쇳소리. 폭죽이 터지듯 불꽃이 튄다. 한쪽에서는 일방적인 공격이, 다른 쪽에서는 일방적인 방어가 이뤄진다.

"크윽!"

그 불합리한 전투의 결과는 오래 생각할 필요도 없다. 일방적으로 방어만 해서는, 결코 이기지 못한다.

김시훈의 몸이 뒤로 밀리고, 날카로운 살초가 그의 급소를 노린다.

아슬아슬하게, 종이 한 장 차이로 공격을 피해낸다. 검압에 찢겨 나간 피부에서 피가 튀었다.

"야 이 미친놈아! 그만해!"

차연주가 참전했다. 붉은 쇠사슬이 그물처럼 그를 압박한다.

강우는 몸을 반바퀴 돌리며 풍차처럼 팔을 돌렸다. 눈 깜짝할 사이에 쇠사슬이 잘려 나갔다.

"자네 대체 왜 그러는가!"

천무진 또한 폭주하는 강우를 막기 위해 달려들었다.

쿠웅!

월드 랭커급 플레이어가 둘이나 달려들었지만 역부족. 강우의 발을 아주 잠시 멈추게 만든 것에 불과했다.

"형, 제발 그만… 그만해!!"

김시훈이 절규했다.

샤르기엘이 자신의 부하들에게 손짓을 보냈다.

"저 악마를 죽여라!"

"아……!"

김시훈이 다급히 몸을 돌렸다. 강우의 공격을 받아내고 있던 중이라 샤르기엘을 막지 못했다.

"아, 안 돼!"

다급히 손을 뻗었다.

샤르기엘의 부하들이 강우에게 해를 입히는 것을 걱정하는 것이 아니었다. 그가 걱정하는 것은, 그가 두려워하는 것은, 그가 공포에 질린 이유는 오히려 그 반대.

"죽어랏!!"

"예언의 악마를 죽여!"

"악의 물든 자에게, 빛의 심판을!"

천사들이 강우를 향해 달려들었다.

강우는 아무런 감정이 담기지 않은 시선으로 고개를 돌렸다. 손을 들었다. 그리고.

촤아아악!!

"커헉!!!"

"아, 안 돼에에에에에에!!!"

김시훈의 절규가 울려 퍼졌다. 강우에게 달려들던 천사들의 몸이 순식간에 두 조각으로 갈라졌다. 새하얀 피가 사방에 튀고 조각난 내장이 바닥을 적셨다.

"아, 아아……."

김시훈은 창백하게 질린 표정으로 무릎을 꿇었다.

이제는 늦었다, 이제는 돌이킬 수 없다. 강우는 그의 손으로 직접, 천사를 죽여 버리고 말았다. 신뢰 관계가 모조리 무너졌다. 이젠, 이 순간 이후로는, 모든 천사는 적이 됐다.

"야, 이 미친 새끼야아아아아!!!"

차연주가 발을 박찼다. 붉은 단발이 휘날렸다. 그녀는 왼손을 뒤로 뻗었다.

차르르르르!!

붉은 쇠사슬이 뭉쳤다. 부딪치고, 얽혔다.

"크읏……."

한계 이상까지 끌어 올린 마력에 그녀의 입에서 한 줄기 피가 흘러내렸다. 거대한 압박이 전신을 짓눌렀다.

순간, 그녀의 눈빛에 슬픔이 맴돌았다.

'설마 여기서.'

이런 곳에서. 다른 사람도 아닌 강우에게, 계속 숨겨두고 있던 카드를 사용하게 될 것이라고는 상상조차 해본 적 없었다.

"홍련(紅蓮) 1식."

차르르르르!

붉은 쇠사슬이 왼팔에 휘감겼다.

그녀가 월드 랭커 반열에 올랐을 때, 10차 각성으로 개방된 '붉은 꽃' 특성. 그 힘을 왼팔에 집중시킨다.

"아, 으아."

왼팔을 타고 올라오는 끔찍한 고통에 신음이 흘러나왔다.

차연주는 입술을 깨물었다. 붉은 꽃 특성을 각성한 지 1년 가까이가 지났지만, 아직 이 힘에 대해 아는 사람은 아무도 없었다.

제대로 다루지도 못할뿐더러, 부담이 너무 컸기 때문이다.

'언젠가.'

차연주가 강우를 바라보았다. 너무도 아득한, 닿을 수 없는 곳으로 가버린 그.

'이걸 완성해서.'

놀랍다는, 대단하다는 말을 듣고 싶었는데. 이제 처음 만났을 때처럼 누나만 믿으라고 으스대고 싶었는데. 그래서, 아무 말도 하지 않았던 건데. 남몰래 연습해 오고 있던 건데.

차연주는 두 눈을 질끈 감았다.

"정신 차리라고 이 개자식아아아아아!!!"

붉은 쇠사슬에 휘감긴 왼팔을 내질렀다. 뭉쳐 있던 쇠사슬이, 꽃이 피어나듯 산개했다. 날카로운 가시가 달린 쇠사슬의 포탄이 강우를 덮쳤다. 그리고.

파앙. 콰드드드드득!

"어……?"

가벼운 손짓 한번. 그녀가 1년 동안 고이 숨겨오던, 남몰래 연습해 오던 비장의 카드가 허망하게 찢어발겨졌다.

차연주의 눈이 커졌다.

강우가 손을 뻗었다.

"커헉!!"

차연주의 목이 그의 손에 붙잡혔다. 그녀는 괴로운 듯 몸을 비틀며, 다리를 바둥거렸다.

"오, 강우……."

차연주는 슬픔에 잠긴 눈빛으로 그를 내려다보았다.

소란스러운 PC방, 처음 그를 만났을 때부터의 기억이 머릿속에 스쳐 지나갔다.

처음엔 화가 머리끝까지 치밀어 올랐다. 뭐 이런 놈이 있나 싶었다. 그다음엔 전율했다. 이렇게 짧은 시간에, 이토록 빠르게 강해지다니. 그 가능성을 이용하자고 생각했다.

그리고. 그리고.

'너는 잘해 나가고 있어.'

끔찍한 자괴감에 짓눌리고 있을 때, 그가 말했다.

잘해 나가고 있다고.

'걱정하지 마, 내가 도와줄 테니까.'

도와주겠다고.

'그리고……'

실제로 그는 약속을 지켰다. 악마교에게 복수하겠다는 그녀의 바람을 이뤄줬다.

강우가 아니었다면 그 누가 전 세계적으로 뻗어 있는 악마교를 와해시킬 수 있단 말인가.

"정신, 차려… 쿨럭!"

강우의 손에 목이 붙잡힌 채, 간절한 목소리로 말했다.

그녀의 뺨을 타고 눈물이 흘러내렸다. 1년을 고생했던 기술이 허망하게 박살 났다는 것보다, 지금 다른 누구도 아닌 강우가 자신의 목을 틀어쥐고 있다는 사실에 가슴이 찢어질 것 같았다.

하지만, 그럼에도 강우는 답하지 않았다. 아무런 감정이 담기지 않은 눈빛으로, 그가 고개를 돌렸다. 그 시선의 끝에는 김시훈이 있었다.

"형……."

미처 돌아가는 상황. 김시훈의 뺨을 타고 눈물이 흘러내렸다.

"형 말해봐, 제발……."

고개를 떨궜다.

"무슨 말이라도 해줘……."

투명한 눈물이 턱에 고이고 검을 쥔 손에 힘이 들어가지 않았다.

"제발… 형."

애잔하게 흘러나오는 김시훈의 목소리. 가늘게 떨리는 손을 그를 향해 뻗었다. 그리고.

"쿨럭! 쿨럭! 쿨럭!"

강우가 손에 쥔 차연주를 바닥에 집어 던졌다.

그는 차연주의 목을 쥐었던 손으로 입을 가렸다.

"크흡."

손가락 사이로, 숨길 수 없는 웃음소리가 흘러나왔다.

"푸흡, 푸하하하하하하하!!!"

광기에 찬 웃음소리가 흘러나왔다.

김시훈은 덜덜 떨리는 눈으로 그를 올려다보았다. 아무런 감정도 담기지 않았던 강우의 눈에, '희열'이 차올랐다.

"하하하하하하!! 아, 참으려고 애썼는데, 도저히 참을 수가 없잖아!!"

"강우, 형……?"

김시훈은 갑작스러운 그의 광소에 혼란스러운 표정으로 그를 올려다보았다.

강우가 그를 향해 천천히 발걸음을 옮겼다.

"아주 멋져. 환상적이야. 어떻게 필멸을 살아가는 하찮은 벌레들이 이토록 아름답게 타오를 수가 있을까? 아, 필멸을 살아가기 때문인가?"

"혀, 형… 그게 무슨 소리야……?"

강우는 손을 들어 얼굴을 가렸다.

끅끅끅. 억눌린 웃음이 흘러나왔다.

"강우라……."

그는 참지 못하고 다시 한번 광소를 터뜨렸다.

"넌."

강우는 고개를 기울이고는 이해할 수 없다는 듯, 말했다.

"내가 아직도 오강우로 보이니?"

"뭐, 라고……?"

김시훈의 두 눈이 부릅떠졌다. 검을 쥔 손이 덜덜 떨렸다.

조롱하듯 흘러나온 말.

"아, 아아."

왜 그 생각을 못 했을까. 왜 그 상상을 못 했을까.

"너……."

강우가 자신을 공격할 리가 없다. 천사의 몸을 찢고, 차연주의 목을 움켜쥘 리가 없다. 그는 그런 인간이 아니다. 누구보다도 상냥하고, 착한 형이다. 피가 섞인 가족보다 오히려 더 사랑하고, 존경하는 형이다.

"누구, 야."

그런 강우가 갑작스럽게 돌변했다.

답은 복잡하지 않았다. 고민할 필요조차 없었다. 간단한 문제였다. 어처구니없을 정도로, 헛웃음 나올 정도로 단순한 문제였다. 저자는, 눈앞에서 이죽이고 있는 놈은, 강우가 아니다.

"누구냐고 새끼야!!"

김시훈이 손을 저었다. 바닥에 널브러진 무기들이 공중으로 떠올랐다. 수십 개에 달하는 무기. 머리가 뜨거웠다. 한계에 도달한 연산에 무심코 신음이 흘러나왔다. 하지만.

"으아아아아!!!"

무시했다. 그딴 것을 신경 쓸 여유도, 이유도 없다. 머리끝까지 치밀어 오른 분노가 그의 몸을 움직였다.

수십 개의 무기가 강우를, 아니, 강우의 탈을 쓴 예언의 악마를 향해 날아들었다.

카가가가가강!!

새하얀 불꽃이 튀고 검은 방벽에 막힌 무기들이 바닥에 떨어졌다.

"글쎄, 내가 누굴까?"

강우는 낄낄 웃으며 좌중을 훑어보았다. 그들에 눈에 당혹과 공포, 혼란이 비쳤다.

보이지 않게, 주먹을 쥐었다.

'씨바아아아아아아아아아!!!'

주먹을 불끈 쥔 채 만세라도 부르고 싶은 기분.

'됐다, 이건 됐어!'

자신이 생각해도 기가 막힌 연출, 완벽한 시나리오였다. 단순하면서, 효과적이다.

예언의 악마를 소환해서 자신이 나타난 것이 문제라면, 애초에 '오강우가 소환된 것이 아니라'는 식으로 여론을 몰아가면 된다.

'좀 미안하긴 하지만.'

바닥에 쓰러진 채 켁켁거리는 차연주와 눈물 자국이 선명한 김시훈이 보였다. 어쩔 수 없는 상황이었다고는 해도 두 사람을 몰아붙인 것에 대해 죄책감이 끓어올랐다.

'연주야, 미안하다.'

처음 보는 기술을 꺼내 들었건만 너무 허망하게 제압해 버렸다.

'엄청 준비한 것 같던데.'

붉은 꽃이 개화한 것처럼 쇠사슬이 뻗어 나가는 기술. 차연주를 자주 만나는 자신도 처음 본 기술이었다는 것을 생각하면 그녀 나름 남몰래 수련하고 있던 기술이었을 것이다.

하지만 기술 자체가 위력만 컸지 구조가 너무 허술했다. 기운을 다루는 데 그 누구도 따라올 수 없는 경지에 이른 강우의 시선으로 보면 허점투성이 기술이었다.

'끄응.'

강우는 눈살을 찌푸렸다. 기술이 허망하게 파훼된 순간, 당혹과 절망이 퍼진 그녀의 얼굴이 떠올랐다. 심지어 그런 그녀의 목을 움켜쥔 채 꽤나 큰 고통을 줘버렸다.

'나중에 진짜 다 갚을게.'

할 수만 있다면 싹싹 빌고 싶은 심정.

'그리고.'

강우의 시선이 김시훈을 향했다.

"감히, 감히 네가……!"

분노와 안도, 증오와 절망이 뒤섞인 일그러진 얼굴. 분노와 증오의 대상은 생각할 것도 없이 자신일 것이고, 그 안에 섞인 안도는 그래도 '예언의 악마가 강우가 아니었다'라는 안도감일 것이다.

'시바, 미안하다 시훈아!'

가장 큰 죄책감을 불러일으킨 것은 생각할 것도 없이 김시훈이었다. 온몸에 상처를 입은 동생을 보니 가슴이 찢어질 것 같은 감각.

'어쩔 수가 없었다.'

구차한 변명이지만 거짓은 아니었다. 지금 상황을 뒤집기 위해서는 자신이 '오강우'가 아닌 '오강우의 탈을 쓴 예언의 악마'라는 것을 보여줄 필요가 있었다. 사실감을 더하기 위해 김시훈을 한계까지 몰아붙여야 하는 것은 당연지사.

'형도 마음이 아파.'

김시훈에게 살초를 펼칠 때마다 혹시 이러다 진짜 김시훈이 죽는 건 아닐지 심장이 벌렁거렸다.

'버텨줘서 고맙다, 인마.'

김시훈이 그의 기대에 부응해 아슬아슬하게나마 살초를 버텨준 덕분에 지금 상황이 완성될 수 있었다.

'시바, 설마 살다 살다 내가 나를 사칭할 날이 오게 될 줄은 몰랐는데.'

어쩌겠는가. 지금 상황을 뒤집기 위해선 이 방법 외에는 없었다.

'이제……'

강우는 가늘게 눈을 떴다. 밀려오는 죄책감과 별개로 성공적인 전개에 입가가 올라갔다.

"네가 감히 형을……!"

분노에 떠는 김시훈의 모습은 말 그대로 주인공 그 자체. 그가 존경해 마지않는 형을 사칭한 예언의 악마에 대한 살기가 풀풀 피어오르고 있었다.

강우는 다시 한번 광기 어린 웃음을 터뜨렸다.

"푸흡! 푸하하하하! 좋아! 바로 그 모습이야! 사탄이 널 왜 마음에 들어 했는지 알겠어."

김시훈은 살기가 담긴 눈빛으로 그를 노려보았다.

검을 쥐었다. 저 눈앞의 존재가 강우가 아닌, 그를 흉내 낸 악마라는 것을 안 이상 더 이상 주저할 것이 없었다.

슈욱!

김시훈의 몸이 흐릿하게 변했다. 음속을 넘는 속도로 움직이는 그의 몸 주위에 거대한 소닉 붐이 일었다.

한계까지 내공을 끌어 올린 김시훈이 강우의 머리를 향해 검을 휘둘렀다.

"어허, 왜 그러는 거야?"

카아아앙!!

손등에서 솟구친 검은 칼날로 여유롭게 검을 막는다.

비릿한 조소를 입가에 머금으며 말을 이었다.

"존경하는 형이잖아? 응? 형한테 이런 살벌한 공격을 해도 되겠어?"

"닥쳐!!"

"푸흡, 하하하하!"

비웃음을 흘리며 몰아치는 김시훈의 공격을 막는다.

'끄응.'

여유롭게 막고 있는 겉모습과는 달리 강우의 목덜미엔 식은 땀 한 방울이 흘러내리고 있었다.

'이 자식 언제 이렇게 강해졌지?'

강우는 흥미롭다는 눈으로 김시훈을 바라보았다. 지금 한계 이상의 힘을 쥐어짜 내고 있는 건지 아니면 그가 모르는 사이에 또 강해진 건지 알 수 없지만 검격을 막아내는 게 쉽지 않았다.

'쑥쑥 성장하고 있구나, 시훈아.'

뿌듯한 미소가 입가에 지어졌다. 마음 같아선 어깨라도 두들겨 주고 싶었지만 그러기는 힘든 상황.

'그나저나.'

강우는 주변을 살폈다.

일단 계획의 첫 단추는 성공적으로 끼웠다. 하지만.

'아직 부족해.'

이것만으로는 모든 의심을 지울 수 없었다.

'시훈이나 연주면 몰라도 천사까지 곧이곧대로 믿지는 않겠지.'

당연한 일이다. 갑자기 자신이 오강우가 아닌, 정체 모를 악마라고 주장해 봤자 그 말을 순순히 믿을 리가. 천사들과의 신뢰 관계는 두텁지 않다. 어디까지나 이해와 타산이 겹친 협력 관계. 김시훈이나 차연주 같은 굳은 신뢰를 기대하는 것 자체가 무리였다.

'조금 더 확실한 증거.'

오강우와 예언의 악마가 완전히 별개의 존재라는 명확한 증거가 필요했다.

'예상대로 간다면.'

조금 있으면 그 기회를 손에 넣을 수 있을 것이다. 강우는 그때를 기다리며 김시훈을 몰아붙였다.

"크윽!"

공격을 이어가던 김시훈이 고통스럽다는 듯 손을 움켜쥐었다. 한계를 넘어선 반탄력에 손 피부가 너덜너덜하게 찢겨 나가 있었다.

"하아, 하아."

거친 숨이 흘렀다.

"쿨럭! 쿨럭! 으으……."

그때, 바닥에 쓰러져 있던 차연주가 몸을 일으켰다. 그녀는 붉은 멍 자국이 남은 목을 움켜쥐며 강우를 노려보았다.

"그러니까… 저 개새끼가 강우가 아니라 다른 놈이라 이거지?"

그녀의 눈에도 짙은 살기가 피어올랐다.

김시훈은 고개를 끄덕이고는 입술을 조용히 깨물었다.

'역부족이야.'

여유롭게 미소 짓고 있는 악마를 노려보았다. 강우의 탈을 쓰고 있는 저 정체 모를 악마의 힘은 상상 이상. 도저히 지금 여기 있는 천사와 플레이어들만으로는 상대할 수 없었다.

"샤르기엘 님!"

김시훈이 다급히 그를 불렀다.

"다른… 악마라고?"

샤르기엘은 지금 상황이 쉽사리 이해 가지 않는지 혼란에 빠진 표정이었다.

"샤르기엘!!"

김시훈이 일갈했다. 그제야 샤르기엘의 시선이 김시훈을 향했다.

"라파엘 님을 불러! 지금 당장!"

"그분은……."

샤르기엘의 표정이 굳었다. 사탄에게 당한 라파엘의 상처는 아직 완전히 회복되지 않았다. 솔직히 말해, 이제 겨우 움직일 수 있는 수준.

"빨리!!"

"크읏……."

샤르기엘은 초조한 표정으로 입술을 깨물었다.

김시훈의 말이 옳았다. 지금 여기 있는 이들의 힘만으로 저 정체 모를 악마를 이길 수는 없었다.

"기다려라."

샤르기엘은 눈을 감고 라파엘과의 교신을 시도했다. 그의 머리 위에 금빛 테두리의 원이 떠올랐다.

"흐응. 지원군을 부를 생각인가? 뭐, 나쁘지 않지."

강우의 탈을 쓴 악마는 낄낄 웃음을 흘리며 샤르기엘과 김시훈을 바라보았다.

김시훈은 품속에서 통신용 수정 구슬을 꺼냈다. 가디언즈 멤버끼리 통신을 할 때 사용하는 마도구였다.

'저놈이 강우 형이 아니라면.'

필시 지금 강우와의 교신이 가능할 터였다.

김시훈은 수정 구슬에 내공을 밀어 넣었다.

우우우웅.

"어……?"

수정 구슬에서 빛이 반짝였다. 특유의 진동음도 들렸다.

[무슨 일이야?]

강우의 목소리도 들렸다. 모든 게 완벽한데. 그런데.

"어, 어째서……?"

김시훈의 눈빛이 떨렸다. 그의 얼굴이 새파랗게 질렸다.

"응? 왜 그래 사람을 불렀으면 얘기를 해야 할 것 아냐."

그 수정 구슬에서 흘러나오는 목소리가, 강우의 탈을 쓴 정체 모를 악마의 입에서 흘러나오고 있다는 것.

"어, 어떻게 네가… 혀, 형의 수정 구슬을……."

"푸흡, 푸하하하하하!!"

강우가 배꼽을 부여잡은 채 광기 어린 웃음을 터뜨렸다.

'왔다, 왔어!'

기다리고 있었던 상황이다. 예상하고 있던 상황이다. 자신이 강우가 아니라면, 김시훈이나 차연주나 둘 중 하나가 그에게 급히 연락할 것은 생각할 것도 없는 일이다.

'자, 이제 그럼.'

두 번째 단추를 끼워 맞출 차례. 준비는 김시훈과의 전투 중에 이미 마친 상태였다.

"글쎄… 내가 왜 이 수정 구슬을 가지고 있을까? 아니, 좀 더 간단한 질문을 해보지."

"무, 무슨……."

"지금 네 소중하고 소중한 형은."

강우가 천천히 고개를 돌렸다.

"어디서 뭘 하고 있을까?"

김시훈의 몸이 덜덜 떨렸다. 강우가 아닌 존재가, 강우가 지니고 있던 수정 구슬을 가지고 있는 이유.

"푸흡, 푸하하하하하하하하!!!"

광기에 찬 웃음이 울려 퍼졌다. 강우의 탈을 쓴 예언의 악마는 가볍게 손가락을 튕겼다.

탁.

그러자 마치 허공에 텔레비전 화면이 떠오르듯, 영상 하나가 떠올랐다.

"아, 아아."

영상을 본 김시훈은 무릎을 꿇었다. 농밀한 절망이 그의 몸을 휘감는다.

-시훈, 아…….

노이즈가 잔뜩 낀 영상 속에. 사지가 결박된 채, 쇠사슬에 묶여 있는 강우가 천천히 고개를 들었다.

무언가에 억지로 파내진 듯 한쪽 눈이 사라진 강우는 당장에라도 끊어질 것처럼 희미한 목소리로 말했다.

-도망, 쳐.

"아, 안 돼에에에에에에에!!!"

김시훈의 처절한 절규가 울려 퍼졌다.

· 2장 ·
오강우 구출 작전

　노이즈가 잔뜩 낀 영상. 마치 십자가처럼 세워진 기둥에 강
우의 사지가 결박되어 있었다.

　단순히 쇠사슬로 팔을 묶었다는 개념이 아니었다. 마기로
이뤄진 것 같은 검은 쇠사슬이 강우의 살을 꿰뚫고, 거대한 기
둥에 칭칭 둘러져 있었다. 양어깨와 팔, 종아리, 허벅지, 쇄골.
꿰뚫린 살에서 피와 고름이 흘러내리고 있었고, 한쪽 눈이 억
지로 파내진 강우의 얼굴은 고통과 공포로 일그러져 있었다.

　-시훈, 아.

　그런 상황에서도. 저렇게 끔찍한 상황에서도.

　-도망… 쳐.

　도망치라는 말만을, 반복해서 중얼거린다.

　"흐음. 아직 정신을 못 차린 모양인데?"

강우의 탈을 쓴 예언의 악마가 비릿한 미소를 짓더니 손가락을 튕겼다.

-철컥.

-커헉, 큽!

강우의 살을 파고들어 있는 검은 쇠사슬에 날카로운 가시가 돋아났다. 선인장을 보는 것처럼 촘촘히 돋은 가시.

몸을 꿰뚫은 10개의 쇠사슬이 움직였다. 날카롭게 돋은 가시에 살점이 찢겨 나갔다. 말라붙은 피가 떨어져 나가며 새롭게 피와 고름이 흘러내렸다.

-크학! 악!

필사적으로 고통을 참고 있는 듯한 그의 모습에 김시훈의 머릿속이 하얗게 점멸했다.

"멈춰, 이 개새끼야아아아아!!"

전력으로, 선천지기의 힘까지 폭발시키며 달렸다. 짐승의 포효와도 같은 괴성이 흘러나왔다.

"푸흡, 푸하하하하하!!"

예언의 악마가 웃는다. 악마는 지금 상황이 참을 수 없을 정도로 즐겁다는 듯이, 광기와 열락으로 일그러진 웃음을 토해냈다.

"으아아아아아아아!!"

죽여 버리겠어.

미친 듯이 울부짖으며 김시훈이 달려든다. 하지만 이미 한계 직전까지 도달한 그의 몸은 가벼운 손짓 한 방에 허망하게 바닥을 구를 뿐이었다.

"으, 아아."

처절한 모습으로 신음을 흘리고, 사지를 억지로 움직여 바닥을 긴다. 처참하고, 비참한 모습.

"아주 좋은 형제애야. 하하. 정말, 정말로……."

예언의 악마는 열기에 찬 숨을 토해냈다.

"아름다워."

질꺼억. 찔꺽. 점성을 띤 액체가 떨어지는 소리가 들렸다.

김시훈은 예언의 악마를 향해 고개를 들어 올렸다. 더 이상 필요 없어진 강우의 탈을 벗어내듯, 정수리부터 피부가 벌어졌다. 마치 벌레가 허물을 벗는 듯한 모습. 쭈글쭈글해진 피부가 바닥에 떨어졌다.

강우라는 탈을 벗어 던진 악마의 몸은…….

"아, 아아."

김시훈은 두 눈을 부릅떴다.

가이아가 예언의 악마가 누군지에 대해 '모른다'고 했던 이유에 대해서 깨달을 수 있었다. 타르처럼 끈적한 검은 액체. 빛 한 점 보이지 않는 심연. 그 나락의 끝에 존재하는 듯한 끔찍한 악마.

"뭐, 뭐야 저게 씨발……."

차연주가 몸을 떨었다.

'악마?'

저걸 과연 악마라고 할 수나 있을까. 눈도, 코도, 입도 없다. 존재하는 거라고는 오로지 끈적한 점성을 띤 어둠뿐.

"이, 이 빌어 처먹을 슬라임 새끼가……."

겉모습을 보며 저거 별것 아닌 슬라임이라고 조롱해 봤지만, 말을 내뱉는 입술은 파랗게 질려 있었다. 본능적으로 알 수 있었다. 저것이, 저 괴물이, 고작 슬라임 따위가 아니라는 것을.

-이 인간을 구하고 싶은가?

낄낄낄. 악마는 조롱하며 허공에 떠오른 영상을 가리켰다.

굳이 답을 할 것도 없다. 김시훈에게 있어서 강우가 얼마나 중요한 존재인지는 예언의 악마도 알고 있는 눈치니까.

툭. 예언의 악마가 무언가를 던졌다. 그것은 손가락 두 마디만 한 검은 보석.

검은 점액질로 이루어진 악마는 웃음 섞인 목소리로 말했다.

-그를 구하고 싶으면 보석을 사용해라. 너를 저 인간이 있는 곳으로 안내해 줄 것이다.

"……."

-궁금하구나.

찔꺽. 점액질이 움직였다.

-네가 얼마나 더 아름답게 타오를 수 있을지.

아리송한 선문답. 그 말과 함께 공동의 외벽이 박살 났다.

그리고 여덟 장의 날개를 가진 천사가 나타났다. 라파엘이다.

"크읏……."

라파엘은 상처가 낫지 않은 상황에서 무리하게 움직인 탓인지 싸우기도 전에 표정을 일그러뜨리며 고통을 호소하고 있었다. 숨은 거칠었고, 사탄과 싸울 때에 비하면 날개에서 뿜어져 나오는 빛도 확연히 약해져 있었다.

-어이쿠, 이만 가봐야 할 시간이로군.

예언의 악마는 몸을 돌렸다.

"도망치게 놔둘 것 같은가!"

콰앙!

라파엘이 쇄도했다. 예언의 악마는 검은 점액질로 이루어진 팔을 휘둘렀다. 콰드득. 라파엘의 어깻죽지 살점이 크게 뜯겨나갔다.

"큭······!"

"라, 라파엘 님!"

샤르기엘이 급히 다가왔다.

라파엘의 지금 상태는 병상에서 막 몸을 일으킨 환자나 다를 바 없는 상태. 예언의 악마와 싸우는 것은 불가능했다.

-대천사의 힘이 고작 이 정도인가?

라파엘의 눈이 떨렸다. 그는 검은 점액질로 이루어진 악마를 응시했다.

"너는··· 대체 누구냐. 신화의 기록 어디에도 너 같은 존재는······."

-신화라.

예언의 악마는 웃었다.

-역사는 너무 많은 것을 잊었지.

뒤쪽으로 검은 균열이 만들어졌다. 예언의 악마는 느긋한 걸음으로 균열 속으로 걸음을 옮겼다. 그리고 검은 균열 속으로 완전히 들어가기 직전, 속삭이듯 말했다.

-기대하고 있겠다, 인간.

예언의 악마가 어둠 속으로 사라졌다.

김시훈은 굳게 입을 다문 채 바닥에 떨어진 보석을 주워 들었다. 그와 함께, 한계에 도달한 그의 시야가 검게 점멸했다.

쟁그랑. 손에 쥔 성검이 바닥에 부딪혀 새하얀 가루로 흩어졌다.

"후우, 후우. 와, 시바."

권능으로 게이트를 만들어 도망친 강우는 거친 숨을 토해냈다.

"× 될 뻔했잖아."

아슬아슬했다. 아니, 아슬아슬이고 뭐고 사실 그냥 망한 것이 맞다. 이미 쏟아진 물을 김시훈과 차연주, 가이아와 쌓아왔던 신뢰에 기대 억지로 담은 것에 불과했다.

"……이제부터야."

강우는 가늘게 눈을 떴다. 본격적인 시작은 지금부터가 맞다. 벌어진 상처를 어찌저찌 응급 처치하는 것에는 성공했으니 이젠 디테일한 계획을 짤 때였다.

"후우."

강우는 깊은 한숨을 내쉬며 소파가 사라져 휑하니 남은 자리에 엉덩이를 붙였다. 그로서도 전혀 예상하지 못했던, 갑작스러운 전개였기 때문에 복잡해진 머릿속을 정리할 시간이 필요했다.

'일단 시간은 어느 정도 있을 거야.'

자신을 구하고 싶으면 이곳으로 오라며 보석을 던지긴 했다. 그 보석은 전에 리리스와 함께 만든 물건으로, 루드비히를 타락시켰던 던전으로 통하는 게이트를 활성화시킬 때 사용한 보석이었다.

'바로 사용하진 않겠지.'

그냥 누가 보더라도 함정이라는 게 뻔히 보이는 방법이었다. 사실 바로 사용하지 않는 정도가 아니라 아예 사용하지 않을 가능성도 생각하긴 해야 했다.

잠시 고민을 이어가던 강우는 고개를 저었다.

'오긴 할 거야.'

그는 김시훈을 안다. 함정이라는 게 뻔히 보일지라도, 활활 타오르는 불구덩이라도 그는 뛰어들 것이다. 자신을 구하기 위해.

'그런 놈이니까.'

강우는 피식 웃었다.

김시훈에 대한 죄책감이 다시금 끓어올랐지만, 고개를 저으며 생각을 이어갔다.

'상황 정리부터.'

사실 과정이야 어쨌든 결과만 놓고 보면 나쁘지 않았다. 갑작스러운 상황에 대처한 것 치고는, 꽤나 얻은 것이 많다.

'타이밍도 적절해.'

가이아가 나타나서 예언의 악마가 사탄이 아니라며 트롤짓을 해버린 직후다.

'어차피 필요한 일이었어.'

가이아의 발언으로 바닥까지 추락한 사탄 코인. 머지않은 시기에 사탄을 대신해 '예언의 악마'가 될 존재를 찾을 생각을 하고 있었다.

강우는 이마에 손을 올리며 가이아의 존재를 떠올렸다.

'다른 누군가를 예언의 악마로 만드는 건 더 이상 의미가 없어.'

만약 루시퍼를 예언의 악마로 몰아간다고 해도, 어차피 성과가 슬금슬금 나올 때쯤 또 한 번 가이아가 나타나 그자는 예언의 악마가 아니라며 판을 뒤집어 버릴 가능성이 농후했다.

'이 무능한 년.'

가이아만 생각하면 열불이 터져 나오지만 어쩔 수가 없었다. 아무리 미워도 지구를 수호하는 주신격 존재다. 만약, 혹시라도 죽게 된다면 그 파급력은 세계의 존망과 연결될 것이다.

'외계의 신이 단체로 출입이라도 하면…….'

생각할 것도 없다. 자신이 아무리 뛰어나도, 강하다고 하더라도 지구는 파멸할 것이다. 만 년간 갈망해 온 보금자리는 흔적조차 남지 않을 것이다.

"후우."

깊은 한숨이 흘러나왔지만, 고개를 저으며 생각을 전환했다. 지금은 예언의 악마에 대해 집중할 때다.

'예언의 악마는…….'

그 정체를 알 수 없어야 한다. 추리 만화에서 검게 표시되는 악당처럼 정확한 정체도, 모습도 알 수 없어야 한다. 동시에.

'너무 철저하게 숨겨도 안 돼.'

예언의 악마가 확실히 '존재'한다는 단서 정도는 계속 던져줘야 했다. 앞서 비유한 추리 만화로 치면 결국 범인은 존재해야 한다는 것.

"……더럽게 복잡하네."

강우는 이마를 쓸어 올렸다.

예언의 악마의 존재를 감추면서, 동시에 예언의 악마가 존재한다는 증거를 뿌려야 한다.

복잡하기 짝이 없는 방법이지만 신의 눈을 피하기 위해선 지금 이게 가장 효율이 좋은 방법이다.

'존재를 감추면서도… 존재한다는 것을 나타내는 것.'

가늘게 눈을 떴다. 머릿속이 빠른 속도로 돌아갔다.

'방법은 있어.'

생각해 둔 것은 있었다. 그것을 위해 일부러 보석을 김시훈에게 건네주기까지 했다.

"일단… 리리스랑 발록에게는 연락해 둘까."

복잡한 상황이 되니 머릿속에 떠오른 것은 그 둘이었다. 미우나 좋으나 가장 오래 함께해 온 사이니 손발을 맞추기도 편했다.

'에키드나랑 할키온은……'

강우는 잠시 고민에 잠겼다. 그 둘과 손발을 맞춰본 경험은 많지 않았다. 예전 레이날드를 죽일 때 에키드나와 살짝 맞춰본 정도. 할키온 또한 과연 연기란 걸 할 수 있을지 걱정스러웠다.

'그래도 어쩔 수 없어.'

혼자의 힘으로 모든 것을 할 순 없었다. 무대를 꾸며줄 조연이 필요했다.

'일단 그럼 발자하크랑 할키온, 에키드나에게도 연락해 둘까.'

한설아가 내심 걸렸지만 이내 고개를 저었다. 상황이 상황인 만큼 진실에 대해 아는 존재가 적을수록 좋았다. 한설아는 다른 사람과 달리 그와 영혼이 이어진 권속조차 아니었으니 진실을 숨기는 게 맞다.

강우는 몸을 일으켰다.

'지금 당장 해야 할 건.'

연극을 위해선 그에 걸맞은 무대가 필요한 법. 언제 김시훈이 보석을 사용할지 모르는 이상 무대를 처음부터 다시 만드는 것은 효율이 좋지 않다. 다행히 그에게는 전에 한 번 사용한 적절한 무대가 있었다.

그는 예전에 만들어둔 던전으로 이동했다.

[띠링.]

[SS+급 던전 '리리스♡마왕님의 러브하우누가이름이렇게설정하래아니시바벌써만들어졌잖아'에 입장하였습니다.]

강우는 조용히 머리를 움켜쥐었다.

"아, 씨발⋯⋯."

무대부터 다시 만들어야 했다.

쾅!!

요새를 방불케 하는 거대한 건축물. 그 안에서 포탄이 터지는 듯한 묵직한 소리가 울려 퍼졌다.

우드득. 김시훈이 내려찍은 테이블이 반으로 쪼개져 갈라졌다.

"……그게 무슨 말씀입니까."

김시훈은 이글거리는 눈빛으로 샤르기엘을 노려보았다.

샤르기엘은 깊은 한숨을 내쉬었다.

"천사는 이번 구출 작전에 참여하지 않겠습니다."

무거운 침묵이 내려앉았다.

"어째서……."

반박을 하려 하던 김시훈은 이내 굳게 입을 다물었다. 샤르기엘이 왜 이런 선택을 했는지 사실 그 자신도 잘 알고 있다.

"함정이라는 것이 너무 뻔하기 때문입니다."

단호한 목소리로 샤르기엘이 답했다.

길게 생각할 것도 없다. 강우가 잡혀 있는 곳을 찾아내고, 급습하는 것이 아니다. 예언의 악마가 먼저 강우가 잡혀 있는 위치를 알려준 것이다. 적이 건넨 초대장. 이것이 얼마나 위험한지는 구구절절 설명할 것도 없다. 이곳으로 향하는 것 자체가 불구덩이 속으로 제 발로 뛰어드는 것과 다를 바가 없다.

'하지만.'

김시훈은 두 눈을 질끈 감았다.

'가야 해.'

강우의 목숨이 걸린 일이다. 그곳이 설사 불구덩이라도, 죽음이 확정된 사지(死地)라고 하더라도 가야 했다. 가지 않을 이유가 없었다.

쇠사슬에 묶인 채, 숨죽인 비명을 흘리고 있는 강우의 모습이 떠올랐다. 마음 같아서는 지금 당장에라도 보석을 사용해 그가 있는 곳으로 뛰어들고 싶었다.

으득.

어금니를 깨물었다. 참아야 한다. 지금 혼자서 뛰어들어 봤자 강우를 구하기는커녕 개죽음만 맞이할 뿐이다.

"전면적으로 협력해 주시겠다는 말은 모두 입에 발린 거짓말이었습니까?"

"상황이 다릅니다. 적이 준비한 함정에 무모하게 돌격하는 격인 작전에 협력할 수는 없습니다."

샤르기엘 입장에서도 어쩔 수가 없었다. 그만큼 상황은 최악이다.

"적어도 라파엘 님이 회복하시고 다른 대천사님들이 오실 때까지는 기다려야 합니다."

"너무 늦습니다."

"늦어도 어쩔 수 없습니다. 지금 그자를 구출하러 가는 것은 자살행위입니다."

"형님도 도망친 사탄을 쫓기 위해 목숨을 걸고 균열 안으로 몸을 던지신 적이 있었죠. 천사들의 신념이라는 것이 한낱 인간만도 못한 겁니까?"

"그때와는 상황이……."

"다르지 않습니다."

살기 어린 목소리로 샤르기엘의 말을 잘랐다.

그는 손에 쥔 검은 보석을 내밀며 말했다.

"이것이 적의 함정이라는 것 정도는 저도 알고 있습니다. 하지만 지금 상황에서 형님을 구할 수 있는 유일한 방법이라는 것도 사실이죠."

"포기하십쇼. 그자도 이미 루드비히처럼……."

"타락하지 않았습니다. 영상으로도 보시지 않았습니까? 끔찍한 고문을 당하고 있을 뿐 루드비히처럼 언데드의 징후는 보이지 않습니다."

"징후가 보이지 않았을 뿐, 확신할 수는 없습니다. 그 이후에 어떻게 되고 있는지도 알 수 없고요."

"형님은 영웅신 티리온 님의 선택을 받은 빛의 용사입니다. 실질적으로는 가이아 씨와 함께 가디언즈의 수장 격 위치에 있죠. 형님을 잃는 것은 가디언즈 전체를 잃는 것과 마찬가지입니다."

김시훈은 치솟아 오르는 분노를 억누르며, 최대한 침착한 목소리로 말했다. 천사의 협력을 얻기 위해서는 그들을 어떻게든 설득해야 했다.

무거운 침묵이 내려앉았다.

샤르기엘은 눈을 감은 채, 고민을 이어갔다. 아니, 정확히는 '고민하는 척'을 했다. 어차피 대답은 정해져 있었으니까.

"불허합니다."

"……."

"천사들은 이번 구출 작전에 협력할 수 없습니다."

"가디언즈 전체가 와해될 수 있는 일이라고 했습니다."

"그렇다고 해도 무모한 행동에 협력할 수는 없습니다."

"예언의 악마를 죽여야 한다고 말하시지 않으셨습니까?"

"반드시 죽여야 합니다. 하지만, 지금은 아닙니다."

"그것참 속 편한 말이군요."

김시훈은 비아냥거리며 날카롭게 눈을 떴다.

"마(魔)를 멸하겠다는 신념은 상황에 따라 달라지나 봅니다?"

"……용기와 만용을 구분한 것에 불과합니다."

샤르기엘은 낮은 목소리로 답했다. 평소 입버릇처럼 목숨을 건 전투를 강조한 것과는 다른 태도.

김시훈은 주먹을 움켜쥐었다.

"라파엘 님을 만나게 해주십쇼."

"불허합니다."

"이런 씨발!!"

쾅!! 거칠게 발을 구르자 대리석으로 이뤄진 바닥이 쩌적 갈라졌다. 김시훈은 이마에 손을 올린 채 거칠 게 숨을 쉬었다.

'참아.'

이미 참지 못하고 한번 폭발했지만, 여기서 더 분노를 토해낼 수는 없었다. 지금 이런 상황에서 감정에 휘둘려 천사와 마찰을 빚었다가는 강우를 구출하는 것이 점점 더 요원해진다는 것은 그도 잘 알고 있는 사실.

'형을 위해서라도… 참아야 해.'

당장에라도 저 고집불통의 머리통을 작살 내고 싶더라도, 필사적으로 감정을 억눌러야 했다. 지금 이 상황에서 천사까지 적이 된다면, 강우의 문제를 떠나서 인류 전체가 위험하다.

"……죄송합니다."

억눌린 목소리로 입을 열었다.

샤르기엘이 고개를 숙였다.

"괜찮습니다. 김시훈 수호자의 마음은 이해할 수 있습니다. 저희도 루드비히를 떠나보냈을 때 그랬으니까요. 하지만 여기선 흥분을 참고 이후의 일을 대비……."

"도와주실 생각이 없으시다면, 이만 돌아가 보겠습니다.

김시훈은 샤르기엘의 말을 자르며 몸을 돌렸다. 도움이 되지 않는다는 것을 안 이상 그의 암 걸리는 헛소리를 계속해서 들어줄 이유는 없었다.

요새를 빠져나오자 아프리카의 황무지가 눈앞에 펼쳐졌다.

수호의 전당으로 향하는 게이트를 열기 전, 머릿속이 하얗게 점멸했다.

"제길."

주먹을 움켜쥐었다.

"제길, 제길, 제길, 이 씨발!!! × 같은 비둘기 새끼들!!"

김시훈은 거친 욕설을 토해내며 움켜쥔 주먹에 힘을 더했다. 그리고 머리를 움켜쥔 채, 짐승처럼 포효했다.

"하아, 하아, 하아."

고개를 들었다.

"구해야, 해."

저벅, 저벅. 천천히 발걸음을 옮겼다.

이러고 있을 시간이 없었다. 지금 이러고 있는 순간에도.

"……."

수호의 전당으로 향하는 게이트가 열렸다.

"그렇게… 됐군요."

김시훈에게 사정을 들은 가이아는 무거운 표정으로 고개를 끄덕였다. 딱히 놀라거나, 분노하지 않은 것을 보면 예상하고 있었다는 반응.

"시훈 씨는 그래도……."

"갈 겁니다."

1초의 망설임도 없는 단호한 대답. 가이아는 그럴 줄 알았다는 듯 슬픔에 잠긴 목소리로 말을 이었다.

"적의 함정이라는 것은……."

"알고 있습니다."

"……돌아오지, 못하실 수도 있어요."

김시훈은 희미한 미소를 지은 후, 가이아의 손을 잡았다.

"형은… 절 지옥에서 구원해 준 사람입니다. 유일하게 절 긍정해 준 사람입니다."

"……."

"반드시, 구하고 돌아오겠습니다."

"흑, 흐윽……."

가이아의 눈가에 눈물이 흘렀다. 김시훈은 그런 그녀를 바라보며 난처하다는 듯 뺨을 긁었다.

"아주 그냥 드라마를 찍고 있네, 드라마를 찍고 있어."

헛웃음 섞인 목소리가 들려왔다.

"차, 연주 씨……?"

"언제 출발할 거야? 시간 없잖아?"

"위험합니다."

"누군 뭐 위험한 줄 모르고 가려는 것처럼 말하네. 지랄하지 말고 언제 출발할지나 말해."

날카로운 그녀의 말에 김시훈은 굳게 입을 다물었다. 지금 상황에선 그녀의 도움이라도 절실했다.

'이럴 때 발록만 있었더라도.'

김시훈은 입술을 깨물었다.

중동에서 돌아온 이후 발록에게 바로 연락을 했지만 아무리 연락해도 받지를 않았다. 발록만이 아니다. 에키드나와, 실제 만나본 적은 없지만 할키온이라는 여인도 강우와 함께 모습을 감췄다. 리리스의 말에 따르면 그렇게 넷이 함께 사탄을 추적하다 예언의 악마에게 당했다는 모양.

"알겠습니다. 출발하는 건 오늘 밤. 그때까지 모아줄 수 있는 사람은 최대한 모아주십쇼."

더 이상 시간을 지체했다가는 완전히 때를 놓치고 만다.

"오늘 밤?"

차연주는 코웃음을 쳤다.

"굳이 오늘 밤까지 기다릴 필요 있어?"

"……예?"

"이미 모일 사람은 다 모인 것 같은데 말이야."

그녀의 시선이 한쪽을 향했다. 김시훈이 들어온 곳과는 다른 통로. 그쪽에서 사람들이 걸어오고 있었다.

"허허. 언제 오나 기다리고 있었더니 이제야 왔군. 천사들은… 뭐, 여기 없는 걸로 봐선 협력을 거절했나 보군."

천무진의 뒤를 따라 날카로운 기도를 가진 천검문의 무인들이 걸어왔다.

"대, 대체 이게 무슨 일이에요! 저한테 업무란 업무는 다 맡겨놓으시고 가시더니 강우 님이 납치당했다니요!"

아주 오랜만에 천소연의 모습도 보였다. 그녀는 천무진이 수장의 자리를 박차고 가디언즈에 들어온 이후 남은 천검문의 무인들을 관리하느라 눈코 뜰 새 없이 바쁜 일정을 소화하고 있었다.

"죄송해요, 조금 늦었네요."

다른 통로에서는 쿠로사키 유리에, 정확히는 그녀의 육체 안에 들어가 있는 리리스가 일본인 플레이어들을 데리고 오고 있었다. 숫자는 많지 않았지만 고레벨 플레이어가 거의 없는 일본의 상황을 생각하면 거의 모든 전력을 쥐어짜 낸 셈.

"정부가 하도 난리를 피워서 늦게 됐네. 미안하군."

화랑부대 단장 장현재도 모습을 보였다. 그의 뒤에는 백화연과 구현모 등, 한국에서 난다 긴다 하는 플레이어들이 뒤를 따르고 있었다.

"시, 시훈 형씨! 정확한 사정 좀 알려주쇼! 강우 형님이 납치됐다는 게 대체 무슨……."

박덕기, 아니, 강태수도 성난 걸음으로 다가왔다.

그밖에도 그레이스 맥커빈이 이끄는 미국인 플레이어들과 자신의 직속 부대인 천랑부대원들도 속속 모습을 드러냈다.

"오강우 님이라면 대장님이 그렇게 훈련 중에 말씀하셨던 분 맞죠?"

"……거의 뭐, 누가 들으면 사랑에 빠진 줄 알 정도로 열심히 설명하던 그 형님?"

천랑부대원들은 김시훈을 바라보며 낄낄 웃었다.

"아……."

김시훈의 두 눈이 부릅떠졌다.

"이건……."

"강우 씨가 쌓아 올린 인연의 실이 적지 않은 모양이네요. 아, 물론 시훈 씨 덕분도 있지만요."

가이아가 방긋 웃었다.

"다들……."

김시훈의 눈가가 붉어졌다. 냉혹하게 협력을 거절한 천사들, 그들에게 깊게 새겨진 배신감이 씻은 듯이 사라지는 감각.

물론, 천사가 가디언즈를 배신한 것은 아니다. 냉정하게 말하면 라파엘의 회복과 다른 천사들의 지원을 기다리자는 그들의 제안이 오히려 타당했다. 지금 이 자리에 모인 사람은 그냥 멍청하기 짝이 없는 선택을 한 것에 불과했다.

고작 한 명. 고작 한 명의 목숨을 구하기 위해 함정일 것이 뻔한 불구덩이로 뛰어드는 것과 다름이 없는 셈. 함께 불구덩이로 뛰어들지 않았다고 천사를 욕할 것은 없었다.

그래도, 그럼에도. 기뻤다. 강우를 생각해 주는 사람이, 그를 구하고자 하는 사람이 이토록 많다니.

"형……."

고개를 들어 올리고 눈물을 훔쳤다. 자기도 모르게 웃음이 흘러나왔다.

'거 봐, 감출 수 없다고 했지.'

예전에 강우가 자신의 공로를 숨기고 검룡을 밀어주려고 할 때. 어차피 세상은 결국 형을 알아주게 될 거라고, 자신이 아닌 형을 기억할 거라고 따졌던 적이 있었다.

탁.

마지막으로, 검은 머리칼의 여인이 비틀거리는 걸음으로 걸어왔다.

"설아 씨……?"

김시훈은 그녀의 모습을 보곤 흠칫 몸을 떨었다.

퀭한 눈과 파랗게 질린 얼굴. 걸음을 옮기는 것이 힘들 정도로 덜덜 떨리는 몸은 그녀가 강우가 납치당했다는 소식에 얼마나 큰 충격을 받았는지 짐작게 했다.

"저도, 가겠어요."

무리도 아니다. 강우가 사라졌다는 소식을 들은 그 날, 에키드나와 할키온까지 모습을 감췄다. 리리스가 말하기론 발록을 포함한 넷이 동시에 예언의 악마의 습격을 받아 납치당했다고 한다. 그들 중 셋 함께 살고 있던 그녀의 입장에선 말 그대로 하늘이 무너지는 소식.

"설아 씨는……."

김시훈은 말끝을 흐렸다. 그는 영상을 통해 강우가 어떤 상태인지를 보았다. 한쪽 눈이 파내지고, 온몸이 사슬에 꿰뚫린 끔찍한 상태. 과연 강우의 연인인 그녀에게 그 모습을 보여주는 것이 옳은 일인지 알 수 없었다.

"가지 않는 것이……."

"……워요."

"예?"

"시끄럽다고요."

한설아가 고개를 들었다. 그녀의 눈빛에는 섬뜩한 광기까지 느껴졌다.

김시훈의 멱살을 움켜쥐며, 한설아는 말을 이었다.

"입 닥치고 강우 씨가 있는 곳으로 안내하세요."

김시훈은 굳게 입을 다물었다. 뭔가 더 이상 그녀를 말려서는 안 될 것 같다는 직감이 들었다.

"알겠습니다."

김시훈은 검은 보석을 들어 올렸다.

오강우. 그가 쌓아온 인연의 실이 복잡하게 엉켜 이곳에 모였다.

"바로 출발하죠."

쩌적. 허공에 검은 균열이 만들어졌다.

김시훈은 망설임 없이 균열 속으로 몸을 던졌다.

[띠링.]

[SS+급 던전 '심연의 나락 키햐그렇지!이거지!이정도이름은돼야간지나어잠깐만시발'에 입장하였습니다.]

-들어왔습니다, 마왕님.

"숫자는?"

-최소… 3천 명은 넘습니다.

"뭐라고?"

강우는 믿기 힘들다는 듯 눈을 크게 떴다.

발록이 피식 웃었다.

-생각보다 왕께서 쌓아 올리신 인연이 많은 모양이군요.

"허."

절로 헛웃음이 흘러나왔다. 함정일 것이 뻔한 악마의 초대장에 수천 명이 뛰어들 줄이야.

'그러고 보니.'

예전에 언론에서도 다뤄졌듯, 그의 이름은 이제 슬슬 대중들과 플레이어들 사이에서도 어느 정도 유명해져 있었다. 숨기려고 해도 더 이상 숨기기 힘들었던 것. 그만큼 그가 지구에서 해온 일들이 많아졌다는 의미이리라.

"끄응… 그래도 설마 수천 명이 올 거라고는 생각 못 했는데."

강우는 앉아 있던 의자 등받이에 몸을 기울였다.

진액이 흘러나오는 촉수들로 만들어진 의자는 보는 것만으로 구역질이 날 정도로 끔찍한 생김새를 가지고 있었다.

'뭐, 가짜지만.'

비유하자면 소품. 무대를 꾸며주며 사실감을 더해줄 도구. 리리스가 손수 만들어준 의자는 강우 자신도 앉아 있는 것이 꺼림칙할 정도였다.

'뭐로 만들었는지는……'

더 이상 생각하지 않기로 했다.

의자에서 돋아난 촉수가 자꾸 사타구니를 쿡쿡 찌르며 감싸는 불쾌감에 강우가 엉덩이를 요리조리 움직였다. 왠지 모르겠지만 의자가 전체가 부르르 떨렸다.

"뭐, 어쨌든……"

강우는 발록이 전해준 소식을 다시 떠올렸다. 예상했던 것보다 훨씬 많은 인원이 던전 안으로 들어왔다는 것.

'나쁘진 않아.'

오히려 좋다고 할 수 있으리라. 무대의 관중이 많으면 많을수록 좋은 것은 굳이 생각할 필요도 없는 일이니까.

"발록, 진입하고 있는 쪽의 영상을 볼 수 있어?"

-물론입니다. 잠시만 기다려 주십시오.

발록이 검은 수정 구슬을 가져왔다.

던전 내부의 영상이 보였다. 무려 3천 명에 달하는 플레이어들이 들어온 던전 내부는 터질 듯이 북적거렸다.

'좀 감동이긴 하네.'

자기 하나 구하겠다고 이렇게 많은 사람들이 몰려온 것을 보니 뭔가 가슴 한편이 찡해지는 감각.

'다 이게 내 인덕 덕분이지.'

강우는 만족스러운 표정으로 연신 고개를 끄덕였다. 세계를 지키기 위해 물심양면으로 노력했던 것이 보답을 받은 기분.

사실 인덕이라고 하기보단 집단의 지도자인 천무진, 가이아, 차연주 등과 친분이 있는 것이 저 정도 인원을 끌어들일 수 있었던 원동력이었지만 사소한 것은 신경 쓰지 않기로 했다.

"음……?"

던전에 들어오자마자 발동된 함정에 다급히 대처하고 있는 플레이어들의 모습을 바라보던 강우의 눈에 한 여인의 모습이 비쳤다.

"아."

함정에 당한 부상자들을 재빠르게 치료해 주고 있는 여인. 윤기가 흐르던 검은 머리칼은 푸석푸석해져 있었고, 눈두덩에는 며칠 잠을 자지 못한 듯 다크서클이 짙게 내려와 있었다. 붉게 충혈된 눈과 얼마나 힘들었는지 짐작이 갈 정도로 수척해진 얼굴. 평소 상냥했던 눈빛에는 광기까지 느껴지고 있었다.

"임자……."

강우의 표정이 그 어느 때보다 우울하게 물들었다.

사실 한설아가 저런 반응을 보일 것이란 것은 처음 계획을 생각했을 때부터 예상하고 있었다.

"하아……."

절로 한숨이 흘러나왔다. '오강우'와 '예언의 악마'를 확실하게 분리시키기 위해서는 어쩔 수 없는 일이라고는 하지만, 괜히 우울해지는 것은 막을 수 없었다.

"강우, 설아가……."

옆에서 함께 영상을 보던 에키드나가 슬픈 표정으로 중얼거렸다. 에키드나도 강우의 사정을 알고 있었지만 한설아의 저런 모습을 보는 것이 쉬울 리가 없었다.

게다가 수련이니 뭐니 해서 자리를 비우는 시간이 많은 강우에 비해 에키드나는 거의 하루 종일 한설아와 함께 지냈다. 오히려 강우보다 한설아와 함께한 시간이 더 긴 것이다.

"마, 많이, 히, 힘들어 보이시네요."

할키오는 한설아와 만난 지 얼마 되지 않았기 때문에 비교적 평탄한 목소리로 말했다.

"제, 제가 위, 위로해 드릴게요."

할키온은 조심스럽게 손을 뻗어 강우의 머리를 끌어안았다. 밋밋한 가슴이 뺨에 닿는다. 그녀, 아니, 그녀가 되어가고 있는 그의 입가가 히죽히죽 올라갔다.

잠에서 깨어났을 때 강우가 없어져 불안에 떨고 있는 그에게 한설아가 친절히 대해준 것은 사실이나, 할키온의 입장에선 강우를 제외한 사람이 어떻게 되건 크게 신경 쓰이지 않았다. 그녀의 세계에는 오롯이 강우만이 존재했고, 그 외에는 아무것도 의미 없었다.

"후우. 일단 다들 슬슬 준비해. 계획은 알고 있지?"

"아, 예, 예! 물론이에요! 꼬, 꼭! 가, 강우 님의 도움이 될게요!"

할키온은 의욕에 찬 눈으로 주먹을 움켜쥐었다. 기다란 백발이 춤춘다.

강우는 가늘게 뜬 눈으로 할키온을 바라보았다.

'사실 네가 제일 불안한데.'

가진바 힘이야 그의 권속 중에서 가장 강하지만 이번 계획의 핵심은 누가 얼마나 더 강한지가 아니다.

"강우… 나중에 설아한테 꼭 잘해줘야 해?"

"그래야지."

강우는 우울한 표정을 짓고 있는 에키드나의 머리를 쓰다듬었다. 어쩔 수 없었다고는 하지만 한설아를 이 정도로 힘들게 한 것은 꼭 갚아야 했다.

'시훈이랑 연주한테도.'

그 밖에 태수, 가이아 등 미안한 사람들이 많았다.

'뭐, 일단 이번 일부터 해결하고.'

일단 내 발에 붙은 불부터 꺼야 갚건 말건 할 게 아닌가.

"발록, 던전 내부 지도 다시 한번 보여줘 봐."

-예.

발록이 던전 내부의 설계도를 내밀었다.

고작 며칠밖에 시간이 없었던 던전 제작에 가장 열을 올려준 것은 발록과 리리스였다. 두 악마는 전에 루드비히 때 던전을 만들었던 경험을 살려 굉장히 디테일한 부분까지도 세심히 만들어주었다.

'혼자 하려 했으면… 어후.'

강우는 질린 표정으로 고개를 저었다.

이번에 만든 던전은 루드비히 때보다 최소 5배 이상 크기를 지닌 대형 공간이다. 강우의 마기가 그때에 비해 폭발적으로 늘어난 만큼 규모를 훨씬 크게 잡을 수 있었던 것. 그 내부를 홀로 채워 넣으려 했으면 얼마나 고생을 해야 했을지 감도 잡히지 않는다.

'이름에 살짝… 실수가 있긴 했지만.'

루드비히 때처럼 입구에 도착하자마자 바로 함정 장치가 발동하게 만들어둬서 그런지 던전 이름에 신경을 쓰는 플레이어는 없어 보였다.

"일단 여기는 에키드나, 여긴 할키온, 여기에는 발록이 가서 대기하고 있어."

던전은 그물처럼 펼쳐진 미로의 형태다. 3천 명에 달하는 대인원이 협소한 던전 내부에서 함께 움직일 순 없을 테니 자연스럽게 팀을 나눠 갈라질 것이다.

강우가 원하는 것은 김시훈, 차연주, 가이아 등 무대의 '주연'이 되는 존재를 자신이 있는 곳으로 이끄는 것.

'리얼함을 살리기 위해서 중간중간 함정이랑 중간 보스는 당연히 등장해야지.'

지나치게 쉬워서도 안 되고, 지나치게 어려워서도 안 된다. 지칠 대로 지친 상태에서 처절하게 움켜쥔 승리여야만 의미가 있다. 그 밸런스 조정이 발록, 에키드나, 할키온이 맡은 가장 큰 임무였다.

-음. 마왕님, 한 가지 질문이 있습니다.

"말해봐."

-그래서 예언의 악마는 결국 누구라고 밝히실 생각이십니까?

발록은 고개를 갸웃거리며 물었다.

그 또한 강우에게 사정은 모두 전해 들었다. 사탄을 예언의 악마로 만드는 것이 실패한 이상 다른 악마를 찾아야 하는데, 강우는 그에 대해서 어떠한 지시도 내리지 않았다.

"밝히지 않을 거야."

-예?

"예언의 악마의 정체는 계속 미궁에 빠진 채로 놔둘 거라고."

-하지만…….

발록이 이해할 수 없다는 표정으로 시선을 옮겼다. 그곳에는 검게 물든 천사의 날개와 얼굴을 가리는 붉은 악마 가면이 준비되어 있었다. 이번에 강우가 필요다고 말한 '소품'이다.

"뭐… 보면 알아."

강우는 웃었다.

예언의 악마의 정확한 정체를 감추면서도, 그 존재를 확실히 나타낼 수 있는 방법. 김시훈이 던전 안에 들어온 순간 거의 90% 이상 계획은 성공했다.

"아, 맞다. 발록. 천사 이름 아무거나 추천해 봐라."

"천사 이름 말씀이십니까?"

"응. 뒤에 ~엘 붙은 것 중 아무거나."

발록이 잠시 고민에 잠겼다.

"미카엘이나 가브리엘은……."

"그건 이미 있는 이름이잖아."

"……라키엘, 어떻습니까?"

"오, 괜찮네. 어디서 들은 거야?"

"으음……. 글쎄요. 갑자기 떠오르긴 했는데 잘 기억이 안 나네요."

"뭐, 그 정도면 괜찮아."

강우는 어깨를 으쓱였다. 라키엘, 나쁘지 않은 울림이다.

"각자 맡은 역할에 충실히 해주고, 리리스가 준비한 분장으로 절대 알아보지 못하도록 감추고. 음성 변조기도 준비했지?"

"응. 리리스가 다 준비해 줬어."

"실수로라도 사상자 나오지 않게 주의하고."

사실 무대를 더욱 리얼하게 만들기 위해선 몇 명 죽이는 게 효과적이지만 아무리 강우라고 해도 자신을 구하러 사지로 뛰어든 이들을 죽일 생각은 없었다.

"그럼, 시작해."

강우는 던전 곳곳에 설치된 영상 구슬을 모두 받은 후, 지시를 내렸다. 할키온과 에키드나, 발록이 각자의 위치로 이동했다.

곧이어.

-크윽! 뭐, 뭐야 저 촉수 드래곤은!!

-서, 서큐버스……?

-이 병신아! 서큐버스가 저렇게 끔찍하게 생겼겠냐?

-제, 제길! 저, 저 근육 괴물은 또 뭐야!!

던전 곳곳에서 비명이 울려 퍼졌다. 여러 갈래로 나뉜 구조대가 중간 보스를 만나 고전하고 있는 것이 보였다.

'자, 그럼 시훈이는.'

강우는 김시훈이 있는 장소의 영상을 틀었다.

-전진합니다.

'이야, 막무가내로 밀고 들어오네.'

-대, 대장님! 여긴 함정 지역…….

-전진합니다.

'엉?'

-허억! 허억! 조, 조금만 휴식을…….

-전진합니다.

'야야, 너무 무리하지 마, 인마. 진짜 그러다 누구 죽어.'

-언데드입니다!! 천사들의 시체로 만들어진 언데드가……!

-전진합니다.

'야, 이 미친놈아.'

김시훈은 눈앞을 가로막는 벽과 함정, 몬스터들을 모조리 쓸어버리며 미친 듯한 속도로 전진하고 있었다.

'그만해, 이 새끼야!'

최대한 사람을 죽이지 않는 함정 위주로 설치했지만, 이렇게 무식하게 돌파하면 죽는 사람이 발생할 수도 있었다. 실제로 김시훈이 이끄는 구조대원들에서 부상자가 속출하기 시작했다.

-대, 대장님… 사, 상처를……

-부상자는 모두 뒤로 빠지십쇼. 쉬지 않고 전진하겠습니다.

'아니, 시훈아…….'

아무리 빨라도 3일 이상 걸리리라 예상했던 던전 공략이 무지막지한 속도로 이뤄지고 있었다.

'그만해.'

좀 느긋이 상황을 조율하려고 했던 강우는 초조한 표정으로 자신의 분장을 점검했다. 사실 시간이 워낙 촉박한 탓에 아직 준비하지 못한 것이 많이 남아 있었다.

-전진합니다.

'쉬어. 새끼야 너 이러다 탈진해서 뒤진다고.'

-전진합니다.

"아니."

그리고.

-콰아아앙!!

"이런 씨발."

던전 공략이 시작된 지 8시간. 김시훈이 벽을 박살 내며 마지막 방에 도착했다.

"허억, 허억."

"이, 이 미친놈아……."

곳곳에서 신음 소리가 흘러나왔다. 온몸에 상처가 가득한 차연주는 버티지 못하고 자리에 쓰러졌다. 천무진 또한 마찬가지. 그는 입에서 피를 토해내며 한쪽 무릎을 꿇었다.

"쿨럭! 쿨럭!"

김시훈은 자신의 입을 손으로 막았다. 선천지기까지 끌어올린 탓인지 새빨간 피가 흘러나왔다.

그럼에도.

"강우, 형……."

김시훈은 비틀거리는 걸음으로 앞으로 나아갔다.

그때였다.

"잘도 여기까지 도착했군."

통로 쪽에서 정체불명의 괴인이 나타났다. 검은 천사의 날개에 붉은 악마 가면.

"너는……."

검은 점액질로 전신이 이뤄져 있던 예언의 악마와는 다른 존재. 모습도 모습이지만 풍기는 기운부터 목소리까지 완전히 달랐다.

예상했던 것과는 달리 예언의 악마가 아니라 다른 존재가 등장하자 김시훈의 눈빛이 떨렸다.

"나는 사천왕(四天王) 중 '타락'을 다스리는 왕, 라키엘이다."

"라키엘……?"

김시훈은 처음 들어보는 이름에 눈살을 찌푸렸다. 고개를 돌려 다른 사람을 돌아봐도 다들 전혀 들어본 적 없다는 표정이었다.

그런 그들을 바라보는 강우, 아니, 라키엘은 가면 속에서 씩 미소를 지었다.

'당연히 들어본 적 없겠지.'

나도 방금 들은 이름이거든. 강우는 발록이 대충 만들어준 이름이 마음에 드는 듯 고개를 끄덕였다.

'어차피 이름이야 뭐든 상관없으니까.'

중요한 것은 라키엘이라는 존재가 강우가 스스로 만들어낸 '가상의 존재'라는 것. 이로써 사탄처럼 갑자기 진짜가 나타나 곤경에 처할 일은 없었다.

'키햐, 사천왕이라. 지린다, 지려!'

자신이 생각해 놓고도 뿌듯했다. 예언의 악마의 정체를 감추면서도, 예언의 악마의 존재를 증명하는 것. 가장 좋은 방법은 '그를 섬기는 부하'를 만들어내는 것이다.

'이거라면 이제 들킬 일도 없다고!'

만약 예전처럼 사탄이 필요한 상황에선 라키엘이라는, 자신이 만들어낸 가상의 카드를 사용하면 됐다. 애초에 라키엘은 '예언의 악마'가 아닌 '예언의 악마를 섬기는 하수인'에 불과하니 가이아의 트롤짓으로 떡락할 이유도 없다.

'이대로 예언의 악마의 정체는 영영 미궁 속에 빠뜨려 놓고 필요할 때는 라키엘의 이름으로 활동하면.'

예언의 악마라는 것을 들킬 일 없이, 편안하고 안락한 생활을 보낼 수가 있다.

'그래, 이거지!'

강우는 차오르는 전율에 몸을 떨었다.

떡락한 사탄 코인을 대신할 코인.

'내가 만들면 되는 거였어.'

무에서 유를 창조하듯, 매수할 코인을 직접 만들어 버리면 되는 것이다. 강우는 만족스럽게 고개를 끄덕였다.

그리고 이 설정의 장점은 단순히 '라키엘'이라는 코인을 생성하는 것만이 아니다.

"사천왕……?"

김시훈은 딱딱하게 굳은 표정으로 그 단어를 중얼거렸다.

무언가 머릿속에 번뜩이듯 지나갔다.

"서, 설마 사탄도……."

"크큭, 눈치 하난 빠르군."

"사탄도 네놈과 같은 사천왕이었구나!"

이미 떡락할 대로 떡락한 사탄. 그것을 적절하게 손절할 타이밍이기도 했다. 의도한 것은 아니지만 이미 사탄이 예언의 악마가 아닌, 그의 하수인이라는 떡밥도 뿌려졌으니 의심할 이유도 없을 터. 강우는 준비해 둔 소품을 김시훈을 향해 던졌다.

툭. 데구르르르.

김시훈은 바닥에 떨어진 무언가를 손에 쥐었다. 두 눈이 부릅떠졌다.

"이, 이건……!"

"어딜 감히 사탄 따위와 날 비교하느냐."

검은 날개를 지닌 괴인이 마치 쓰레기를 버리듯 바닥에 던진 것. 그것은, 사탄의 머리였다.

"그놈은 우리 사천왕 중 가장 나약한 놈에 불과하다."

강우, 아니, 사천왕 중 '타락'을 담당하는 왕. 한때 고결한 천사였지만, 예언의 악마를 섬기며 검게 날개가 물든 타락 천사, 라키엘은 광기에 찬 웃음을 터뜨렸다.

[흐어엉. 그만해……. 제발 그만해 이 개새끼야…….]

어딘가에서 이런한 목소리가 들려왔지만 무시했다.

"뭐, 라고?"

"사, 사탄이 가장 약하다고?"

김시훈과 차연주는 믿을 수 없다는 표정으로 라키엘을 바라보았다.

사탄. 그가 얼마나 강력한 악마인지는 이제까지 줄곧 당해온 가디언즈가 가장 잘 알고 있었다. 한 시대를 주름잡을 수도 있던 영웅들이 사탄의 손에 허망하게 죽어 나갔다.

아니, 앞서 그가 해왔던 악행들을 제외하더라도, 사탄은 다른 누구도 아닌 라파엘과 싸워 이겼다. 심지어 라파엘은 아직 그 상처에서 완전히 회복하지 못하고 있는 상태. 굳이 사탄이 얼마나 강력한 악마인지 생각하는 것이 의미가 없을 정도로 그는 자신의 힘을 만천하에 증명했다. 그런데.

"자, 잠깐! 뭐, 뭐 잘못된 거 아냐?"

차연주가 믿을 수 없다는 목소리로 외쳤다. 사탄이 이렇게 허망하게 죽었다니, 예언의 악마를 섬기는 권속 중 가장 약했다니, 순순히 믿을 수 있을 리가 없었다.

"어차피 그놈도 가면 쓰고 다녀서 얼굴을 모르잖아! 다시 한 번 봐봐!"

차연주는 초조한 목소리로 김시훈에게 외쳤다.

김시훈은 굳게 입을 다물었다. 그녀의 말대로 사탄의 얼굴을 본 것은 이번이 처음이다. 딱히 특이한 점은 없었다. 가면을 왜 썼는지 의아할 정도로 전형적인 악마의 얼굴이다. 하지만.

"사탄이, 맞습니다."

단순한 직감이 아니었다. 이전, 사탄은 자신을 악마로 타락시켜 조종하기 위해 '씨앗'을 심었다. 그때 느꼈던 마기의 감각과 완전히 일치한다.

침묵이 내려앉았다.

라키엘은 느긋이 팔짱을 낀 채 그들을 바라보았다.

"자, 이제 내 말을 좀 믿을 수 있겠나?"

"형님은… 어디에 있지."

김시훈은 라키엘이 던진 사탄의 머리를 쓰레기처럼 바닥에 버렸다. 지금 중요한 것은 사천왕이니, 사탄이니 하는 문제가 아니었다. 어차피 예언의 악마가 이곳에 있으리라 예상하고 온 것이 아닌가. 강대한 적이 나타났다고 해서 이곳에 온 목적을 잊을 순 없었다.

"형님이라면 이놈 말이냐?"

라키엘은 피식 웃으며 손가락을 튕겼다. 장막처럼 내려앉은 어둠이 걷히며 십자가에 묶인 강우의 모습이 드러났다.

"아, 으……."

"혀, 형님!!"

"허업……."

드러난 강우의 모습은 처참하기 짝이 없었다. 그때 이후 계속 고문을 받았는지 몸 전체가 만신창이가 되어 있었다.

"가, 강우 씨!!!"

이성을 잃은 한설아가 강우를 향해 달려갔다.

김시훈이 그녀의 어깨를 붙잡았다.

"이거 놔요!"

"진정, 하세요."

"어서 놓으라고요!! 가, 강우 씨가… 강우 씨가……!"

한설아는 펑펑 눈물을 쏟으며 소리쳤다.

김시훈은 입술을 짓이기며 그녀의 몸을 뒤로 당겼다.

사실 마음 같아서는 자신도 한설아처럼 강우를 향해 달려가고 싶은 심정이었다. 하지만.

'참아.'

김시훈의 눈에 섬뜩한 살기가 피어올랐다. 여기서 참지 못하고 달려들게 되면, 그 결과를 상상하는 것은 어렵지 않았다. 영영 강우를 잃게 되리라.

"시훈, 아."

"형……."

김시훈은 두 눈을 질끈 감았다. 너덜너덜해진 강우의 모습을 보고 싶지 않았다.

'그래도.'

김시훈은 호흡을 고르며 천천히 눈을 떴다. 과연 이것을 다행이라고 말할 수 있는지는 모르지만, 강우의 몸에 언데드의 징후는 여전히 보이지 않았다. 사이한 마기도 느껴지지 않았다.

'아직.'

그를 구할 수 있다. 루드비히처럼 손쓰기 늦은 상황이 아니다.

김시훈은 손에 쥔 성검을 굳게 움켜쥐었다. 여유로운 표정으로 이곳을 바라보는 라키엘의 모습이 보였다.

갈등이 서렸다.

'과연 이길 수 있을까.'

답이 궁해졌다. 그 강대했던 사탄조차 나약하다고 조롱하는 악마다. 이길 확률은 제로에 가깝다.

"으응? 놀랍군. 이성을 잃고 달려들 거라 예상했는데 말이지."

"……."

"아니면 그렇게까지 할 정도로 소중한 형은 아니었나 보지?"

라키엘이 폭소를 터뜨리며 조롱했다.

김시훈은 그의 도발을 무시하며, 깊게 숨을 들이쉬고 검을 들어 올렸다.

'설사 제로에 가깝다고 하더라도.'

검을 들지 않을 이유는 없다.

강우와 함께해 왔던 나날들이 떠올랐다. 그에게 구원받기만 했던 경험. 이제는 그때의 은혜를 갚을 차례였다.

'지금 날 보면……'

또 멱살을 잡고 욕하시려나.

김시훈은 피식 웃으며 입을 열었다.

"작전대로 가겠습니다."

꿀꺽.

나지막한 김시훈의 말에 플레이어들은 긴장된 표정으로 무기를 쥐었다. 이번 구출 작전의 목적은 어디까지나 강우를 구하는 것. 라키엘과 싸워 이길 필요는 없었다.

"그럼."

김시훈은 몸을 낮췄다.

콰아앙!!

궁신탄영(弓身彈影). 팽팽하게 당겨진 활이 쏘아진 것처럼 그의 몸이 라키엘을 향해 쇄도했다.

'좋아.'

강우는 달려드는 김시훈의 공격을 막으며 씨익 웃었다.

주변 플레이어들의 시선을 살폈다.

'성공했어.'

천사들이 구조 작전에 참여하지는 않은 것 같지만 상관없다. 이 정도로 많은 플레이어들이 목격자라면 아무리 그들이 강우를 의심한다고 해도 믿을 수밖에 없었다.

'이로써.'

예언의 악마의 정체는 미궁에 빠졌고. 활동하기 편한 라키엘이라는 카드를 만들었으며. 빛의 용사 오강우는 모든 혐의를 벗었다. 이런 상황만 아니라면 만세 삼창이라도 하고 싶을 만큼 완벽한 성공이었다.

'이제 남은 건.'

지금 이 개 같은 상황을 깔끔하게 마무리만 해주면 된다.

'갑자기 이게 뭔 일이래냐.'

맥주 한 캔 마시며 김시훈이 칼기아와 싸우는 걸 구경이나 할까 하던 것이 잠깐의 실수로 여기까지 와버렸다.

'그래도 뭐, 결과적으로는 좋았지만.'

비 온 뒤에 땅이 굳는다고 했던가. 위기가 닥치긴 했던, 결과만 놓고 생각했을 때 사탄을 대신할 만한 카드를 하나 손에 넣었다는 점에서 충분히 만족스러웠다.

'그나저나.'

강우는 성난 황소처럼 달려드는 김시훈의 공격을 막으며 헛웃음을 흘렸다.

'얘는 진짜 괴물이네.'

막고 있는 중간중간 자신의 몸에 늘어나는 상처를 보며 어처구니없다는 표정을 지었다.

던전의 난이도는 김시훈을 기준으로 측정했다. 가디언즈의 전력 중에 강우 자신을 제외하면 김시훈이 압도적이니 당연한 일. 아무리 예상보다 인원이 많았고 막무가내로 돌격했다고는 하지만 최소 3일 정도가 걸릴 거라 예상했던 던전 공략이 고작 8시간으로 단축된 것은 김시훈이라는 변수가 가장 컸다.

'뭐지, 대체.'

강우는 이해할 수 없다는 눈빛으로 김시훈을 바라보았다. 이 정도쯤 지나면 단순히 주인공 캐릭터라며 웃어넘기기도 힘든 수준이었다. 지금 김시훈은 대공과도 싸울 수 있었다. 아니, 마몬이나 벨페고르처럼 순위가 낮은 대공이면 이길 것이다.

'어떻게.'

3년. 김시훈이 플레이어로 각성한 것은 고작 3년이다. 3년 만에 대공을 넘어선 것이다.

강우는 대공을 상대하기 위해서 구천 년이 넘는 시간을 지옥에서 굴렀다. 물론 중간에 강우가 도와주기도, 태생적으로 뛰어난 재능과 무신 천태황의 영혼을 가지고 있는 것도 사실이지만, 이건 경이로운 것을 넘어서 엽기적인 성장 속도다.

카앙! 캉! 카아앙!

쇳소리가 울려 퍼졌다. 새하얀 빛을 쏟아내는 성검이 어둑한 공간을 환하게 비췄다.

"후우, 후우!"

김시훈은 거친 숨을 토했다. 검을 휘두를 때마다 온몸이 부서질 것 같은 강렬한 반탄력이 전신을 흔들었다.

"기껏 개고생하면서 왔는데, 둘만 흔들어대지 말라고!"

차연주가 걸쭉한 말을 하며 참전했다.

차연주에 이어 천무진, 장현재, 박화연, 구현모 등. 기본적으로 랭커 이상은 찍은 플레이어들이 라키엘을 포위했다.

사방에서 공격을 쏟아졌다. 강렬한 에너지의 충돌에 던전 전체가 뒤흔들렸다.

쿠궁!!

폭풍과도 같은 굉음이 몰아쳤다. 랭커급 플레이어의 공격을 정면에서 받아도 고작 생채기가 새겨질 정도에 불과했지만, 그 생채기란 것도 온몸에 누적되기 시작하면 큰 상처가 되는 법이다.

"이거라면……!"

생각보다 공세를 취하지 않고 방어만 하는 라키엘의 모습에 플레이어들의 눈에 희망이 타올랐다.

"형을, 내놔……!"

김시훈이 튕기듯 바닥을 찼다. 공중으로 떠오른 상태에서, 양손을 높게 들었다. 손에 쥐어진 성검에서 빛의 기둥이 뿜어져 나왔다. 세상 모든 것을 갈라 버릴 것 같은, 찬란한 빛.

"하하하하하!! 좋군, 아주 좋아!!"

라키엘이 광기에 찬 웃음을 터뜨렸다.

"하지만."

그의 입가가 비틀어 올라갔다.

라키엘은 낄낄 웃음을 터뜨리며 양팔을 펼쳤다. 그에 맞춰 타락한 천사의 날개가 활짝 펼쳐졌다.

"아직 부족해."

몸을 웅크렸다. 열 장에 달하는 검은 날개의 깃털 사이사이에서 파지직거리는 소리가 들렸다. 오싹할 정도로 짙은 마기가 라키엘의 몸에서 끓어올랐다.

"위험……!"

김시훈은 무언가 잘못되고 있다는 것을 느끼고, 다급히 소리쳤다. 하지만.

"암전(暗電)."

파지지지직!!

"커헉!"

"꺄아아악!"

비명이 울려 퍼졌다. 라키엘의 검은 날개가 활짝 펼쳐지며 검은 뇌전이 사방으로 뻗어 나갔다. 수십, 수백 줄기의 뇌전이 바닥을 타고 플레이어들을 휩쓸었다.

땡그랑.

검은 뇌전에 맞은 플레이어가 무기를 놓치며 바들바들 몸을 떨었다. 눈을 뒤집어 깐 채 입에선 거품이 흘러나왔다.

단 한 번의 공격으로. 플레이어 중 반절 가까이가 전투 능력을 상실하고 쓰러졌다.

"쯧쯧, 아무리 발버둥 쳐도 결국 하찮은 벌레들에 불과한가."

라키엘은 한심스럽다는 듯 혀를 찼다.

"닥, 쳐……!"

김시훈이 비틀거리며 몸을 일으켰다. 하지만 검은 뇌전을 정면에서 받아낸 탓일까, 전신이 파르르 떨리고 있었다.

'슬슬 끝내야겠군.'

라키엘은 때가 됐다고 생각했는지 비릿한 미소를 지으며 말을 이었다.

"그래도 그분이 관심을 가질 만한 인간이야."

"그분……?"

"크큭, 전에 직접 보지 않았나?"

김시훈의 표정이 굳었다. 검은 점액질로 이루어진, 그 끝을 알 수 없을 정도로 깊은 어둠이 떠올랐다.

라키엘은 비틀거리는 김시훈의 몸을 거칠게 걷어찼다.

"커, 헉!"

"하지만 아직 예언의 때가 아니야."

"예언의, 때?"

"시간이 흐르면 자연히 알게 될 것이다."

비릿한 미소를 머금고 의미심장한 웃음을 흘렸다.

그가 말한 '예언의 때'라는 단어에 주변 플레이어들의 표정이 딱딱하게 굳었다.

'사실은 나도 잘 몰라.'

그냥 되는 대로 씨불였을 뿐이다.

'뭐, 대충 의미심장한 말 한두 마디 던지면서 돌아가면 되겠지.'

원래 사천왕이라는 게 다 그런 거 아니겠는가.

라키엘은 검은 날개를 활짝 펼쳤다. 그리고 양팔을 높게 들어 올렸다.

"발버둥 쳐라, 인간들이여! 그리고 절망하라!"

'마무리 멘트 지리고요.'

"머지않아 종말이 다가올 것이니!"

'그래, 바로 이거야!'

"예언의 때는 머지않았……."

파아아아앗!!!

한창 마무리 멘트를 치고 있을 때. 갑작스러운 빛이 터져 나왔다.

'엥?'

뭐야 또 이건.

강우는 김시훈이 또 각성한 건가 싶어 고개를 돌렸다. 하지만 바닥에 쓰러져 켁켁대는 김시훈에게서는 아무런 빛이 흘러나오지 않고 있었다.

"강우, 씨를… 감히 강우 씨를……!"

'임자?'

시선을 옮긴 곳에는 한설아가 충혈된 눈으로 그를 노려보고 있었다. 그녀의 전신에서 뿜어져 나온 눈 부신 빛이 던전 내부에 휘몰아쳤다. 새하얀 날개가, 무려 열두 장에 달하는 날개가 그녀의 등 뒤에서 뻗어 나왔다.

치이이이익!!

'무슨 씨……'

강우는 두 눈을 부릅떴다. 아직은 그 형체를 거의 구분할 수 있을 정도로 희미한 날개였지만, 그 안에 담긴 힘은 무심코 숨이 막힐 정도. 사방팔방 쏟아지는 빛에 몸이 연기를 피워 올리며 타들어 가기 시작했다.

그것만이 아니다.

"이건……."

김시훈이 몸을 일으켰다. 마치 예전 강우의 피를 삼켰을 때처럼 라키엘에게 입었던 상처들이 모조리 치유되고 있었다.

그는 놀란 표정으로 한설아를 바라보았다.

하지만 그것도 잠시. 입술을 짓이기며 성검을 들어 올렸다.

"크으으으으!"

강우는 전신이 타들어 가는 고통에 몸을 비틀었다. 갑작스러운 사태에 정신을 차릴 수가 없었다.

그런 그의 뒤에서, 공중에 떠오른 무기를 박차고 날아오른 김시훈이 되돌려 차기를 날렸다.

뻐억!

푸른 강기가 넘실거리는 김시훈의 발이 정확히 머리통을 후려쳤다.

"억, 씨발!"

라키엘의 몸이 앞으로 굴렀다.

강우는 뒤통수를 움켜쥐며 고개를 돌렸다.

'이런 씨바, X나 아프잖아!'

무심코 욕이 터져 나왔다. 방금 비명은 연기도 뭐도 아니었다. 반사적으로 철벽의 권능을 사용하지 않았으면 머리통이 터지지는 않아도 두개골이 금 갈 정도의 상처는 됐을 것이다.

"지금입니다!"

김시훈이 외치자 차연주가 고개를 끄덕였다.

그녀는 새하얀 수정을 꺼냈다. 그녀만이 아니다. 바닥에 쓰러져 있던 플레이어들도 하나둘 새하얀 수정을 꺼내 들었다.

가디언즈에게 지급되는, '수호의 전당'으로 향하는 게이트를 활성화시키는 수정. 수십여 개의 수정이 빛을 발했다. 그물처럼 빛이 공중에서 얽혀들었다.

"빨리 형님을!"

"알았어!"

차연주가 붉은 쇠사슬을 뻗었다. 십자가에 묶인 강우의 몸이 쇠사슬에 묶여 차연주의 품에 들어왔다.

"퇴각합니다!"

김시훈이 다급히 외쳤다.

한설아에게서 터져 나온 빛으로 상처가 모조리 회복된 플레이어들이 고개를 끄덕였다. 그들은 망설임 없이 수호의 전당으로 향하는 게이트에 몸을 던졌다.

김시훈은 빛을 뿜어낸 직후 기절한 한설아를 안아 들었다. 그리고 고통에 몸부림치고 있는 라키엘을 돌아보았다.

"예언의 때가 뭔지, 그 슬라임 새끼가 나한테 무슨 관심을 보이지는 모르겠지만."

"……."

"너만큼은"

강렬한 살기가 김시훈의 눈빛에 서렸다.

"반드시 그 닭 날개 하나하나 뽑아서 아가리에 처넣어주마."

그 말을 끝으로 김시훈은 게이트 안에 몸을 던졌다.

격렬한 전투가 이어졌던 전장에 침묵이 내려앉았다.

"……새끼, 욕 좀 늘었네."

강우는 빛에 타들어 갔던 상처를 회복하며 눈살을 찌푸렸다.

상처가 쉽게 치유되지 않았다.

'대체 뭐야 이건.'

방금 전 일이 꿈처럼 느껴졌다. 머릿속이 복잡했다.

"끄응. 일단……."

강우는 몸을 일으켰다.

"뭐, 처음 계획대로 된 건 아니지만, 이 정도면 됐으려나."

원래는 의미심장한 말 몇 마디 던져주며 퇴장하려고 했는데 좀 꼬여 버렸다.

하지만 계획에 지장이 생긴 것은 아니다. 한설아에게서 터져 나온 빛 덕분이지만 어쨌든 가디언즈는 오강우 구출에 성공했다.

"후우."

강우는 난장판이 된 던전에 누웠다.

눈을 감았다. 자신이 만든 '분신'에 그 의식을 집중했다.

'이제.'

완성된 그림에 화룡정점을 찍을 순간이다.

"아으, 아……."

"혀, 형님!! 정신 차리십쇼, 형님!!"

"야! 괘, 괜찮은 거야? 빨리 힐러! 힐러 데리고 와, 씨발!!"

시끄러운 소음이 들렸다. 천천히 한쪽만 남은 눈을 뜬 강우는 몸을 일으켰다.

"크윽!"

끔찍한 통증이 전신을 달렸다.

"괜히 움직이지 말고 가만히 있어!"

차연주가 손을 뻗어 그의 몸을 감싸 쥐었다.

강우는 희미한 미소를 지었다.

"살아, 는 있나 보네."

"그래, 살았어, 새끼야! 그러니까 제발 입 닥치고 있어!"

강우는 천천히 손을 뻗었다. 그리고, 애처롭게. 바들바들 손을 떨며 김시훈의 손을 잡았다.

"혀, 형……."

김시훈은 만신창이가 된 강우의 모습에 눈물을 뚝뚝 흘렸다.

"고맙, 다. 인마."

"혀, 형! 더 말하지 마요! 피, 피가……!"

"야! 씨발! 빨리 힐러 데려오라고!!"

"하, 하하."

강우는 씁쓸한 미소를 입에 머금은 채, 하늘을 올려다보았다.

"썩… 괜찮은 인생이었어."

"야, 야!! 지랄하지 마! 야!! 오강우! 이 개자식아!! 정신 차려!!!"

귓가에 들리는 차연주의 절규를 들으며, 강우는 눈을 감았다.

· 3장 ·
병문안

"하아……. 이 개자시익."

고층 아파트의 앞. 붉은 단발의 미녀가 연신 한숨을 토해내며 얼굴을 팍 구겼다.

그녀는 발을 들어 땅을 툭툭 걷어차더니 이내 분을 참지 못하고 담벼락에 주먹을 휘둘렀다. 퍼걱. 붉은 벽돌로 예쁘게 꾸며진 담벼락에 선명한 주먹 자국이 새겨졌다.

탁.

그런 그녀를 향해 눈이 번쩍 뜨일 정도로 잘생긴 외모를 지닌 청년이 휠체어를 끌며 다가왔다. 그가 끌고 있는 휠체어에는 연한 갈색 머리칼을 지닌 가녀린 여인이 앉아 있었다.

"아, 연주 씨. 먼저 오셨네요."

"나 여기 아파트 사는 거 몰랐어?"

"아, 맞다. 그러고 보니 그러셨죠."

"너희 마중하러 여기까지 나온 거야. 원래는 그냥 엘리베이터만 타면 돼."

"하하하. 감사합니다."

휠체어를 끌고 온 청년, 김시훈은 가볍게 웃음을 터뜨렸다.

"그보다 강우 씨는 좀 괜찮으신가요? 아직 일주일밖에 지나지 않았는데 이렇게 찾아가도 될지……."

가이아가 걱정스럽다는 듯 물었다.

차연주가 헹, 하고 콧방귀를 뀌었다.

"걔 몸뚱아리 재생하는 속도 못 봤어? 시팔 무슨 썩 괜찮은 인생이었네, 어쨌네 지랄하던 놈이 액체 괴물마냥 몸이 낫더라? 걔 치료하던 힐러가 이게 뭐냐고 따질 정도였다고."

"그, 그거야… 형님이 뛰어난 회복 능력을 가지고 있다는 것은 예전에도 몇 번 보시지 않으셨습니까."

"아니, 그렇다는 새끼가 왜 그런 지랄 똥을 싸냐고!! 아오! 생각만 해도 빡치네 진짜. 그 천하의 개 호로……."

"여, 연주 씨."

"뭐! 불만 있어?"

차연주의 이글거리는 눈빛에 김시훈은 흠칫 몸을 떨었다.

강우를 부여잡은 채 절규를 내지르던 그녀의 모습이 떠올랐다. 마치 죽기 직전 유언처럼 폼을 잡더니 힐러가 치료한 지 얼마 되지 않아 멀쩡히 잃어버린 한쪽 눈과 구멍이 숭숭 뚫린 몸이 복구됐으니 저런 반응을 보이는 것도 당연했다.

'형님의 재생 능력을 잊고 있었어.'

김시훈은 당시 함께 절규를 내질렀던 것을 떠올리며 뺨을 긁었다.

강우의 말로는 지옥에서 개처럼 구르다 얻은 어떤 능력으로 인해 피 자체에 강한 재생력이 깃들게 되었다고 한다. 예전에 자신도 죽기 직전의 상황에서 강우의 피를 마시고 몸을 재생한 기억이 있으니 이미 알고 있던 사실이었지만, 막상 만신창이가 된 강우의 모습을 보니 재생 능력이고 나발이고 머릿속에 떠오르지 않았다.

'상처가 치료될 뿐 내부의 대미지는 그대로인 것 같지만…….'

외상을 치료한 강우는 그대로 기절해서 장장 5일 동안 깨어나지 못했다. 강우가 지닌 재생 능력이 완전하지는 않다는 의미.

자신도 예전 남미에서 할파스에게 죽기 직전까지 몰렸을 당시 상처는 회복됐지만 마치 온몸에 무거운 쇳덩이를 올려둔 것처럼 몸을 움직이지 못했던 적이 있었다.

'그렇다는 얘기는.'

김시훈의 표정이 어두워졌다. 강우가 뛰어난 재생 능력을 지니고 있음에도 그 정도로 몸이 만신창이가 되었다는 의미는, 그 끔찍한 고문을 쉬지 않고 받았다는 의미기도 했다.

라키엘에 대한 분노와 증오가 치솟아 올랐다.

'그 새끼만큼은 꼭…….'

열 장의 날개를 손수 하나하나 잡아 뜯어 입에 쑤셔 넣어 버리리라.

"후우."

김시훈은 깊게 심호흡했다.

가이아가 조용히 물었다.

"저, 시훈 씨."

"아, 예."

"그……. 주변에 천사… 분들은 없죠?"

"예, 없습니다."

김시훈은 기감을 확장해 주변을 살폈다.

천사와의 관계는 지난 사건 이후 꽤나 어색해진 상태. 강우의 병문안을 올 리가 없었다.

가이아는 고개를 끄덕이며 입을 열었다.

"그러면 발록 씨나 에키드나 씨에 대해선 좀 얘기 들으셨나요?"

발록, 에키드나, 할키온, 리리스. 이 넷은 강우의 직속 부하로서, 엄밀히 따지면 '마(魔)'에 가까운 존재들이다.

물론 가이아를 비롯한 김시훈, 한설아, 차연주 등은 강우가 과거 지옥에서 어쩔 수 없이 악마가 되었다는 사실을 알기에 되도록 쉽게 그들을 받아들일 수 있었지만, 천사는 다르다. 천사는 어떤 사정이 있다고 하더라도 그들을 배제하려 들 것이 분명했다.

"아, 강우 형님의 권속들은 던전의 중간 보스와 싸우던 자리에 한 명씩 있었다고 합니다. 리리스 씨가 모두 구출해서 지금 발록의 집에서 치료 중이래요."

"부상은……."

"처음 발견했을 당시에는 좀 위중한 상태였지만 고비는 모두 넘겼다고 합니다."

"정말 다행이네요."

가이아가 방긋 웃었다. 그들은 강우처럼 마기를 버리고 빛의 힘을 받아들인 존재는 아니지만, 그 누구보다 강우에게 충성을 맹세하고 있다는 것을 그녀도 잘 알고 있었다. 강우가 빛의 길을 걷고 있는 이상, 그들 또한 자연스럽게 그 뒤를 따를 것이다.

"하하. 좀 부럽긴 하네요."

김시훈은 쓸쓸한 목소리로 말했다.

가이아는 고개를 갸웃거렸다.

"부러우시다고요?"

"예. 사실 이번에 형님은 자신의 권속들하고만 함께 움직이시다가 봉변을 당하신 것 아닙니까. 저희에게 말을 하지 않으신 걸 보면 그만큼 권속을 신뢰하고 있다는 게 느껴져서요."

"그, 그건 아닐 거예요! 시훈 씨에게는 마지막 남은 악의 위상을 처리해야 한다는 임무가 있었는걸요. 강우 씨도 그것 때문에 시훈 씨를 부르지 않았을 거예요."

"하하. 그래도… 형님은 자신의 권속들에겐 뭔가 더 마음을 터놓고 계신 것 같아서요."

마음 같아선 저도 형님의 권속이 되고 싶네요.

김시훈은 어색한 미소를 지으며 머리를 긁었다.

가이아는 그렇지 않다며 반론하려고 했다.

그때.

"자자, 네가 강우의 엉덩이를 얼마나 노리고 있는지는 잘 알 겠으니까 거기까지만 해."

"어, 엉덩이요?"

"아주 그냥 옆에서 보면 사랑에 빠진 소녀가 따로 없어요."

차연주가 눈을 흘기더니 퉤. 침까지 뱉었다.

김시훈은 당황한 표정으로 입을 열었다.

"그, 그런 거 아닙니다! 저는 형님을 정말 존경해서 그런 겁 니다! 그, 그리고 사랑하는 사람이라면 따로……."

김시훈의 시선이 슬쩍, 가이아를 향했다.

"아……."

가이아는 그 말 뒤에 이어질 말을 어느 정도 짐작했는지 뺨 에 손을 올리며 얼굴을 붉혔다.

차연주의 표정이 험악해졌다.

"……씨발."

그녀는 차마 못 봐주겠다는 듯 고개를 저으며 물었다.

"그보다 다른 사람은 더 안 와? 이렇게 셋만 온 거야?"

"태수랑 천소연 씨랑 사부님도 오시고 싶다고 연락은 하셨 지만……. 아무래도 병문안에 우르르 몰려가는 건 아닌 것 같 아서 다른 날로 잡자고 했습니다."

"아 그래? 비슷하네. 나도 화연이랑 현재 아저씨가 오겠다고 했는데 나중에 오라고 했거든."

차연주는 고개를 끄덕이며 몸을 돌렸다.

그녀는 담벼락 아래 놓아뒀던 과일 바구니를 들어 올렸다.

"그럼 슬슬 들어가자. 계속 밖에서 얘기하기도 그러니까."

"예."

"이번에 무슨 일이 있었는지 아주 상세하게 들어야겠어."

"하하. 형님이 회복한 지도 얼마 안 되셨는데 너무 무리시키진 마세요."

"지랄, 걔가 나한테 한 게 있는데."

차연주는 지금 생각해도 화가 치밀어 오른다는 듯 가슴을 쿵쿵 쳤다.

차연주와 김시훈, 가이아는 강우가 살고 있는 아파트로 향했다.

현관문을 가볍게 두드리니 상냥한 인상의 여인이 문을 열고 나왔다.

"어머."

"병문안 왔어."

차연주가 과일 바구니를 들어 올렸다.

"몸은 좀 어때? 그때 그… 빛을 뿜어낸 이후로."

"잘 모르겠어. 사실 그때 기억이 거의 없어서……. 그래도 몸에는 아무 문제 없어."

"그래? 다행이네."

한설아는 방긋 미소를 지으며 답했다.

차연주가 집에 자주 들락거리며 친해진 터라 말은 꽤 오래 전부터 놓고 있는 사이였다. 사실 매일 같이 바쁜 강우보다 오히려 차연주와 더 함께 있는 시간이 길었다.

"잠시만……."

한설아는 조심스럽게 현관문을 닫고 밖으로 나왔다.

"응?"

"그… 와줘서 미안한데. 강우 씨가 아직 다른 사람을 만나진 못하실 것 같아."

"왜? 아직 몸이 안 좋데? 어제 통화하니까 많이 나아졌다고 하더만."

"그래도 지금은 최대한 안정을 취하고 싶다고 말씀하셔서……."

"이 새끼……."

차연주의 눈이 가늘어졌다.

꼴에 비싸게 굴기는, 그녀는 작은 목소리로 투덜거렸다.

"이렇게 와주셨는데 죄송해요."

"아뇨, 형님이 안정을 취하고 싶다 말씀하셨으면 당연히 쉬게 해드려야죠. 일단 전화로 괜찮다고 들었으니 나중에 연락 주세요. 그때 찾아뵙겠습니다."

"네, 고마워요."

한설아가 연신 미안하다며 고개를 숙이자 차연주가 손사래를 쳤다.

"쩝……. 그럼 이렇게 된 거 우리 집이라도 갈래? 5층만 올라가면 돼."

"아, 좋네요."

"저도 오늘 업무는 그레이스가 다 해준다고 해서 괜찮을 것 같아요."

김시훈과 가이아가 고개를 끄덕였다.

한설아는 그들이 엘리베이터를 타고 갈 때까지 배웅해 준 후, 집 안으로 들어갔다.

달칵.

방문을 열자 강우가 누워 있는 것이 보였다.

"아, 누워 있으세요, 강우 씨."

강우가 몸을 일으키려 하자 한설아가 다급히 다가와 그를 말렸다. 강우는 쓴웃음을 지으며 고개를 끄덕였다.

"아직 몸이 좀 무겁네."

"그렇게 큰 상처를 입으셨는걸요. 지금 이렇게 회복되신 것만 해도……."

한설아는 라키엘에게 붙잡혀 있던 강우의 모습이 떠올랐는지 울먹이는 목소리로 말했다.

강우가 다급히 손사래를 쳤다.

"그렇게 걱정할 정도는 아니라니까."

"아뇨. 강우 씨는 조금 더 자신의 몸을 소중하게 생각하실 필요가 있어요."

한설아가 단호한 표정으로 말했다.

강우는 쓴웃음을 지으며 침대에 누웠다.

'사실 진짜 아무렇지도 않긴 한데.'

상처를 입은 것은 그의 몸이 아니라 분신의 권능으로 만들어낸 가짜 육체였다. 몸이 무겁기는커녕 일주일 내내 침대에 누워 있느라 답답하기까지 할 정도.

'그래도.'

어쩔 수 없었다.

강우는 가볍게 혀를 찼다.

'그 정도 상처를 입고 나서 바로 빨빨거리면서 돌아다니면 의심을 살 테니까.'

오강우 구출 작전을 기획한 장본인으로서 이 정도 디테일은 당연히 신경 써야 할 문제.

사실 상처 회복만 해도 굉장히 천천히 되게 하려고 했다가 주변이 하도 눈물바다가 되는 바람에 어쩔 수 없이 재생의 권능을 사용해 분신의 육체를 치료했다.

'애초에 재생의 권능은 시훈이나 다른 사람도 잘 알고 있고.'

김시훈의 녹아내린 팔도 재생의 권능으로 복구시키지 않았던가. 그리고 무엇보다.

"크읏, 쿨럭, 쿨럭!"

"가, 강우 씨!"

한설아가 다급히 다가와 그의 몸을 부축했다. 그리고 마치 상처 입은 아기 새를 보살피듯 정성스럽게 그의 몸을 끌어안은 후 가슴 위에 손을 올렸다.

곧 한설아의 손에서 하얀빛이 흘러나와 전신에 퍼졌다.

강우의 입가가 풀어졌다. 몸 이곳저곳에 닿는 부드러운 감촉이 몹시 행복했다.

'이렇게 임자의 극진한 간호도 받을 수 있고.'

이거야말로 꿩 먹고 알 먹고 아닌가. 마음 같아서는 한두 달은 잡고 환자 코스프레를 하면서 간호를 받고 싶은 심정.

'뭐, 그럴 수는 없겠지만.'

사천왕이니, 타락 천사 라키엘이니. 이 정도 일을 벌여두고 손 빨며 구경할 수는 없었다. 그 밖에도 벨페고르의 마기도 흡수하지 못했고, 마신이 되는 길의 마지막 조건도 찾지 못했다. 마신이 되는 마지막 조건이야 알 방법이 없기에 뭘 할 수 없어도, 벨페고르의 마기를 흡수하는 것은 마기 제어력을 올리는 수련으로 어떻게 노려볼 수 있다.

'둘이 연관성이 있을 수도 있고.'

어쨌든 할 일 자체는 산더미처럼 쌓여 있었기에 편히 뒹굴거리며 쉬고 있을 수만은 없었다.

'그렇다고 해도.'

지금 이 기막힌 상황을 즐기지 않을 이유는 없다.

"어, 어때요? 조금 괜찮아지셨나요?"

"응. 훨씬 괜찮아."

"휴우. 다행이네요."

"그보다 설아 너는 그때 이후에 몸은 좀 어때?"

"아, 드, 들으셨나요?"

"응. 시훈이가 얘기해 줬어."

사실 직접 보기도 했다.

보기만 했겠나, 그때 뱀파이어가 태양 빛을 받은 듯 몸이 타들어 가기까지 했다.

'대체 뭐였지 그게.'

알 수 없었다. 확실한 것은 완전히 상식 밖의 힘이었다는 것. 그리고 그 힘이 한설아의 등에 나타나고 있는 천사의 날개 문양과 연관이 있다는 점이다.

"저도 사실 잘 모르겠어요. 그때는… 그냥 강우 씨를 구해 야겠다는 생각밖에 없어서요."

"지금은 사용 못 하는 거지?"

"예, 맞아요."

"음……."

"그, 그래도 걱정하지 않으셔도 괜찮아요! 그 뒤로 아무 문제 없었던 걸요!"

한설아는 가느다란 팔을 들어 올리며 알통을 만들었다.

강우는 고개를 끄덕였다.

'다행이긴 다행인데.'

걱정이 될 수밖에 없었다. 그때 그녀가 내뿜었던 힘은…….

'아마.'

현재 자신이 낼 수 있는 최고 출력의 마기 이상. 상식적으로는 도저히 납득이 안 될 정도의 힘이었다.

'이건 좀 알아봐야겠네.'

한설아의 등 뒤에 돋아났던 날개는 뒤가 비쳐 보일 정도로 희미했다. 그렇다면, 완전히 그 날개가 선명해지면 지금 이상의 힘을 사용할 수 있다는 의미.

'말이 안 되는데.'

솔직히 많이 당황스러운 것이 사실이다. 지금 자신이 전성기

시절보다 도리어 강해졌다는 것을 생각하면 더더욱 이해가 가
지 않았다.

생각을 이어가고 있던 도중, 뺨에 무언가 부드러운 감촉이
느껴졌다. 한설아가 뺨에 손을 올린 것이다.

"걱정하지 마세요, 강우 씨. 전 괜찮으니까요."

그녀는 그렇게 말하며 몸을 일으켰다.

"잠시만 기다려 주세요."

잠시 방 밖으로 나갔던 그녀가 김이 모락모락 피어오르는
죽을 들고 들어왔다.

"좋은 전복이 있어서 만들어봤어요."

"죽을 먹을 정도로 아픈 건 아닌데. 차라리 김치찌개가……."

"떽. 환자는 조용히 입 다물고 계세요."

한설아가 엄한 목소리로 말했다. 강우는 시무룩한 표정으
로 고개를 끄덕였다.

한설아는 숟가락으로 전복죽을 뜨더니 호호, 불었다.

"자, 아~"

"뭐 애기도 아니고 이런 건 알아서."

"……아, 하셔야죠?"

"예."

강우는 입을 벌린 후 한설아가 내밀어주는 전복죽을 넙죽
넙죽 받아먹었다.

'맛있다.'

강우는 행복에 찬 미소를 지었다. 단순히 전복죽이 맛있는

것도 있지만, 지금 이런 상황 자체가 몹시 행복하게 느껴졌다.

'이런 보살핌 받은 적이……'

있었던가.

강우는 지난 과거를 떠올리고는 픽 웃었다.

'있었을 리가.'

고아로 자랄 때도, 고아원을 나와 막노동을 했을 때도, 지옥에서 만 년을 굴렀을 때도. 한 번도 '보살핌을 받은' 기억은 없었다.

'……좋네.'

말로 표현할 수 없는 행복감이 전신에 차올랐다.

"후훗. 깔끔하게 드셨네요."

한설아가 고운 손수건으로 그의 입가를 닦았다. 강우는 마치 어린아이가 된 듯한 기분과, 한설아가 풍기는 묘한 분위기에 취해 양팔을 벌렸다.

"안아줘."

"어머."

한설아는 입을 가린 채 작게 웃었다.

"강우 씨가 이런 모습을 보일 줄은 몰랐네요."

"……좀 역겹긴 하지?"

"아뇨. 무슨 말씀이세요."

한설아가 몸을 기울여 강우를 끌어안았다.

"지금 강우 씨의 모습도 너무 좋아요."

간질간질거린다. 솔직히, 좀 토할 것 같다.

"오히려… 평소보다 이런 모습이 더……."

"응?"

"후후후. 평생… 그래, 평생 이렇게 보살펴 드리는 것도 참 좋을 것 같아요."

"임자?"

한설아가 어딘가 몽롱한 목소리로 중얼거렸다.

그녀는 묘한 분위기의 웃음을 흘리며 강우를 끌어안은 팔을 풀었다. 이내 베개를 치우고 침대에 앉더니.

"강우 씨."

팡팡. 자신의 허벅지를 쳤다.

"……아니, 아무리 그래도 그건 좀."

"어서요."

강우는 뭔가 반항할 수 없는 분위기에 편승해 몸을 움직였다.

무릎 위에 머리를 얹자 따듯하고 부드러운 감각이 전신에 퍼졌다.

"아……."

뭔가, 무심코. 눈물이 날 것 같았다.

"자, 식사도 하셨으니 더 주무셔야죠."

한설아가 강우의 뺨을 상냥히 쓰다듬었다. 딱히 수면이 필요한 육체가 아님에도, 졸음이 조금씩 밀려왔다.

그러다 문득.

"그러고 보니 시훈이랑 연주 안 왔어? 어제 전화할 땐 오늘 한번 오겠다고 했는데."

"아."

한설아가 짧게 탄성을 질렀다.

"안 그래도 아까 연락 왔어요. 오늘 일이 바빠져서 오지 못하신데요."

"그래?"

"예, 그러니까 강우 씨는 아무 걱정 말고 주무세요."

한설아는 소중한 보물을 쓰다듬듯, 강우의 뺨을 만졌다.

방긋. 입가에 상냥한 미소를 지은 채.

푹신. 따듯하고, 몽글몽글한 감촉이었다.

뜨거운 욕조에 몸을 담근 듯 편안한 감각에 몸을 살짝 비틀었다. 그러자 부드러운 감촉을 지닌 무언가를 향해 파고들었다. 향긋한 냄새가 코를 자극했다.

몽클몽클. 무심코, 손을 뻗어 그 따듯하고 부드러운 무언가를 만졌다.

'크다.'

손 하나로 잡기 어려울 정도였다.

"웃……!"

부드러운 무언가를 만지자 물기에 젖은 신음과 함께 부드러운 무언가가 움찔 떨리는 것이 느껴졌다. 하지만 뒤로 물러나거나 도망치지는 않았다.

'아…….'

부드러운 물체에 얼굴을 비비며, 그 감각을 즐겼다. 느껴본 적 없는 감각이다, 경험하지 못한 포근함이다.

언제나 삶은 고통이었다. 절망이었으며, 처절한 발악과 비참한 발버둥의 연속이었다.

'무엇을 위해서.'

그토록 처절했던가.

기억이 떠올랐다. 지옥의 기억이다. 매 순간이 죽음의 고비였다. 아니, 왜 죽지 않았는지 의아할 정도로 험난한 삶의 지속이었다. 이렇게 처참히 사느니 죽는 게 낫다고 수천, 수만 번을 생각했다.

그런데, 왜.

'버텼던 거지.'

잘 기억나지 않는다. 그림의 일부가 도려내진 것처럼, 몽롱하다.

뭉클뭉클. 얼굴에 닿는 감촉이 따듯하다. 마치 어린아이처럼, 부모의 배 속에 있는 태아처럼 몸을 웅크렸다.

"하웃."

다시금 소리가 들렸다. 하지만 이번에도, 부드러운 감각은 사라지지 않았다. 포근함이 전신을 휘감는다.

'아.'

눈물이 흘렀다. 견고히 쌓아왔던 성이 무너지듯, 단단한 둑이 터지듯. 참을 수 없는 감정의 해일이 몸을 뒤흔들었다.

"가, 강우 씨……?"

누군가 자신을 부른다. 조금 더 이 따뜻함을 느끼고 싶은 마음에, 그 말을 무시했다.

이렇게 평안한 기분을, 따듯한 감각을 느낀 것이 얼마 만이었던가. 아니, 얼마 만이었다는 표현을 옳지 않다. 단 한 번도 느껴본 적 없으니까.

'그때 마왕님은 그렇게 말씀하셨죠.'

목소리가 들려왔다. 익숙한 목소리였다.

'더 높은 곳으로. 더 아득한 곳으로.'

앞으로, 앞으로.

"아, 으아."

미칠 듯한 중압감이 몸을 짓누른다.

고독하게, 모든 것을 짊어진 채 앞으로 나아갔다. 주변을 돌아본다. 아무것도 보이지 않았다.

"이제, 지쳤… 다고."

너무 많은 이들이, 너무도 많은 이들이 죽었다.

지쳤다. 질렸다. 신물이 났다. 어깨를 짓누르는, 전신을 짓이기는 무게를 감당하고 싶지 않았다. 감당할 수 없었다.

'나는.'

완벽하지 않다. 완벽한 적이 없다. 초인도, 신도 아니다. 아둥

바둥, 비참하고 처절하게 발버둥 쳤을 뿐이다.

멈추고 싶었다. 제자리에서 서서 숨이라도 고르고 싶었다. 하지만 그를 둘러싼 무수한 시선은, 어깨에 짊어진 짐은 그를 용납지 않았다. 깎여나가고, 고갈되고, 메말라도. 앞으로, 앞으로.

그리고 따스한 감각이 그를 감쌌다. 눈물이 왈칵 쏟아졌다. 짐승이 우는 것과 같은 흐느낌이 흘러나왔다.

상냥한 손길이 그의 머리칼을 쓰다듬는 것이 느껴진다. 손에서 흘러나온 새하얀 빛무리가 몸속으로 스며드는 것이 보였다.

"괜찮아요."

믿을 수 없을 정도로 상냥한 목소리.

"괜찮아요."

머리를 쓰다듬던 손이 등으로 내려온다. 그 달콤함에 취해 다시금 의식이 혼미해진다.

혼미해지는 의식에 몸을 맡겼다. 의식이 점멸했다.

"끙차."

강우는 몸을 일으켰다.

구출 작전 이후로 10일이 흘렀다. 한설아의 간호를 받으며 편안히 뒹구는 것도 슬슬 여기까지. 더 이상 어물거릴 수는 없었다.

"컨디션이 좋네."

왠지 모르겠지만, 몸이 깃털처럼 가볍다.

강우는 고개를 갸웃거렸다. 만약 진짜 부상을 당했던 거라면 부상이 치료됐다고 생각할 수 있겠지만, 그것은 맞지 않다.

'애초에 다치질 않았는데.'

침대에 누워 10일을 뒹굴거린 것은 어디까지나 오강우 구출 작전의 디테일함을 살리기 위함. 부상은커녕 생채기 하나 없었다. 그나마 한설아가 내뿜는 빛에 대미지를 받은 것이 전부. 그것도 빛을 오래 쐰 것도 아니기에 금방 치료했다.

'뭐지?'

이해할 수 없다는 표정으로 마기를 일으켰다.

두 눈이 부릅떠졌다.

"뭐야 이게."

무심코 육성이 흘러나왔다. 몸을 타고 도도하게 흐르는 마기의 기운이 느껴졌다. 그 이질적인 느낌에 헛웃음이 흘러나왔다.

'이렇게 얌전하다고?'

도도하게 흐르다니. 무협지에서 나오는 내공도 아니고 마기에 그런 표현은 어울리지 않는다.

'도도하긴 개뿔.'

머리에 꽃 달린 미친년처럼 쉬지 않고 날뛰는 것이 바로 마기다. 급류처럼 몸속을 헤집던 마기가 갑자기 무슨 강물을 만나기라도 한 것처럼 여유롭게 움직이니 이질감부터 들었다.

"출력의 차이는… 없는 것 같고."

강우는 헛웃음을 흘렸다. 출력의 차이가 없는데, 이 정도로 마기가 얌전하다. 얻어지는 결론은 하나였다.

'마기 제어력이 올라갔잖아?'

이게 무슨 일이란 말인가. 강우는 이해할 수 없는 현상에 머리를 긁적였다.

"뭐 밤새 영약이라도 주워 먹은 건가?"

자신이 말하고도 헛웃음 나오는 소리.

영약을 먹었다는 것이 우스운 것이 아니다. '고작' 영약 따위로 마기 제어력은 오르지 않는다.

"좋은 일이긴 한데……."

아직 벨페고르의 마기를 흡수할 수 있을 정도는 아니다. 하지만 마기 제어력을 올리는 것이 얼마나 고통스럽고 위험한 작업인가를 생각하면, 한숨 자고 일어났더니 마기 제어력이 올랐다는 소식은 충분히 반길 만했다.

'알 수가 있어야지.'

머리를 갸웃거리고 있을 때, 방문이 열렸다.

달칵.

"이, 일어나셨나요, 강우 씨?"

"아, 응. 지금 막 일어났어."

한설아가 방 안으로 들어왔다.

'……?'

그녀를 본 강우의 눈이 휘둥그레졌다.

"무슨 일 있어? 뺨이 엄청 붉은데."

"예? 아, 아무것도 아니에요!!"

한설아가 다급히 고개를 저었다.

그녀는 깊게 심호흡하더니 묘한 기대감이 서린 눈빛으로 다가왔다.

"그, 그나저나 아직 몸이 좀 불편하시죠? 오늘도 제가……."

"아니. 이제 괜찮아."

한설의 표정이 순식간에 시무룩해졌다.

강우는 픽 웃으며 말했다.

"간병해 줘서 고마워. 이젠 완전히 나았어."

"그, 그러신가요?"

"응."

강우는 고개를 끄덕였다.

"언제까지고 침대에 죽치고 있을 순 없으니까. 슬슬 움직여야지."

"……."

"왜?"

"아, 아무것도 아니에요."

한설아는 무언가 자꾸 떠오르는지 고개를 폭 숙였다. 머리에서 김이라도 뿜을 듯 뺨이 붉다.

"저… 강우 씨."

"응?"

"그… 강우 씨는 지옥에서 만 년을… 있었다고 하셨잖아요."

강우는 굳게 입을 다물고 천천히 고개를 끄덕였다.

"혹시 그때 얘기를 해주실 수……."

"안 돼."

살짝 차가운 목소리였다고 생각한다. 한설의 몸이 움찔 떨렸다.

사실 말하는 것은 어렵지 않다. 한설이라면 진짜 자신을, 지옥에서의 자신을 받아주고 이해해 줄 것이라는 묘한 확신이 있었으니까. 그렇다고 하더라도, 아니, 그렇기 때문에.

"그건… 안 돼."

"……왜죠? 저, 저도 강우 씨에 대해 더 알고 싶어요."

"동정할 테니까."

"……예?"

"들으면, 동정할 거야."

강우는 쓴웃음을 지었다.

시크한 척, 쿨한 척 멋 부리려는 것이 아니다. 자신의 과거는, 지옥에서의 기억은 잘 뽑아낸 신파극이다.

'기가 막힌 똥꼬 쇼였지.'

처절하고 비참한 것으로 치면 어떤 스토리와 비교해도 손색이 없을 것이다. 도저히 입으로 말할 수 없을 정도로 꼴사납고, 추잡한 기억이다.

'여기서 눈물 한바탕 질질 짜면서 아주 지랄 쇼를 할 걸 생각하면…….'

입으로 내뱉는 순간 말과 섞여 다른 무언가가 나올 것 같았다. 참지 못하고 질질 짤 수도 있으리라.

'나이를 그렇게 처먹고.'

할 만한 짓은 아니다.

물론, 나이를 얼마를 처먹건 정신적 성숙과 정비례하는 것은 아니다. 나이를 똥구멍으로 처먹은 듯한 사람들을 찾는 것이 얼마나 쉬운 일인가. 특히 악마의 육체는 끝없는 욕망의 충동질로 정신적 성숙을 방해한다. 지금 자신만 하더라도 뭐 세상을 등지고 은거하는 초로의 노인과 같은 초탈함을 가진 건 아니었으니까.

　한설아가 몹시 우울한 표정으로 입을 다물었다.

　"그런 표정 짓지 마. 찾아 들을 만큼 재밌는 스토리는 아니니까."

　"그게 아니라……."

　"알아. 무슨 말을 하려는지. 그래도 말하기 워낙 쪽팔린 기억이라……. 지금은 별로 말하고 싶지 않아."

　한설아는 깊은 한숨을 쉬었다.

　"강우 씨가 그렇게까지 말씀하시니 어쩔 수 없죠."

　"고마워."

　"그래도, 포기한 건 아니에요. 반드시 강우 씨에 대한 모든 일을 들을 거예요."

　한설아가 굳은 의지가 담긴 눈빛으로 말했다.

　강우는 갑작스러운 그녀의 선포에 머리를 긁었다.

　"그보다 할키온이랑 에키드나는?"

　"리리스 씨가 치료하고 있다고 해요."

　이미 알고 있는 내용이었지만, 앞서 말한 디테일을 위해 물었다.

　'지금쯤 난리 났겠네.'

그 둘은 자신에 대한 의존이 굉장히 심했다. 권속인 탓도 있지만, 성격 자체가 원래 그런 것이 컸다. 그런 발록에게 집에 가만히 있으라 명령했으니 불만이 쌓일 대로 쌓였을 것이다.

'일단 나중에.'

지금 당장 해야 할 일은 아니다.

강우는 발걸음을 옮겼다.

"어디 가시게요?"

"천사를 한번 만나봐야 할 것 같아서."

한설아의 눈에 서늘한 분노가 서렸다. 천사가 그의 구출 작전 때 협력하지 않은 것이 떠오른 탓이다.

강우는 쓴웃음을 지으며 말을 이었다.

"물론 나도 사정을 듣기는 했는데, 그래도 협력 관계인 건 부정할 수 없으니까. 사실 나 하나 구하겠다고 겁도 없이 우르르 몰려온 것도 칭찬할 만한 일은 아니고."

"그, 그건!"

"뭐, 그래도… 고마워."

강우는 한설아의 손을 잡았다.

"덕분에 살았어."

"저만 간 게 아닌걸요. 그리고… 이제까지 강우 씨에게 받은 걸 생각하면 이건 아무것도 아니에요."

한설아가 뜨거운 눈으로 그를 바라보았다.

강우는 크흠, 하고 헛기침하며 몸을 돌렸다.

"저녁까진 돌아올게."

쑥스러움을 감추듯, 발걸음을 빠르게 했다.

우우웅.

아파트 옥상에서 게이트를 연 강우는 수호의 전당으로 이동했다. 세계 곳곳에 텔레포트 게이트를 지니고 있는 수호의 전당은 단순 이동 수단으로도 굉장히 활용도가 높았다.

"허, 형님?"

"오랜만이네."

"몸은 괜찮으십니까?"

수호의 전당으로 들어오자 김시훈이 가장 먼저 그를 반겼다.

강우는 흥분해서 달려오는 김시훈을 보며 피식 웃었다.

"이제 괜찮아. 완전히 나았어."

왠지는 모르겠지만, 전보다 좋을 정도다.

"후우. 걱정 많이 했습니다. 형님이 아프셔서 병문안도 힘들다는 소리를 듣고 진짜……."

강우는 고개를 갸웃거렸다. 병문안이 힘들다는 말은 한 적도 없다.

"그래도 다 나으셨다니 다행입니다. 그보다 좀 더 쉬시지 여긴 왜 오신 겁니까?"

"몸도 나았으니 그때 있었던 일들을 애기해야지. 그리고 앞으로 대책도 마련해야 하고."

김시훈은 굳게 입을 닫았다. 반론할 말이 궁했다.

"가이아 씨도 불러줘. 한 번에 설명하는 게 좋을 것 같으니까."

"예. 알겠습니다. 차연주 씨도 부를까요?"

"아니. 라파엘은 연주 잘 모르잖아. 너랑 나랑 가이아만 가는 게 좋을 거야."

"……천사를 만날 생각이십니까?"

김시훈이 불쾌하다는 듯 가늘게 눈을 떴다.

강우는 쓴웃음을 지었다. 한설아와 같은 반응이다.

"무슨 생각하고 있는 줄은 알겠는데, 아직 우린 천사랑 협력 관계야. 앞으로도 그럴 거고."

"……."

"시훈아."

"예……. 알고 있습니다."

김시훈은 입술을 깨물며 고개를 끄덕였다. 알고 있다. 알고 있는데…….

"후우."

깊은 한숨을 내쉬었다.

"가죠. 가이아 씨는 제가 데려오겠습니다."

김시훈은 몸을 돌렸다.

강우는 김시훈의 뒷모습을 보며 흡족한 미소를 지었다.

'뭐, 이 정도가 적당하지.'

천사와의 관계는, 그 거리는 딱 이 정도가 적당하다.

자신이 결국 악마인 이상 천사들은 완전히 신뢰할 수 있는 대상이 아니다. 이해와 타산 위에서 협력해야 한다.

어느 정도 서로 경계하면서, 일치된 목표에는 힘을 합치는 것. 강우가 바라는 천사와의 관계였다.

"강우 씨! 모, 몸은 괜찮으신……."

"그 얘기는 가면서 합시다."

걱정 가득한 가이아의 얼굴을 보며 강우는 웃었다.

·4장·
또 나야?

"……사천왕이라니."

라파엘이 이마에 손을 올렸다. 생각지 못한 변수다.

"예언의 악마의 세력이 그토록 강하단 말인가. 아직 '그쪽' 일
도 해결되지 않았거늘……."

초초하게 입술을 짓씹었다. 너무도 강대한 악의 세력에 머
리가 아찔했다.

"그때의 일을 자세히 설명해 주겠나?"

"물론입니다."

강우는 덤덤히 말을 이었다. 사탄을 조사하기 위해 간 일.
그 흔적을 찾아낸 일. 그리고 기다리고 있었다는 듯 그를 습
격한 예언의 악마.

말이 이어질수록 라파엘의 표정이 어두워졌다.

'좋아.'

강우는 씩 웃었다.

'잘 넘어왔어.'

자신이 예언의 악마라고는 조금도 의심하지 않는 모습.

'키햐! 이제 드디어 안전 자산을 구할 수 있게 됐네!'

라파엘의 표정을 보니 계획이 완전히 성공했다고 확신할 수 있었다. 자신의 예언의 악마라는 혐의를 완전히 벗었으며, 타락 천사 라키엘이라는 편리한 카드를 하나 얻었다.

'좋아! 라키엘 코인 떡상 가즈아!'

라키엘이란 카드를 어떻게 활용할까 생각만 해도 입가에 미소가 지어졌다.

'그래, 처음부터 이렇게 했어야 했어.'

사탄이 중간에 나타나 얼마나 곤혹을 치렀던가.

강우는 만족스러운 듯 고개를 끄덕였다.

"그때 만난 사천왕의 이름이 뭐라고?"

"타락 천사 라키엘입니다."

강우는 망설임 없이 답했다.

"라키엘……?"

'그래, 당연히 처음 들어봤겠지.'

내가 만든 거니까. 강우는 낄낄 웃음을 터뜨렸다.

그때였다.

콰앙!

라파엘이 두 눈을 부릅뜨며 다급히 몸을 일으켰다.

"라, 라키엘이 거기 있었다는 말인가!!!"

'응?'

"어, 어째서!! 어째서 그 타락한 성좌(星座)가 지구에……!"

'뭔데 씨발.'

"서, 설마……."

라파엘의 표정이 새파랗게 질렸다.

"보, 봉인이… 풀렸단 말인가?"

강우는 굳게 입을 다물었다. 머릿속에 폭풍이 몰아쳤다.

'아니, 라키엘은 또 누군데 씨발…….'

뭔가 잘못되어가고 있었다.

"라키엘을… 알고 계십니까?"

김시훈이 두 눈을 크게 뜨며 물었다. 강우는 입을 쩍 벌린 채 차마 말을 잇지 못하고 있는 중.

'아니, 이런 개씨…….'

머리가 아찔해졌다.

타락한 천사 라키엘 컨셉은 자신이 직접 만든 것이다. 딱히 깊게 생각하지도 않았다. 대충 사천왕 설정에 대해서 생각하다 보니 '아, 그리고 보니 타락 천사 하나쯤은 있어줘야지' 뭐 이딴 생각으로 5초 만에 만들어낸 것에 불과했다. 그런데. 그걸 라파엘이 알고 있다고?

'앞뒤가 안 맞잖아.'

강우의 표정이 창백하게 질렸다.

라파엘 또한 만만치 않게 복잡한 표정으로 입을 열었다.

"이해할 수가 없군. 대체 라키엘이 어떻게……. 세라핌 님의 봉인이 풀렸다는 건 다른 성좌(星座)들도……."

"라파엘 님?"

"아, 미안하군."

라파엘은 고개를 들었다.

김시훈은 답답하다는 듯 물었다.

"라키엘이 대체 누구입니까?"

짧은 침묵이 흘렀다. 라파엘은 눈을 감은 채 고민에 잠겼다.

잠시 고민을 이어가던 그는 깊은 한숨을 내쉬며 말을 이었다.

"라키엘에 대해 발설하는 것은 금기(禁忌)이나 직접 그를 본 이상 어쩔 수 없군."

라파엘은 깊게 가라앉은 눈빛으로 말했다.

"라키엘은 고대 신화의 시절, 마신 바울리의 유혹에 타락한 천사의 이름이다. 지금은… '악의 성좌(星座)'의 한 자리를 차지하고 있지."

강우는 입을 쩍 벌렸다. 스케일이 너무 커서 대체 뭐부터 물어야 할지 알 수가 없었다.

'아니, 뭔 또 신화야, 씨발.'

믹스 너트를 넘어서 이제 그냥 때려 박을 수 있는 건 다 때려 박아 넣겠다는 셈인가. 머릿속이 아연해졌다.

"……표정을 보아하니 설명이 부족했던 것 같군."

"갑자기 신화니 마신이니 해도 알 리가 없으니까요."

"그렇군. 지구에선 티탄의 기록이 모두 사라졌나. 음… 설명이 길어지겠군."

라파엘은 난처한 표정으로 말을 이었다.

"태초에 혼돈이 있었다."

'얼씨구 스케일 봐라, 그래 혼돈 정도는 나와 줘야지.'

"그 혼돈에서……."

'뭐, 아주 그냥 어둠과 빛이 태어났다고 하지?'

"어둠과 빛이 태어났다."

'씨바, 진짜 태어났네.'

강우는 어처구니없다는 표정으로 라파엘을 바라보았다.

김시훈 또한 마찬가지. 갑자기 우주를 넘나드는 스케일이 뭐라 반응해야 할지 곤란하다는 표정이다. 만약 저 말을 라파엘이 아닌 다른 사람이 했다면 헛소리 말라고 뒤통수부터 후려갈겼을 것이다.

라파엘은 그런 그들의 반응을 아는지 모르는지 덤덤한 목소리로 말을 이었다.

"그 어둠과 빛에서 태어난 것이 바로 티탄이다."

"티탄……."

"티탄들은 각자의 피조물을, 그리고 피조물이 살아갈 대지를 만들었지."

"그게 천사와 악마입니까?"

"인간도 포함되어 있다. 아니, 만물(萬物)이라 표현하는 것이 옳겠군. 가이아 님이나 다른 신들도 결국 티탄이 창조한 피조물이니."

"……."

"그 티탄 중 하나가 바로 마신 바울리다."

강우는 머리를 움켜쥐었다.

'대체 뭐야 이게.'

아니 뭐, 라키엘 이름 한번 썼다고 무슨 신화까지 튀어나온 단 말인가. 강우는 쉴 새 없이 스케일이 커지는 얘기들을 한차례 머릿속에 정리했다. 티탄이라니, 허무맹랑한 이야기다.

'그러고 보니 전에.'

지금은 가디언즈에게 온갖 귀중한 마법 물품을 제공해 주고 있는 한 마법사를 떠올렸다. 언젠가 노동에 시달리는 마법사를 달래기 위해 갔을 때, 그가 울부짖은 말이 있었다.

'으아아아! 이러다간 '헤카테의 서'는 영영……!'

처절한 절규에 헤카테가 대체 누군지 물어본 기억이 있다.

그때의 기억이 떠올랐다.

'그분은 신화의 시절, 티탄 중에서도 마법(魔法)의 정점에 서신 분이다! 모든 마법은 그분에게서 파생됐다 해도 과언이 아니지. 우리는 그분의 지식을, 진정한 마법의 진리를 추구할 의무가…….'

'아니죠. 여러분의 의무는 빚을 갚는 겁니다.'

'이, 이 사기꾼 자식!!'

'그러게 누가 함부로 도장을 찍으라고 했습니까? 자자, 바로 서 십시오. 일할 시간입니다'

'으아아아아!! 이 악마 새끼가!'

'악마 맞습니다, 깔깔깔.'

'으음.'

그때는 노동에 찌든 마법사 하나가 헛소리를 내뱉었다고 생 각했지만, 지금은 그 의미가 좀 다르게 느껴졌다.

'그리고.'

사실 헤카테까지 갈 필요도 없다.

강우의 눈이 가늘어졌다. 만마전의 가장 깊은 곳, 심연에 자 리 잡은 한 존재를 떠올렸다. 거대한. 도저히 그 크기를 짐작 할 수 없을 정도로 거대한 괴물.

'놈의 정체가 티탄이라면.'

정확히는, 바울리라면. 얼추 얘기가 들어맞았다.

라파엘의 말이 단순히 망상에 찬 헛소리가 아닌, 어느 정도 신빙성 있는 말이라는 것을 확인한 강우는 이어지는 그의 말 을 집중했다.

"마신 바울리는 티탄이 만든 모든 피조물에 대해 끝없는 증 오를 지니고 있었다."

"생리라도 했답니까?"

"생리?"

"아뇨. 마저 설명하시죠."

"으음. 사실 마신이 왜 그러한 증오를 가지게 되었는지는 전해지지 않는다. 다만, 마신과 티탄의 피조물 중 가장 강력한 힘을 지녔던 신들 사이에 거대한 전쟁이 있었다고만 전해지지."

"점점 얘기가 산으로 가는 것 같은데……. 그래서 결국 라키엘은 누굽니까?"

"그 전쟁에서 마신의 편에 서서 세계를 파멸시키려 한 존재 중 하나다."

"그렇다면 그때 마신의 편을 든 존재를……."

"우리는 그들을 '악의 성좌'라 부르고 있지."

강우는 굳게 입을 다물었다. 이젠 솔직히 감흥도 없다. 너무도 스케일이 큰 얘기에 '아, 그러셨어요' 하고 넘어가고 싶을 정도.

"그래서… 그 전쟁의 승자는 누구였습니까? 아니, 이건 물을 것도 없나."

바울리가 승리했다면 지금 멀쩡히 세계가 남아 있을 리가 없으니까.

라파엘은 고개를 끄덕였다.

"천신 세라핌 님과 가이아 님, 그리고 천룡 님이 힘을 합쳐 마신을 죽이는 데 성공했다. 그리고 그 마신의 사체를 3개로 나눠 각 세계에 뿌려놓았지."

'그리고 그중 하나를 내가 먹은 거고.'

대충 그림은 그려졌다. 알 수 없었던 것을, 어느 정도 이해할 수 있게 되었다. 하지만 모든 의문이 해결된 것은 아니다.

"세 가지, 질문이 있습니다."

"말하라."

강우는 깊게 가라앉은 목소리로 물었다.

"마신 바울리와 다른 티탄의 피조물 간의 전쟁이라고 하셨는데……. 정작 다른 티탄들은 뭘 하고 있었답니까?"

다른 티탄의 입장에서 바울리는 공들여 만든 피조물들을 모조리 죽이려는 무법자다. 그를 가만히 내버려 두고 있는 것은 말이 되지 않았다.

라파엘은 무거운 목소리로 말했다.

"외계(外界)의 침입이 있었다."

"외계?"

"그들에 대해서 알려진 것은 많지 않다. 그저… 티탄들이 그들을 허무(虛無)의 존재라고 불렀다고만 전해진다."

"그럼 다른 티탄들은……."

"허무의 존재와 싸우고 있었다. 그 사이에 무수히 많은 티탄이 죽었지. 바울리는 그 틈을 노리고 움직인 것이다."

'세상 뭐 이런 쓰레기 같은 놈이…….'

강우는 어처구니없다는 듯 헛웃음을 흘렸다. 비유하자면 마을이 불타고 있는데 불을 끄기는커녕 혼란을 틈타 금품을 훔치려 움직인 것과 마찬가지.

강우는 인상을 찌푸리며 말을 이었다.

"그럼… 두 번째 질문입니다."

강우는 머리칼을 쓸어 올리며 입을 열었다. 신화를 들은 지금, 도저히 납득할 수 없는 것이 하나 있었다.

"대체 왜 예언의 악마가 사탄이라고 생각한 겁니까?"

천사들이 이 신화를 알고 있다면, 당연히 가장 먼저 의심해야 하는 것은 마신 바울리여야 옳다. '예언의 악마'라는 거창한 이름이 마신보다 어울리는 존재는 없었으니까.

'바울리가 죽었기 때문에 의심하지 않았다?'

개소리.

강우는 고개를 저었다. 죽은 것으로 치면 사탄도 죽었었다.

신적인 존재라면 영혼 자체를 소멸시키지 않는 이상 완전히 죽인 게 아니다. 그리고 가이아와 세라핌, 천룡은 바울리의 영혼까지 소멸시키는 것엔 실패했다.

'그 증거로-.'

바울리는 지금 만마전의 심연 속에 살아 있다. 대체 왜 만마전에 안에 있는 건지 그 연유는 알 수 없지만, 한 가지는 확실했다. 마신이 완전히 죽지 않았다는 것. 그리고 그것은 그를 직접 죽인 신들이 더 잘 알고 있을 것이다.

'잠깐 그러면.'

강우의 눈이 빛났다.

'예언의 악마라는 게 내가 아니라 이놈이었어?'

충분히 가능성 있는 추측이다. 지금까지 주어진 정보를 봤을 때, 모든 정황은 바울리가 예언의 악마라고 가리키고 있었다.

'뭐지? 앞뒤가 안 맞잖아.'

머릿속이 혼란스러웠다.

가이아는 분명 '예언의 악마가 누구인지 모른다'고 말했다.

하지만 바울리의 영혼이 소멸하지 않았다는 것을 알고 있을 것이 분명한 가이아의 입장에서 그런 말이 나올 리가 없다.

'설마 모르고 있나?'

강우는 고개를 저었다. 아무리 모르고 있다고 해도 가장 먼저 바울리부터 의심하는 게 맞다. 그런데 왜, 가이아는 예언의 악마가 누구인지 '모른다'고 말한 것인가.

"후우. 지금 가장 혼란스러운 것도 바로 그것이다."

라파엘은 깊은 한숨을 내쉬었다.

"우리에게 예언의 악마의 존재에 대해 알려주신 분은 우라노스 님이다."

들어본 이름이다. 가이아를 대신해 지금 지구를 수호하고 있는 신이라고 했던가. 강우는 고개를 끄덕였다.

"우리도 당연히 처음에 바울리를 의심했다. 하지만 그분이 직접 가이아 님에게 듣기를… 예언의 악마는 바울리와는 다른 존재라고 말씀하셨다."

강우는 굳게 입을 다물었다.

고개를 돌려 휠체어에 앉은 가이아를 바라보았다. 그녀는 이미 이 신화에 대해 알고 있다는 듯 꽤나 담담한 표정이었다.

"정말입니까?"

"……예. 처음 계시가 내려왔을 때, 분명 그런 말씀을 하셨던 걸로 기억합니다."

가이아의 화신이 직접 보증한다면 라파엘이 잘못 알고 있는 것도 아닐 터. 강우의 눈이 떨렸다.

'바울리가 아니라고?'

그렇다면 누가…….

'아.'

강우는 머리를 움켜쥐었다. 바울리가 예언의 악마가 아니라면, 선택지는 어차피 하나다.

'나 맞잖아, 씨발.'

마해, 666가지의 권능. 애초에 이 조건을 충족하는 것은 바울리와 자신밖에 없었다.

'잠깐, 그러면 이 새끼…….'

강우의 눈이 커졌다. 어지럽게 흩어져 있던 퍼즐이, 하나로 연결되었다.

'씨발… 그렇게 된 거구나.'

바울리는 '예언'이라는 것에 대해 알고 있었다. 그리고 가이아를 비롯한 신들이 예언을 통해 자신을 찾아 죽이려고 할 것 또한 예상하고 있었다.

'그래서.'

예언을 피해 숨은 것이다. '오강우'라는 꼭두각시를 만들어 그 안에.

가이아의 입장에선 미칠 노릇일 것이다. 정황상 바울리가 예언의 악마가 분명한데, 예언은 정작 엉뚱한 존재를 가리키고 있으니. 두 존재가 같은 몸을 사용하고 있다고 하더라도 명백히 다른 존재. 예언에 혼선이 오는 것도 당연하다. 고장 난 나침반을 가지고 길을 찾는 것과 마찬가지인 상황.

강우는 굳게 입을 다물었다. 다른 존재에게 이용당하고 있다는 사실이 몹시, 참을 수 없을 정도로 불쾌하게 느껴졌다.

'일단 그놈도 생각대로 되진 않은 것 같지만.'

예언의 때가 도래했다며 신나서 심연에서 기어 나오고 있던 바울리의 모습이 떠올랐다. 놈은 자신의 육체를 흡수한 순간, 그의 몸을 약탈할 생각이었을 것이다. 그런데.

'실패했지.'

예언을 뒤틀 방패막으로 사용하려 했던 꼭두각시가, 도리어 그를 심연에서 기어 나오지 못하게 짓밟아 버렸다.

강우는 눈을 감고 생각을 정리했다. 예언의 악마가 바울리건, 자신이건 지금 신경 쓸 얘기가 아니다.

'지금 중요한 건.'

라키엘에 대한 것.

"후우. 그대가 혼란스러워 하는 것도 당연하지."

라파엘은 심란한 표정으로 중얼거렸다.

"바울리도, 사탄도 아니라면 대체 누구인지… 지금은 나도 알 수가 없다. 하지만 라키엘이 예언의 악마를 따르는 것을 봐서는 바울리가 예언의 악마가 맞을 진데… 아니, 그렇다고 하기엔 바울리가 부활했다는 조짐도 없고……."

"그럼 마지막 질문입니다."

강우는 횡설수설하는 라파엘의 말을 잘랐다.

아까 전 라키엘의 이름을 들었을 때 라파엘이 했던 말을 떠올렸다.

"봉인이 풀렸다는 건 무슨 말입니까."

라파엘의 눈동자가 떨렸다. 그의 표정에 갈등이 서렸다. 말 해줘도 될지 말지 망설이는 듯한 표정.

강우는 입을 열었다.

"어차피 같은 배를 탄 사이입니다. 저희를 완전히 신뢰하지 않고 계신 걸 알고 있지만, 이렇게 계속 숨기시면 강대한 악을 상대할 수 없습니다."

"끄응."

정론이다. 라파엘은 깊은 한숨을 내쉬었다.

"마신을 죽이는 데 성공한 후, 세라핌 님께서는 스스로의 신성(神聖)을 대가로 악의 성좌들을 봉인하셨다."

"그렇다면 지금 라키엘이 나타났다는 건……."

"그 봉인이 풀렸다고 봐야지."

"그런!"

강우는 짐짓 놀란 척을 했다.

겉으로는 온갖 심각한 표정을 짓고 있었지만, 속으로는 주먹을 불끈 쥔 채 만세를 외치고 있었다.

'아 씨, 괜히 걱정했네.'

라파엘은 모르겠지만, 라키엘의 봉인은 풀리지 않았다. 애초에 이번에 나타난 것이 라키엘 본인이 아니니 당연했다. 즉, 그가 봉인되어 있는 이상 라키엘의 이름으로 멋대로 활동해도 상관없다는 의미.

'기껏 만든 코인이 바로 망해 버리는 줄 알았잖아.'

사탄 때처럼 라키엘 본인이 짠하고 등장하면 여간 일이 복잡해지는 것이 아니다.

강우는 안도 가득한 표정으로 고개를 끄덕였다.

'다행히 아직 망하지 않았……'

"크읏. 결국 미카엘 님이 우려하시던 일이……."

'응?'

"그건 또… 무슨 말입니까? 우려했던 일이라고요?"

"하아. 그렇다. 사실 조짐이 보이긴 했지."

"조짐이요?"

라파엘은 고개를 끄덕였다.

"몇 년 전부터 갑작스럽게 세라핌 님의 힘이 급격히 약해지기 시작했다. 봉인이 풀릴 것은… 어느 정도 예견되어 있던 일이지."

"……그렇, 군요."

"하지만 아무리 그렇다고 해도 벌써……. 어찌 세라핌 님의 힘이 이토록 허망하게 사라질 수 있단 말인가."

강우는 고개를 끄덕였다. 겉으로는 애써 이해한 척했지만, 속은 전혀 아니었다.

'아니, 이게 말이 돼?'

대체 이게 무슨 일이란 말인가. 기껏 숨 좀 돌리나 싶더니 이젠 라키엘의 봉인이 간당간당한 상황이라고? 강우는 공교롭다 못해 억지스러운 지금 상황에 머릿속이 복잡해졌다.

'이게 우연이라고?'

강우는 고개를 저었다. 이렇게 짜 맞춘 듯한 우연이 있을 리가 없다.

'잠깐.'

그때, 강우의 두 눈이 커졌다. 뭔가 걸리는 것이 있었다.

"그 봉인이 급격히 약해지기 시작한 것이··· 정확히 언제입니까?"

"3년 전이다."

강우는 고개를 숙였다.

3년 전. 악마교가 갑작스럽게 날뛰기 시작할 때이며, 게이트에 마물이 출현하기 시작한 시기. 가이아 시스템이 망가지며, 외계(外界)의 영향에 무방비하게 노출되기 시작한 시기. 그리고.

'또.'

머리를 움켜쥔다.

'또 나야?'

어떤 인간 하나가 만 년 만에 지구로 귀환한 시기였다.

"일단 라키엘의 존재도 확인되었으니 천계에 지원을 요청해 두겠다. 조만간 우리엘이 도착할 것이다."

"다른 대천사님 한 분이 더 온다는 겁니까?"

"그렇다."

라파엘은 고개를 끄덕였다.

"라키엘··· 그리고 다른 성좌(星座)들도 봉인에서 풀려났을 경우를 생각하면 나 혼자로는 역부족이다."

하는 말은 납득이 갔다. 아니, 오히려 우리엘 하나에게만 지원을 요청한 것이 의아하게 느껴질 정도.

'그래도.'

강우는 가늘게 눈을 떴다.

'시간은 벌 수 있겠어.'

우리엘이 오든 가브리엘, 미카엘 등 모든 대천사들이 지구에 집결하든 상관없다.

'아직 봉인이 풀린 게 아니야.'

그들이 눈을 씻고 찾으려고 해도 라키엘은 찾을 수 없을 것이다.

'이놈들이 헛짓거리를 하는 동안.'

대비할 시간은 충분했다. 아니, 오히려 지금 상황을 역으로 이용하는 것도 충분히 생각해 볼 법하다.

'라키엘이란 카드를 그냥 버리긴 아까우니까.'

강우의 머리가 빠른 속도로 돌아갔다.

알지 못한 상태에서 당하는 것과 알고 있는 상태에서 당하는 것은 하늘과 땅 차이다. 라키엘이 실존했다는 것을 그의 봉인이 풀리지 전에 알았다면, 충분히 그 점을 이용할 수 있었다.

"하나 충고하지, 가이아의 화신이여."

"예, 라파엘 님."

"적보다 동료를 더 조심하라. 사랑하는 이를 의심할 각오를 길러라."

"……예?"

가이아가 얼굴을 굳혔다.

"라키엘이 괜히 '타락의 성좌'라 불리는 것이 아니다. 그의 말은 교묘하며, 달콤하다. 머지않아… 아니, 지금 이 순간에도 그대의 동료는 끝없는 유혹에 넘어가고 있을지도 모른다."

"……."

"마신과의 전쟁 당시에도 얼마나 많은 천사들이 그의 헛바닥에 속아 타락했는지 헤아릴 수 없을 정도였다."

"주의하겠습니다."

하지만, 가이아는 등을 꼿꼿이 편 채, 힘이 담긴 목소리로 말했다.

"저는 가디언즈의 수호자님들을 믿습니다. 이분들은……."

더듬더듬 손을 뻗어, 김시훈과 강우를 잡았다. 그리고 안도감이 들었는지, 살짝 웃는다.

"악마의 사탕발림에 넘어가실 분들이 아닙니다."

라파엘은 깊은 한숨을 내쉬었다.

그런 그의 한숨 소리를 들으며 가이아는 방긋 웃었다.

"어떤 점을 걱정하시는지 알고 있습니다. 저도 만일의 상황에 대해 주의를 기울일 생각이고요. 걱정하지 않으셔도 괜찮습니다."

"부디 그 믿음이 깨지지 않기를 바라지."

가이아가 고개를 숙였다. 강우와 김시훈도 그녀를 따라 가볍게 고개를 숙였다. 더 이상 라파엘과 나눌 얘기는 없었다.

"그럼 저희는 이만 돌아가겠습니다."

강우는 몸을 돌렸다.

가디언즈가 돌아간 후. 적막이 감도는 요새 안을 바라보며 라파엘이 지그시 눈을 감았다.

"하아."

깊은 한숨이 절로 흘러나왔다.

'하필 라키엘이라니……'

라파엘은 초조한 표정으로 입술을 짓씹었다.

가이아는 그에 대해 걱정하지 말라고 했지만, 타락의 성좌가 일궈낸 수많은 일화를 알고 있는 라파엘은 그럴 수 없었다.

"샤르기엘."

"예."

"가디언즈를 철저하게 감시해라. 우리엘이 도착하기 전까지만이라도 좋다."

"……불안 요소를 남기시느니 이번 기회에 가디언즈를 정리하는 것은 어떠십니까?"

샤르기엘이 날카롭게 눈을 떴다.

라키엘은 천사마저 손쉽게 타락시키는 존재. 인간이 그의 유혹을 견딜 수 있을 거라 생각되지 않았다. 불안 요소를 남겨둘 바에야 미리 제거해 두는 것도 한 방법.

라파엘이 고개를 저었다.

"성급한 선택이다. 너는 언제나 그게 문제야."

"……죄송합니다."

"지금은 감시하는 것에만 집중해라."

"예."

샤르기엘이 허리를 숙였다.

라파엘은 살짝 불안하다는 눈빛으로 그를 바라보았다. 샤르기엘의 불같은 성격을 잘 알고 있기 때문.

하지만 이내 고개를 저으며 몸을 일으켰다.

"나는 그럼 우리엘이 오기 전까지 라키엘에 대한 자료를 조사하겠다."

"어떤 자료를 말씀하시는 겁니까?"

"그가 타락한 이유에 대해서 들은 적 있나?"

샤르기엘이 고개를 저었다.

"……아뇨. 마신의 유혹에 넘어갔다고만 들었습니다."

"그 유혹이 어떤 유혹이었는지, 연구해 보려 한다."

어둠을 상대하기 위해선, 그 어둠을 이해해야 한다.

라파엘은 깊은 한숨을 내쉬었다.

'할 일이 너무 많아.'

라키엘에 대해서 조사도 해야 하고, '빛의 품'으로 들어가서 상처도 회복해야 한다.

라파엘은 다시 한번, 나지막한 한숨을 내뱉었다.

·5장·
왕이 걸어온 길

모든 일에는 인과가 있다. 우연처럼 보이지만, 그 안을 들여다보면 필연인 경우가 허다하다.

강우는 가이아, 김시훈과 헤어지자마자 머리털이 휘날리도록 빠른 속도로 달려 어딘가로 향했다.

이 모든 인과의 원인. 그 시발점. 아니, C발점.

"야 이 C발록 새끼야아아아아아아!!!"

쾅!

10여 미터에 달하는 거대한 크기로 특수 제작된 문을 박살냈다. 발을 박차고, 공중으로 날아올랐다. 천공의 권능을 사용해 허공을 짓밟듯 진각을 밟으며 몸을 뒤로 돌렸다.

뻐억!!

-커허억!!

보기만 해도 절로 감탄사가 나오는 섬머 솔트 킥. 반사적으로 패왕갑을 시전에 턱을 보호한 발록의 몸이 공중으로 붕 떠올랐다가 바닥에 처박혔다.

-마, 마왕님?

"이런 개……! 이름을! 추천해 달랬더니! 씨바 하필! 왜!"

-커헉! 억! 왜, 왜 그러십니까, 마왕님?

발록의 처량한 비명이 울려 퍼졌다.

강우는 치솟는 울분을 가라앉히며 거친 숨을 몰아내쉬었다.

"하아, 하아. 너… 라키엘이란 이름 어디서 들은 거야."

-……예?

"라키엘이란 이름, 어디서 들은 거냐고."

-으음. 잘 기억이…….

"기억해 내."

강우가 날카롭게 눈을 떴다. 발록이 움찔거리며 필사적으로 고개를 끄덕였다.

-기, 기억해 내겠습니다!

5미터에 달하는 근육질 거한이 바들바들 몸을 떠는 모습은 과히 보기 좋지 않았지만, 지금은 그런 것을 신경 쓸 때가 아니었다.

"하아."

강우는 머리가 아프다는 듯 소파에 앉았다.

달칵.

"강우, 무슨 일이야?"

"강우 니이이이임! 보고 싶었어요!"

문이 열리며 할키온과 에키드나가 나타났다. 할키온이 강우를 발견하자 눈을 반짝이며 도도도 달려왔다.

"강우 님이 없는 동안 너무 외로웠……."

강우를 끌어안은 채 방실방실 웃고 있던 할키온의 말이 끊겼다. 그의 표정이 좋지 않다는 것을 확인한 할키온은 조심스럽게 팔을 푼 채 주춤주춤 뒤로 물러났다.

"우, 우으으."

"……강우, 무슨 일 있어?"

에키드나와 할키온에 이어 리리스도 거실로 나왔다.

"무슨 일 있으신가요?"

"끄응."

강우는 이 복잡한 상황을 어떻게 설명해야 할지 알 수 없다는 표정으로 이마를 짚었다.

"그러니까……."

라파엘과 나눴던 대화를 최대한 간략하게 요약해서 설명했다.

"하."

리리스 또한 어이없다는 듯 헛웃음을 흘렸다.

그녀는 날카로운 눈으로 발록을 노려보았다.

"아니, 라키엘을 모른단 말이야?"

-뭐, 뭣? 너는 알고 있었다는 거냐?

"나도 걔가 악의 성좌인지 뭔지는 몰랐는데 이름은 들어본 적 있지. 아니, 너도 같이 들었잖아?"

-기, 기억이…….

발록은 머리를 긁적이며 말끝을 흐렸다. 리리스는 머리가 아프다는 듯 이마에 손을 짚었다.

"저 근육 돼지가……."

"리리스, 너도 라키엘에 대해서 알고 있었던 거야?"

"예. 전에 이름은 들어본 적 있어요."

"누구한테?"

"아몬이요."

아몬. 그 이름이 나오자 강우는 눈살을 찌푸렸다.

원래는 사탄의 부하였던 악마. 흑마법에 한해서는 지옥 내에서 따를 자가 없는 악마로, 지옥 무구의 힘으로 지구로 향하는 균열을 열어준 장본인이었다.

"아몬이 라키엘을 알고 있었다고?"

"예. 분명 아몬에게 들은 이름이었어요."

"뭐라고 말했는데?"

"딱히 자세하게 말한 건 아니에요. 그냥… 지나가는 말로 말했어요. 라키엘에 대해 혹시 알고 있냐고."

강우는 가늘게 눈을 떴다. 뭔가 이질감이 느껴졌다.

"리리스, 발록. 그러면 너희 바울리에 대한 얘기는 들은 것 있어?"

"바울리요?"

리리스와 발록이 서로를 바라보았다. 두 악마는 고개를 저었다.

"아뇨, 들어본 기억 없어요."

"그러면 티탄이나 허무의 존재에 대해서는?"

"그것도……."

리리스가 난처한 표정으로 말끝을 흐렸다.

'리리스도 신화에 대해선 모르고 있었어.'

그녀의 정보력이 얼마나 뛰어난지는 강우 자신이 가장 잘 알고 있었다. 그런 그녀조차 신화에 대해 알지 못했다.

'즉, 지옥에는 신화의 전승이 완전히 단절됐다는 건데.'

그렇다면 이상했다. 리리스조차 알지 못한 정보를, 대체 아몬이 무슨 수로 알고 있단 말인가.

"발록. 네가 여기 오기 전에 아몬이 수상한 행동을 보인 적은 없어?"

-수상한 행동이고 뭐고 마왕님이 지구로 돌아가신 이후 연구실에 처박혀 모습을 보이지 않았습니다. 그게 수상한 행동이라고 하면… 그렇긴 하죠.

발록이 턱을 쓰다듬으며 말했다.

'연구실에 틀어박혀 나오지 않았다, 라.'

정보가 부족했다. 그가 은거했다는 이유로 마신과의 연관성을 찾을 수는 없었다.

"……리리스."

"예, 마왕님."

"지옥과 연락할 수 있는 수단을 찾아. 둠가드나 마르바스, 누구든 좋아. 적어도 군단장급 이상과 연결할 수단이 필요해."

"명을 따르겠습니다."

리리스가 깊게 허리를 숙였다.

강우는 소파 등받이에 몸을 기댔다. 지금 상황을 정리할 필요가 있었다.

'복잡한 건 지금 생각해도 의미가 없어.'

신화, 티탄, 허무의 존재 등. 지금 알 수 없는 것에 대해서 백날 생각해 봤자 답이 나오진 않는다. 지금 그에게 중요한 것은 주의해야 할 일과 해야 할 일을 확정 짓는 것.

'우선 라키엘이란 카드는 되도록 사용하지 않는 게 좋을 것 같고.'

꼭 필요한 상황이라면 어쩔 수 없지만, 마음 놓고 사용할 수는 없었다. 봉인이 약해지고 있는 이상 라키엘이 나타날 것도 염두에 두어야 한다.

그리고 우리엘의 참전. 더 나아가 다른 대천사들까지 우르르 지구로 몰려와도 이상하지 않은 상황이다.

인원 확충이 끝난 천사들은 라키엘을 찾기 위해 지구 전체를 이 잡듯이 조사할 것이다.

'그런데 정작 라키엘은 찾지 못할 테니까.'

조금이라도 의심 가는 사람들까지 조사할 것이 분명했다. 가령, 라키엘에게 잡혀갔다 기적적으로 살아온 인간이라던가.

원하는 결과를 얻지 못하면 그 조사의 범위가 주변 인물들까지 뻗어나갈 것은 당연지사.

'리리스와 에키드나, 할키온은 그렇다 쳐도.'

발자하크와 발록은 마기를 감춘다고 해서 숨길 수 있는 외모가 아니다.

"발자하크."

달칵.

연구실의 문이 열리며 해골 하나가 걸어 나왔다. 머리에 쓴 분홍색 두건. 앙상한 갈비뼈를 가리는 분홍빛 에이프런. 손에 든 먼지떨이도 선명한 분홍으로 빛나고 있었다.

"아니… 너."

-크흐흐. 무슨 일이십니까, 마왕이시여.

"내가 묻고 싶은 말이다. 대체 무슨 일이냐, 넌."

-연구실에 먼지가 쌓여 청소 중이었습니다. 후후후. 왕이시여… 이번에는 무엇을 명하려 하십니까. 성자(聖者)의 시체를 언데드로 만들까요, 아니면 역겨운 빛의 종을 꼭두각시로 만들…….

"그 옷 입고 그런 소리하지 마, 씨발. 집중이 안 되잖아."

-크하하하! 왜 그러십니까? 아주 정갈한 의복(儀服)이지 않습니까?

"아니… 아……. 미안하다. 내가… 내가 미안해."

강우는 차마 말을 잇지 못하고 눈을 돌렸다.

"하아. 일단, 부탁할 게 좀 있어."

-말씀하십시오.

"너 흑마법도 좀 할 줄 알지?"

-물론입니다.

"인간과 완전히 똑같은 '탈'을 만들 수 있어? 시체를 사용하든 뭘 하든 간에."

-으음. 전에 리리스 님께서 만드신 촉수 장식 같은 걸 말씀하시는 겁니까?

"아니. 그것보다 더 세밀해야 해. 탈을 쓰면 완전히 인간처럼 활동할 수 있도록."

-……시간이 좀 들겠지만, 가능하긴 합니다. 몇 개 만들면 되겠습니까?

"너랑 발록 꺼만 만들면 돼."

-발록 님이요? 으음. 발록 님의 신장을 생각하면 어떻게 해도 인간이라고는…….

"그건 내가 발록의 몸을 축소시킬 테니까 걱정하지 마. 그래도 위화감을 줄이려면 최대한 거구의 인간으로 만들어."

-알겠습니다.

강우는 발록을 향해 시선을 옮겼다. 뜬금없이 자신의 몸을 축소시킨 다는 소식을 들은 발록은 당황스러운 눈빛으로 강우를 바라보았다.

-마, 마왕님. 제 몸을 축소시키신다는 게 무슨…….

"권능을 사용해서 육체를 변형시킬 거야. 전투까지는 불가능하더라도, 최소한 일상생활은 할 수 있도록 적응해 봐."

-……그렇게까지 해서 인간의 행색을 할 이유가 있습니까?

"만에 하나라도 천사들에게 들키면 안 돼."

-그깟 천사들 따위 제가 모조리 쓸어…….

"발록."

강우가 가늘게 눈을 뜨자 발록의 몸이 움찔 떨렸다.

그는 바닥에 이마를 찧었다.

-죄송합니다.

"그래."

강우는 발록에게서 시선을 돌린 채 머리를 쓸어 올렸다.

'제일 문제가 마신인데.'

강우는 라파엘에 들은 신화를 떠올렸다.

만마전 안쪽에 숨어 있는 마신의 정체와 그 의도를 알았다. 놈은 자신의 육체를 노리고 있다.

'제거할 수는 없어.'

나오지 못하도록 억누르는 것만으로도 벅차다.

길게 고민을 이어갔지만, 결론은 하나였다.

'마기 제어력을 올려야 해.'

마신이 기어 나오는 것을 억누르기 위해서라도, 벨페고르의 마기를 흡수해 마기 스탯을 높이기 위해서라도, 혹시 모를 변수에 대처하기 위해서라도. 그리고.

'다시는……'

강우의 눈이 깊게 가라앉았다. 끝없이 펼쳐진 시체의 산이 떠올랐다. 절규하는 자신의 모습이 떠올랐다.

'잃지 않기 위해서라도.'

마기 제어력을 올려야 했다. 최대한 빨리.

강우는 눈을 감았다.

마기 제어력을 급격하게 올리는 방법은 있었다.

'하지만 그 방법은……'

망설임이 서렸다.

하지만 그것도 잠시. 강우는 천천히 눈을 떴다.

"발록."

-예, 마왕님.

"탈태(奪胎)를 하겠다."

발록의 두 눈이 부릅떠졌다

쿠웅!

발록이 몸을 일으켰다. 그러고는 이글거리는 눈빛으로 강우를 내려다보았다.

-안 됩니다.

이제 것 없었던 단호한 목소리. 발록은 입술을 짓씹으며 다시금 입을 열었다.

-탈태는… 안 됩니다.

"발록."

-다시는!

쿵! 발록이 거칠게 발을 굴렀다. 쩌적. 충격을 이기지 못한 바닥이 갈라졌다.

-다시는 하지 않겠다고 약속하시지 않았습니까!!

방 안의 분위기가 순식간에 가라앉았다. 에키드나와 할키온이 움찔 몸을 떨었다.

"명령에 불응하겠다는 거냐."

침묵이 흘렀다.

발록은 주먹을 움켜쥔 채, 가늘게 몸을 떨었다.

-다른 방법이 있을 겁니다.

"없으니까 하려는 거야."

-그 정도로 상황이 급한 것도 아니지 않습니까.

"급하진 않지. 하지만 여유롭지도 않아."

-이미 지옥에 계셨을 때보다 강대한 힘을 가지셨습니다.

"적들도 그만큼 강해졌고."

발록은 질끈 눈을 감았다.

-……위험합니다.

"그걸 모를까."

강우는 피식 웃었다.

발록은 다시 한번 거칠게 발을 굴렀다.

-그렇다면 대체 왜! 왜 군이 탈태까지 하시려는 겁니까!

"발록."

깊게 가라앉은 눈빛으로 입을 열었다.

어딘가 서글프게 들리는 목소리. 마음속 깊은 곳에 담아두고 있던 감정이 언어가 되어 흘러나왔다.

"너무 많은 걸 잃어왔잖아."

-…….

"이젠, 잃지 않을 거다."

강우가 담담히 말했다.

발록은 얼굴을 한껏 일그러뜨린 채, 두 주먹을 움켜쥐었다.

그런 그에게 리리스가 다가갔다.

"발록, 포기해. 마왕님이 얼마나 고집불통이신지는 너도 잘 알잖아."

─……너는 아무렇지 않은 거냐.

"호호호."

리리스는 짙게 웃었다. 그녀의 눈빛에서 섬뜩한 살기가 피어올랐다.

"아무렇지도 않을 리가, 없잖니."

씹어뱉듯 내뱉은 말. 리리스의 손이 가늘게 떨리는 것이 보였다. 가만히 내버려 두면 눈물이라도 흘릴 듯 눈가가 젖어 있다.

발록은 깊은 한숨을 내쉬었다.

─알겠습니다. 언제 하실 생각이십니까?

"지금 바로."

쇠뿔도 단김에 빼라고 했던가. 하기로 결심한 이상 뒤로 미룰 이유는 없었다.

─위치는…….

"전에 대련했던 장소 있지? 거기서 하자."

─그곳은 위험합니다. 전에… 그 가디언즈의 창고가 있었던 장소가 어디였죠?

"그랜드 캐니언?"

─예. 그곳에서 하죠.

"끄응. 수호의 전당을 통해 가야 해서 좀 귀찮은데."

─그래도 최대한 안전한 곳이 좋습니다.

강우는 고개를 끄덕였다.

"알았어."

-그럼 준비하겠습니다.

발록은 몸을 돌린 후, 리리스를 데리고 방 이곳저곳을 돌아다니며 무언가를 챙겼다.

"강우."

에키드나가 쪼르르 다가왔다. 옷자락을 잡아당긴다.

"탈태가 뭐야?"

"저, 저도 구, 궁금해요."

할키온이 옆에서 맹렬히 고개를 끄덕였다.

강우는 난처한 표정으로 답했다.

"수련… 의 일종이야."

"수련?"

"응. 마기 제어력을 가장 빠르게 올릴 수 있는 수련."

수련이라는 말에 불안에 떨리던 에키드나의 눈빛이 진정됐다. 그녀는 눈을 반짝이며 말했다.

"나도 강우 수련하는 거 보러 가도 괜찮아?"

"안 돼."

단호히 고개를 젓자 에키드나의 몸이 움찔 떨렸다.

강우는 그녀의 머리를 쓰다듬으며 말을 이었다.

"설아가 집에 혼자 있어서 외로워하고 있잖아. 에키드나랑 할키온은 오늘 집으로 돌아가서 설아랑 같이 있어줘."

"……응, 알았어."

에키드나는 묘한 분위기에 더 이상 고집을 부리지 못하고 고개를 끄덕였다.

그때였다.

-기왕 이렇게 된 거, 같이 가는 게 어떻습니까?

"……발록."

강우가 날카롭게 눈을 떴다. 그러나 발록은 덤덤한 목소리로 말을 이었다.

-꼬맹이 드래곤과 할키온도 이젠 마왕님의 권속 아닙니까. 알아야 할 자격이 있습니다.

"자격이 있긴 개뿔. 누가 네 속셈을 모를 것 같냐?"

-물론 지금이라도 생각을 바꾸시길 바라는 마음도 있습니다. 하지만 권속에게까지 숨기시는 것도 좋지 않다는 건 아시지 않습니까.

"뭐가 안 좋은데. 어차피 같이 가봤자 아무 의미 없……."

-의미 없지 않습니다.

발록은 고개를 저었다.

-꼬맹이 드래곤은 용언마법도 사용 가능한 강자고, 할키온은 오히려 저보다 강합니다.

"하, 꼴에 논리로 나오시겠다?"

-혹시 모를 변수에 대처하시려는 건 마왕님도 마찬가지 아닙니까.

강우의 말문이 막혔다.

"……씨발."

인정하기는 싫지만, 발록의 말이 옳다. 탈태가 끝난 이후 자신은 극도로 약해진다. 혹시 모를 변수를 대처하기 위해선 에키드나와 할키온도 데려가는 것이 옳다.

-게다가 이런 상황에서 저만 데려가시는 것은 권속 간의 불화를 조정하는 일입니다.

이 말 또한 옳다. 부하를 관리할 때 가장 중요한 것 중 하나가 어느 한쪽에 감정을 치우치지 않는 것이다. 여기서 에키드나와 할키온을 두고 간다면, 당연히 그 둘은 발록에게 상대적인 박탈감을 느낄 수밖에 없다. 불화를 조정하는 것까진 과해도 적어도 그 씨앗은 피우게 되는 셈.

-왕께서 수련하시는 걸 보고 싶은가?

"응. 보고 싶어!"

"저, 저도 보, 보고 싶어요."

-그렇다고 합니다.

에키드나와 할키온이 고개를 붕붕 끄덕였다.

강우는 머리가 아프다는 듯 고개를 저었다.

"……멋대로 해라."

질린다는 표정으로 몸을 돌렸다.

발록은 픽 웃으며 에키드나와 할키온에게 말했다.

-그럼 너희도 준비를 도와라.

"뭐 준비하면 돼?"

-갈아입을 옷들과 대량의 물, 그리고 몸을 닦을 수건이 필요하다.

에키드나는 왜 수련을 할 때 그런 게 필요한지 알 수 없었지만 이내 고개를 끄덕였다.

할키온과 에키드나, 발록이 함께 움직이자 금방 준비가 끝났다.

"그럼 바로 출발하자."

강우는 수호의 전당으로 향하는 게이트를 활성화했다. 그랜드 캐니언으로 향하는 게이트는 수호의 전당을 통해 갈 수 있었다.

"여기도 뭔가 되게 자주 오게 되네."

게이트를 지난 강우는 넓게 펼쳐진 협곡을 바라보며 중얼거렸다. 사람들이 워낙 없는 장소에다 마음껏 날뛰어도 되니 대련이나 수련을 할 때 자주 애용하게 되었다.

천천히 걸어가자 뒤에 에키드나가 따라붙었다.

"강우, 나도 수련 많이 했어. 이제 용언마법도 5개나 쓸 수 있어. 성룡(成龍)보다 많이 쓸 수 있는 거야."

칭찬받고 싶은 어린아이처럼 으스대며 말했다.

강우는 피식 웃으며 에키드나의 머리를 쓰다듬었다.

"잘했어. 오, 그러고 보니까 그새 또 키가 큰 것 같네."

"흐응! 곧 설아만큼 살도 찔 수 있을 거야."

"어… 음."

"그런데 설아한테 어떻게 하면 살찔 수 있는지 물어봤다가 혼났어……."

"앞으로는 그런 말 하지 마."

'또 내 김치찌개 사라질라.'

강우는 에키드나에게 신신당부하며 발걸음을 옮겼다.

에키드나가 잡은 반대편 팔에 할키온이 달라붙었다.

'넌 또 왜.'

"가, 강우 님. 저, 저도 하고 있어요! 수, 수련!"

'거짓말 하지 마.'

마물은 수련하지 않는다. 아니, 정확히는 수련을 한다 해도 큰 의미가 없다. 그들의 육체는 이미 한계점에 가까울 정도로 스펙이 뛰어나기 때문에 단순 육체 수련은 의미가 없었다.

강우가 어처구니없다는 표정으로 바라보자 할키온이 날개를 파닥였다.

"시, 신부 수업! 신부 수업 배우고 있어요!"

'신부가 아니잖아.'

"겨, 결혼! 이젠 결혼만 남았어요!"

'네 다리 사이에 물건도 남아 있고.'

강우의 눈이 불안하게 떨렸다.

-잡담은 거기까지.

발록이 둘의 뒷덜미를 잡아끌었다.

"……무, 무슨 짓이에요?"

할키온이 날카롭게 눈을 떴다. 맹렬한 살기가 피어올랐다.

"기, 기껏 가, 강우 님과 얘, 얘기하고 있었는데……."

으득. 으득. 이를 갈며 신경질적으로 날개를 파닥였다.

"바, 방해하지 마, 마세요. 대, 대가리 터뜨려, 버, 버릴 거예요."

빈말이 아닌지 길게 손톱까지 뽑아냈다.

발록은 담담한 표정으로 말을 이었다.

-왕에게 방해된다.

강우의 얘기가 나오자 할키온이 굳게 입을 다물었다.

"……치, 치사하게……."

그리고 억울하다는 듯 입술을 깨물었다.

걸음을 옮기던 강우가 고개를 돌려 주변을 살폈다.

"여기면 되겠다."

-……조금 더 깊은 곳으로 가시는 게.

"뭐, 암벽이라도 파고 들어가리? 이 정도면 충분해."

좁은 협곡 안에는 인기척은커녕 작은 생물조차 보이지 않았다.

암석 중간에 파인 작은 동굴 안으로 들어간 강우는 깊게 숨을 들이쉬었다.

"그럼, 부탁한다."

-예.

발록이 동굴의 입구 앞에 섰다. 물이 가득 담긴 통과 깨끗한 의복, 수건을 차곡차곡 쌓았다.

"뭐, 뭐 하시려는 거예요?"

-……보면 안다.

발록은 나지막이 말을 이었다.

-우리의 역할은 '탈태'가 끝날 때까지 그 누구도 왕에게 손끝 하나 대지 못하게 하는 것이다.

"그럼 우리가 강우를 호위하는 거야?"

에키드나가 눈을 반짝였다. 항상 그에게 지켜지기만 했던 그녀는 강우를 호위한다는 말에 큰 관심을 보였다.

발록은 천천히 고개를 끄덕였다.

-시작하시면 됩니다.

"……그래."

강우는 에키드나와 할키온을 보고 무언가 말하려하다가, 이내 한숨을 내쉬며 고개를 끄덕였다.

'왜죠? 저, 저도 강우 씨에 대해 더 알고 싶어요.'

'동정할 테니까.'

'예?'

'들으면, 동정할 거야.'

한설아와 나눴던 대화가 불현듯 머리를 스쳤다.

쯧, 혀를 찼다.

"지랄."

가볍게 욕을 뱉으며, 입고 있는 옷을 벗기 시작했다.

"흐웅! 흐웅!"

"허, 허업! 사, 사진! 사진을 찍어야 해요!"

관객이 시끄럽다.

강우는 팬티 한 장만 남긴 채 모두 벗은 후, 대충 구석에 집어 던졌다.

'이게 무슨 수치 플레이야.'

맹렬한 눈빛으로 자신을 바라보는 두 여인의 모습이 보여

피식 웃었다.

'그러면.'

눈을 감고 마기를 일으켰다.

"쿨럭!"

그리고 활처럼 몸이 휘었다.

머리가 어지럽다. 시야가 점멸한다. 한계까지 끌어 올린 마기가, 미친 듯이 날뛰기 시작한다.

'바다.'

거대한, 그 끝을 알 수 없을 정도로 넓은 검은 바다가 보였다. 그 거대한 바다를 세 개의 문이 틀어막고 있었다. 만마전.

문이 있는 곳으로 다가가 문을, 살짝 비틀어 연다.

쿠구구구구구궁!!

"강우……?"

협곡 전체가 진동했다.

강우는 입술을 짓씹었다. 입술의 살점이 이빨에 뜯겨 나갔다. 도도한 강물처럼 흐르던 마기가, 이제는 급류가 되어 몸을 헤집었다.

"우웨에에에에에엑!!"

검은 피를 토해냈다. 미칠 듯한 고통이, 아득한 고통이 전신을 지배했다.

우드드득! 우득!

뼈가 뒤틀렸다. 어긋나고 박살 난 뼈가 피부를 뚫고 튀어나왔다. 혈관이 엉키며 근육이 찢어져 흩어졌다. 무시무시한 양의 피가 전신에서 분수처럼 쏟아졌다.

"아, 아으."

덜덜덜 몸이 떨린다.

허공을 움켜쥐듯, 손을 뻗었다. 앞으로 뻗은 손가락이 그 끝부터 뒤틀렸다. 피부가 쩍쩍 갈라지며 떨어졌다. 혈관과 힘줄이 튀어나왔다. 허물을 벗듯, 전신의 피부가 뒤집혔다.

"으, 아아아아아아아!!"

광기와도 같은 고통이 휘몰아친다. 강우는 비명을 내지르며, 추하게 몸을 꿈틀거렸다.

'제어, 해야 해.'

몸 전체를 날뛰고 있는 마기. 만마전의 문을 의도적으로 살짝 열어, 지금 자신의 한계보다 한 걸음 더 나아가야만 하는 상황을 의도적으로 만들었다. 이 한계를 넘지 못하면, 이 미친 듯 날뛰는 마기를 제어하지 않으면, 죽는다.

"크학, 악, 캬학!"

발작을 일으키듯 몸이 튀어 올랐다. 혀를 길게 내뺀 채, 사지를 바르르 떤다. 배설물이 흘러나와 바닥을 적셨다. 모조리 뽑혀 나간 치아가 토사물과 함께 튀어나왔다.

사람을 거대한 전자레인지에 넣고 돌리면 이렇게 될까. 몸 곳곳이 찢어발겨지며 피가 튀어 올랐다.

"씨이, 발."

아프다.

아프다. 아프다. 아프다.

아프다는 생각 외에 모든 사고(思考)가 정지한다. 온 세상이 고통으로 이루어져 있는 것처럼, 고통밖에 느껴지지 않았다.

고통에서 벗어나기 위해, 추잡하게 바닥을 기어갔다.

"으, 아."

눈물이 흘렀다. 의식이 검게 점멸했다.

눈앞에서 사물이 일그러졌다. 발록의 얼굴이, 에키드나의 얼굴이, 할키온의 얼굴이 물감을 섞은 듯 뭉개진다. 그리고 세상에는, 고통만이 남았다.

"아아아아아아아아악!!"

강우는 괴성을 내지르며 온몸을 비틀었다.

의식이 점멸한 순간, 한줄기 번뜩임이 머릿속을 스쳤다. 그는 살기 위해, 살아남기 위해 본능적으로 마기를 제어했다. 무아(無我)의 시간. 급류처럼 날뛰는 마기를 제어하기 시작했다. 복잡하게 엉킨 실타래를 풀 듯, 조금씩 마기를 억눌렀다. 한 걸음씩, 한 걸음씩. 앞으로. 앞으로.

"가, 강우!!!"

"강우 님!!"

에키드나와 할키온, 두 여인이 새파랗게 질린 표정으로 강우에게 다가갔다.

-멈춰라.

그러나 발록이 가로막았다.

"너, 너어⋯⋯! 지, 지금 저 모습을 보고도 그런 말이 나와?"

할키온이 손톱을 뽑으며 이를 드러냈다. 에키드나는 덜덜 몸을 떨다 털썩 주저앉았다.

-지금 만지면 왕은 그대로 죽는다.

발록의 말에, 할키온의 움직임이 멈췄다.

"뭐, 뭐야. 이, 이게 뭐냐고."

수련, 이라고 부르기엔 지나치게 이질적이다. 자해조차 이 정도는 아닐 것이다.

"이, 이게… 탈태, 라는 거야?"

발록이 덤덤히 고개를 끄덕였다.

-마기를 폭주시켜 강제적으로 무아(無我)를 각성시키는 것. 그것이 탈태다.

"그거 위험한 것……."

-몸을 뒤집어 까는 것과 마찬가지다. 당연히 위험하지. 최악의 경우 죽을 수도 있다. 죽지 않는다고 해도 생물이 느낄 수 있는 극한(極限)의 고통을 겪어야만 한다.

"왜, 왜 그렇게까지……."

-왕께서 직접 말씀하시지 않았나.

발록은 쓸쓸히 웃었다.

-더 이상 잃지 않기 위해서라고.

그리고 몸을 돌렸다.

엉금엉금 바닥을 기고 있는 강우의 모습이 보였다. 그는 얼마 가지 못하고, 비명을 내지르며 기절했다.

-그러고 보니 너희는 지옥에서 마왕이 어떤 길을 걸어왔는지 모르겠군.

"……."

-패도(覇道)도 왕도(王道)도 아니었다.

발록은 바닥에 쓰러져 기절한 강우에게 다가갔다. 그리고 기절한 강우의 몸을 안아들었다. 그가 기어온 자리를 따라 검은 피와, 배설물이 섞여 길게 늘어져 있었다.

-저 길이.

발록은 물바가지를 들어 강우의 몸에 뿌렸다. 몸에서 씻겨 나간 피와 배설물이 기어온 자국을 따라 흘렀다.

-저 추하고, 더럽고, 비참한 오물의 길이.

물에 쓸려 나간 그 자리는 마치 '길'처럼 보였다.

-왕이 걸어온 길이다.

숨 막히는 침묵이 내려앉았다.

"발, 록……."

그때, 발록의 품 안에서 기절했던 강우가 힘겹게 눈을 떴다.

-쉬십시오, 마왕님.

"아으, 아."

무언가를 움켜쥐듯 불안하게 흔들리던 강우의 손이 발록의 어깨를 잡았다. 필사적으로, 마지막 남은 모든 힘을 쥐어짜 내듯, 그는 입을 열었다. 이 말만은 반드시 해야겠다는 듯이.

"존나, 오그라들… 쿨럭!"

-마, 마왕님! 몸이 오그라들 듯이 아프다는 겁니까?

"아니, 니 새끼 말이, 오그라……."

-무슨 말을 하시고 싶은지 알고 있습니다. 마왕님이 아픈

만큼… 제 마음도 아픕니다.

"개새, 끼… 그게, 아니… 말… 씨발… 오그라든… 오물의 길은… 뭔 개 ×……."

강우는 파르르 몸을 떨었다.

"우웨에에에에엑!!"

-어어어어엌.

그러고는 발록의 얼굴을 향해, 토사물을 쏟아냈다.

의식이 검게 점멸했다.

"아, 씨발."

캬학, 퉤.

강우는 입안에 고인 토사물을 뱉었다. 재생의 권능으로 상처는 치료했지만, 몸에 잔향(殘香)처럼 남은 통증이 그를 괴롭혔다.

"똥 터지게 아프네."

고통에 익숙한 그라고 해도, 도저히 참기 힘든 격통. 거대한 믹서기에 몸이 갈리는 것과도 끔찍한 통증에 정신이 아득하다.

강우는 고개를 절레절레 저었다.

'이래서 하기 싫었는데.'

위험하기도 했지만, 결정적으로 아파도 너무 아팠다. 통증이 사라지지 않은 몸이 덜덜 떨렸다.

-수고하셨습니다.

발록이 다가와 물통을 내밀었다. 손을 뻗어 물통을 집으려 했지만, 손이 떨려 제대로 물통을 집을 수 없었다.

발록이 터질 듯한 근육으로 가득한 팔로 강우의 뒷머리를 잡았다. 그러고는 흉신악살(凶神惡殺) 같은 얼굴로 활짝 미소를 짓는다.

-제가 먹여 드리겠습니다.

"꺼져."

-하하하. 부끄러우신 모양이군요.

"아니, 씨……."

-자! 어서 이 발록의 품 안에서…….

"아악! 개, 개자식아! 너 냄새… 우욱."

-아, 그러고 보니 아까 마왕님의 토가 잘 안 닦인 모양이군요.

"뭐? 이런 씨… 빠, 빨리 닦아!"

강우는 팔다리를 바둥거렸다.

발록이 흐뭇하게 웃었다.

-전 괜찮습니다.

"어쩌라고."

-저희 업계에선 포상이죠.

"뭔 개소리야."

강우는 몸을 비틀어 간신히 발록의 품에서 탈출했다.

제대로 걷지 못해 바닥을 데굴데굴 굴러 거리를 벌리자, 머리에 무언가 부딪혔다. 에키드나의 다리다.

"아, 에키드나? 나 좀 도와줘. 저 근육 돼지 좀 제발 말려봐."

강우가 질린 표정으로 말했다. 그때.

뚝. 뚝뚝.

뺨에 투명한 무언가가 떨어졌다.

강우는 머리를 돌려 에키드나를 올려다보았다. 그녀의 뺨을 타고 투명한 눈물이 쏟아지고 있었다.

"흐윽, 흑… 흐윽."

에키드나의 어깨가 가늘게 떨린다.

강우는 한숨을 내쉬었다.

'뭐……'

예상했던 일이다. 최대한 멀쩡하게 있으려 했고, 우스갯소리도 던졌지만, '탈태'의 과정을 보고 아무 충격도 받지 않았을 리가 없다.

"강우. 강우. 강우……."

에키드나가 강우의 몸을 끌어안더니, 가슴에 얼굴을 묻은 채 머리를 비볐다.

강우는 쓴웃음을 지으며 에키드나의 머리를 쓰다듬었다.

"가, 강우 님. 방금 그, 그건……."

할키온도 새파랗게 질린 표정으로 몸을 떨었다.

"바, 방금 그게… 타, 탈태예요?"

"응."

고개를 끄덕였다.

탈태(奪胎). 만마전을 의도적으로 폭주시켜 강대한 힘을 얻는, '개문(開門)'의 아류 기술.

'기술이라고 하긴 좀 애매한가.'

사실 탈태는 개문의 실패작에 가까웠다. 좋은 점이라고는 하나도 없는, 그냥 자해에 가까운 기술.

강우는 탈태를 좀 쓸 만하게 써먹기 위해 노력하던 도중, 새로운 효과를 발견했다. 경각에 달한 목숨. 살아남기 위한 처절한 발버둥 속에서 무아(無我)를 각성하는 것. 무협지로 비교하면, '깨달음'을 얻는 상황을 의도적으로 만들어내는 것이다. 목숨을 담보로.

'진짜 죽을 수도 있다는 게 문제지만.'

운이 좋아서인지 아니면 명줄이 질겨서인지. 탈태를 꽤나 많이 사용했음에도 불구하고 이제까지 용케 살아남긴 했다.

'뒤지게 아프지만.'

도저히 이 통증만큼은 어떻게 익숙해지지가 않는다.

강우는 질린 표정으로 고개를 저었다.

"이게… 수련, 이야?"

에키드나가 눈물을 쏟으며 물었다.

강우는 쓰게 웃었다. 확실히, 일반적인 수련이라고 보기는 힘들다.

'그래도 어쩔 수 없잖아.'

일반적인 수련은 그에게 의미가 없다.

물론 대공의 권능을 사용하거나, 다른 것과 조합하면서 마기 제어력을 조금씩 올릴 수는 있다.

'너무 시간이 오래 걸려.'

그렇게 해서는 벨페고르의 마기를 흡수할 때까지 몇 년은 가볍게 걸릴 것이다. 강해지는 것의 대가가 고작 고통이라면, 몇 번이고 그를 감수할 수 있었다.

"뭐, 아프긴 하지만 이게 또 시간이 지나서 생각해 보면 괜찮……."

"거짓말하지 마!"

에키드나가 울부짖었다.

그녀는 발작을 일으키듯 온몸을 비틀던 강우의 모습을 떠올렸다. 절규하며 눈물을 흘리고 있던 그의 모습을 기억했다.

'고작' 고통이라고? 고통은 모든 것이다. 자신의 피부를 칼로 살짝 긋는 것만으로도 덜덜 떠는 게 인간인데, 온몸이 뒤틀리고 찢겨 나가는 고통을 알면서도 '탈태'를 사용하기까지 대체 얼마나 큰 결심이 필요했을까.

에키드나는 강우의 몸을 끌어안은 채, 엉엉 울었다.

'흐응! 나도 요즘 수련하고 있어.'

의기양양하게 말했던 자신이 너무도 수치스러웠다.

"강우……."

강우의 뺨을 만졌다. 얼마나, 얼마나 아팠을까.

'이것이, 왕이 걸어온 길이다.'

발록의 목소리가 머릿속을 울렸다.

에키드나는 강우의 과거에 대해서 그래도 설아보다는 많이 알고 있었다. 인간의 몸으로, 일천(一天)부터 구천(九天)의 지옥까지 올라온 것. 일곱 대공을 상대로 전쟁을 선포해, 구천지옥의 모든 역사와 판도를 뒤집어엎은 존재.

"나는, 나는… 몰랐어."

에키드나의 뺨을 타고 뚝뚝 눈물을 흘렸다.

그녀는 평소의 강우를 알고 있다. 그가 얼마나 대단하며, 당당하고 영리한지 알고 있다. 그래서. 당연히.

"강우가 이렇게 살았는지는, 상상도 못 했다고……."

당연하다고 생각했다. 강우라면, 구천지옥의 악마건 대공이건 낄낄 웃으며 가볍게 이겼을 거라 생각했다. 아무런 위기도, 고통도 없이 승리를 취했다고 생각했다. 하지만.

"흐윽, 으아앙!"

패도(覇道)도 왕도(王道)도 아니다. 멋있고, 호쾌하게. 만화 영화의 주인공처럼 화려하게 적과 싸운 것이 아니다.

처참하고, 비참하고, 추잡하게. 안쓰러울 정도로 발버둥 치며, 어떻게든, 어떻게든 살아남기 위해. 손에 움켜쥔 것을 지키기 위해. 그는 그렇게 살아왔다.

"미안해… 미안, 해."

뭐가 미안한지는 정확히 모르겠지만, 참을 수 없는 죄책감이 그녀를 짓눌렀다. 그가 괴로워했던, 고통에 몸부림치던 과거를 알지 못한 채 어리광 부렸다는 생각에 목소리가 젖어 든다.

"하아."

강우는 한숨을 내쉬며 발록을 노려보았다.

'이래서 같이 안 가려고 한 건데.'

처참하게 살아왔던 건 사실이다. 딱히 그것을 강조하고 싶은 생각도, 동정받고 싶은 생각도 없다.

'왕이 걸어왔던 길은 개뿔.'

괜스레 바람을 넣은 발록이 미워졌다. 괜히 겪어온 고생사를 나열하며 똥폼 잡는 꼰대처럼 보이지 않은가.

"그러게 왜 따라와서……."

강우는 에키드나의 등을 토닥였다.

희미한 미소가 입가에 지어졌다. 솔직히, 나쁜 기분은 아니다. 이렇게 진심으로 걱정해 주는 사람이 있는데 기분 나쁠 리가 없다.

"이제 좀 움직일 만하네."

강우는 몸을 일으켜 허리를 돌렸다. 잔향처럼 남아 있던 통증이 사라졌다.

'그럼.'

눈을 감고 몸을 체크했다. 마기를 가볍게 일으켰다.

표정이 밝아졌다.

'역시 효과 하나는 죽이네.'

하이 리스크 하이 리턴. 목숨을 담보로 건 만큼 그 보상이 나쁘지 않았다. 몸을 도는 마기가 한층 더 온순해진 것이 느껴졌다.

'하지만…….'

쯧, 혀를 찼다.

'아직 부족해.'

한 번으로는 벨페고르의 마기를 흡수할 수 있을 정도는 되지 못했다.

'그래도 좀만 더 하면 되겠네.'

예상했던 것보다 제어력이 높아져 있었다. 집에서 10일간 뒹굴고 있을 때 영문 모르게 늘어났던 마기 제어력 덕분.

'아, 그때처럼 걍 한숨 자고 일어났는데 제어력이 늘어났으면 좋겠다.'

그러면 적어도 이런 눈물의 똥꼬 쇼를 벌일 필요가 없지 않은가.

"발록, 바로 한 번 더 간다."

─······아직 부족하십니까?

"좀 더 해야 해."

적어도 '개문(開門)'을 사용할 수 있을 정도로는 마기 제어력을 높여둬야 했다.

'여차하면 개문만 한 기술이 또 없으니까.'

개문 또한 생명을 담보로 한 대신, 어마어마하게 얻을 수 있는 것이 많았다. 1문만 개방해도 어지간한 적들은 우습게 쓸어버리는 것이 가능하다.

"아, 안 돼요!"

할키온이 다급히 다가와 고개를 저었다.

"또, 또 그걸 하신단 건가요?"

"한 번으론 부족해."

적어도 두, 세 번. 많으면 다섯 번까지도 생각해야 했다.

'아으, 상상만 해도 × 같네.'

그 눈물과 지랄의 똥꼬 쇼를 다섯 번이나 해야 한다니. 상상만으로 끔찍했다. 아니, 솔직한 심정으론.

'존나 무섭네, 씨발.'

몸이 떨린다. 애써 괜찮은 척 태연히 있었지만, 괜찮을 리가. 그 미친 고통을, 아득한 통증을 견뎌내는 일은 상상만 해도 구역질이 나올 것 같았다.

그리고 탈태는 안전하게 강해지는 수련법이 아니었다. 고통은 어찌 견뎌낸다고 해도, 재수 없으면 그대로 죽을 수도 있다.

"아, 안 돼요! 제, 제가 더 잘할게요! 그, 그러니까……."

할키온이 펑펑 눈물을 흘렸다. 에키드나 또한 마찬가지.

강우는 예상했던 일이 펼쳐지자 머리가 아프다는 듯 이마를 짚었다.

할키온이 길게 손톱을 뽑았다.

"저, 정 하실 생각이라면 저, 저도 강우 님의 고통을 느낄 거예요!"

'그건 또 무슨 헛소리야.'

"이, 이익!"

"이런 씨발!"

자해하려는 할키온을 다급히 말렸다. 할키온의 날카로운 손톱이 그(녀)의 다리를 깊게 파고들어 있었다.

'세상에.'

뭐 이런 미친 짓까지 한단 말인가.

강우는 어이없다는 표정으로 할키온을 바라보았다.

"히끅! 아, 아프시면… 아, 안 돼요."

"하아."

이걸 어쩐다.

강우가 한숨을 내뱉자, 발록이 다가왔다.

-마왕님, 적어도 며칠 있다가 하시는 게 어떠십니까?

"……며칠 있다가 하자고?"

-예. 하시는 걸 막지는 않겠습니다. 하지만 정말 위험한 상황도 아닌데 군이 급하게 하실 필요는 없다고 생각합니다.

"으음. 그래도……."

-바로 하시다가 집중이 흐트러지실 수도 있지 않습니까.

일리 있는 말에 강우는 굳게 입을 다물었다.

'하긴, 괜히 무리하다 뒤지는 것보다는 안정적으로 하는 게 낫지.'

만마전의 심연으로 처박은 바울리가 움직일 생각을 보이려는 것도 아니다. 기왕 목숨을 건 수련을 하기로 한 만큼, 최소한 몸 상태라도 만전을 기울이는 것이 옳다.

"그래. 그러면 3일에 한 번 하는 걸로 하자."

그동안은 아직 제대로 다루지 못하는 사탄의 권능이라도 연습하면 됐다.

-후우.

발록은 안도의 한숨을 내쉬며 강우를 바라보았다.

'너무 많은 것을 잃어 왔잖아.'

강우가 남긴 말이 귓가를 맴돌았다. 입맛이, 아주 쓰다.

'언젠가는.'

모든 일이 끝나는 날에.

'꼭 행복해지시기를.'

발록은 씁쓸한 미소를 지었다.

눈가가 젖어 들었다.

"후우, 후우."

다섯 번째 탈태. 예정이 좀 길어져 20일이 지난 후에야 다섯 번째 탈태를 마칠 수 있었다.

"됐다."

강우는 씩 웃었다. 마기 제어력이 몰라볼 정도로 상승한 것이 느껴졌다.

벨페고르의 마기가 응축된 보석을 들었다. 그리고.

아득. 씹어 삼켰다.

[띠링.]

[나태의 대공, 벨페고르를 포식하였습니다.]
['영혼을 거두는 자' 특성이 발동됩니다.]
['대공 학살자' 특성이 발동됩니다.]
[대공 벨페고르가 지닌 '정지의 권능'을 사용할 수 있습니다.]

'그렇지.'
강우의 입가에 짙은 미소가 지어졌다.

[마기 스탯이 154로 상승했습니다.]

한동안 오를 생각이 없었던 마기 스탯도 올랐다.
'이제 대공을 먹어도 4밖에 안 오르네.'
그래도 오른 것이 어디인가.
그리고 무엇보다 가장 큰 소득은….

[마기 제어력이 올라감에 따라 '마기의 지배자' 특성 등급이
SSS등급으로 상승합니다.]
[마기의 성질을 마력만이 아닌, 성력으로도 변환할 수 있습니다.]
[원거리에서 마기를 운용하는 것이 가능해졌습니다. 단, 거리
가 멀면 멀수록 그 효율은 급감합니다.]

'크으.'
주먹을 불끈 쥐었다.

예상치 못했던 수확. 이젠 영웅신 티리온의 충실한 사도답게 황금빛 성력을 마구마구 내뿜을 수 있다.

원거리에서 마기를 운용하는 것은 어떤가.

'이게 진짜 대박이지.'

간단하게 생각하면 이제 육체를 기준으로 사용해야 했던 칼날의 권능 같은 권능을 원거리에서 사용할 수 있다는 것.

'인페르노도 원거리에서 사용할 수 있지.'

대공의 권능과 칼날의 권능을 섞은 강력한 기술조차 원거리에서 사용하는 것이 가능해졌다.

'그리고……'

강우는 손을 뻗었다.

20여 미터 떨어진 곳에 있는 암석 틈에 손바닥만 한 도마뱀이 보였다.

도마뱀을 기준으로 마기를 내뿜자, 무시무시한 마기가 도마뱀에게서 흘러나왔다. 마치 도마뱀이 아닌, 수천 년을 산 사악한 마룡(魔龍)처럼 보일 정도.

여기에 마기의 성질을 성력으로 바꾸자 그의 몸에서 황금빛이 뿜어져 나왔다. 겉으로 보면 사악한 마룡과 그에 대적하는 빛의 용사처럼 보였다.

"이건 써먹을 수 있겠어."

강우는 짙게 웃었다.

어디에 써먹을지는 굳이 생각할 필요도 없다. 자신은 사기꾼이 아니지만, 언제나 정의와 빛의 길을 걷고 있지만, 하늘을 우러러 한 점 부끄러움 없는 삶을 살고 있지만.

"아, 이거 참. 이러면 안 되는데."

계속해서 웃음이 흘러나왔다.

"개 좋네, 시바."

왠지 모르게, 가슴이 두근거렸다.

"푸헤헤헤헤헹헹."

·6장·
뒤집어엎다

오랜만에, 일상이다.

다섯 번의 탈태 이후, 예상하고 있던 기대치보다 훨씬 더 많은 것을 얻게 된 강우는 스스로를 위한 선물을 준비했다.

"아……"

침대에 늘어지게 누워, 사지에 힘을 풀었다.

몰아일체(沒我一體). 내가 곧 침대요, 침대가 곧 나일지니. 움직이지도 숨 쉬지도 않는 하나의 사물(事物)이 되어 망념을 그려낸다. 부동의 권능을 사용하기라도 한 것처럼 강우의 몸은 침대에 찰싹 달라붙어 움직일 생각을 하지 않았다.

꿈틀꿈틀. 이불을 목 끝까지 덮고 몸을 꿈틀거렸다. 이날을 위해 특별히 주문한 값비싼 오리털 이불에서 따스한 온기가 느껴졌다.

"아아."

짧은 탄성이 흘러나온다.

"이것이 '행복'이라는 건가─"

헤벌쭉 입가를 올리며 개소리를 입에 담았다. 딱히 잠을 자는 건 아니었지만, 그냥 침대에 아무것도 하지 않고 누워 있으니 이보다 행복할 수 없었다.

'그래, 시팔 인생은 역시 돈 많은 백수가 짱이지.'

지옥을 지배하는 마왕의 자리도, 세계를 손에 넣을 수 있는 패왕의 자리도 다 무슨 소용인가.

그들이 아침 일찍 일어나 회의니 관리니 개똥을 싸지르고 있는 시간, 자신은 침대에 누워 사타구니를 벅벅 긁으며 뒹굴 수 있다.

비빌 걸 비벼야지. 감히 어디 왕과 백수를 비교한단 말인가.

'×나 행복해.'

이게 인생이지.

강우는 전율까지 느끼며 침대 안에서 몸을 꾸물거렸다.

쾅!

"강우."

그때, 방해꾼이 나타났다. 흑발의 소녀, 아니, 이제는 처녀가 되어가고 있는 소녀였다. 소녀가 종종종 걸어와 침대에 누워 있는 강우의 몸을 흔든다.

"오늘 쉬기로 했다며?"

강우는 답하지 않았다.

"강우. 그동안 많이 힘들었지? 내가 오늘 잔뜩 놀아줄게."

흐응! 흐응! 그녀가 콧바람을 뿜으며 그의 몸을 흔든다.

강우는 깊게 잠든 것처럼 눈을 감았다. 기껏 휴일이 왔는데 이 침대에서 벗어나야 한다니. 그럴 수 없다. 그래서는 안 된다.

마치 일요일 딸이 놀아달라는 것을 필사적으로 회피하는 아버지처럼, 강우는 굳게 눈을 감았다.

"강우. 안 자는 거 알고 있어."

에키드나가 팔을 잡아당기더니 이불을 들치고 옆구리를 간질인다. 그러다가 기어이 몸 위에 올라타 방방 뛰더니, 귓불을 앙 깨문다.

"으어어어어어."

차마 귓불을 깨무는 감촉은 무시할 수 없었는지, 강우가 망자(亡者)의 목소리를 내며 몸을 일으켰다.

"헤헤."

에키드나가 승리의 미소를 지었다.

강우는 눈을 부릅뜨며 그녀를 노려보았다.

"왜, 대체 왜 날 그렇게 괴롭히는 거야!"

오늘은 침대에서 나가지 않을 거라고! 애원하듯 외쳤다.

에키드나가 고개를 슬쩍 돌리더니, 물기에 젖은 목소리로 입을 열었다.

"그치만……"

비련의 여주인공처럼 몸을 떤다.

"이렇게라도 하지 않으면……! 강우는 내겐 관심도 없는걸!"

이건 또 무슨 똥 싸는 소리란 말인가.

강우가 어처구니없다는 듯 그녀를 올려다보자 에키드나는 씨익 웃더니 양손으로 V자를 만들어냈다.

"요즘 인기 있는 밈이야."

"밈은 또 뭔데."

"유행어. 강우는 지구에 쭉 살았으면서 그런 것도 몰라?"

"세대 차이가 좀 있는지라."

만 년 정도.

강우는 재빠르게 손을 뻗었다. 가슴 위에 올라탄 에키드나의 몸을 끌어안고 그녀의 옆구리를 간질인다.

"아윽! 뭐, 뭐 하는 거야, 강우?"

보기 드문 에키드나의 당황하는 목소리. 강우는 씨익 웃으며 그녀의 겨드랑이를 마구 간질였다.

"감히 왕의 휴식을 방해했으면 그에 상응하는 벌을 받을 각오는 되어 있겠지?"

자신이 말해놓고도 역겹고 토 나오는 대사였지만, 분위기에 따라 자연히 내뱉었다.

"강우, 오글거려."

"……."

"난 강우가 그런 사람인지 몰랐어."

"아니, 시바, 여기선 맞춰줘야……."

"실망이야."

콧방귀를 끼는 에키드나. 강우의 눈빛이 배신을 당한 주인공마냥 떨렸다.

이윽고 에키드나와 강우는 동시에 웃음을 터뜨렸다.

"끄응."

강우는 침대에서 몸을 일으켰다.

"강우, 몸은…… 괜찮아?"

에키드나가 그의 옷자락을 잡아당기며, 조심스러운 목소리로 말했다. 방금 전까지 애써 평안을 가장했던 그녀의 얼굴이 슬픔과 걱정으로 물들었다. 혹시 그가 죽기라도 했다고 생각했던 걸까. 강우는 픽 웃었다.

"멀쩡해. 얻은 것도 많고."

"강우 나랑 약속……."

"알았어. 정말 급한 일 아니면 다시 안 할게."

강우는 그녀의 머리를 쓰다듬었다. 에키드나가 눈물을 훔치며 고개를 끄덕였다.

탈태는 확실히 하이 리스크 하이 리턴의 도박이다. 도박장에서 올인을 연발하는 것과 같은 미친 짓. 남발하다 보면 반드시 파산할 날이 온다.

"약속했어?"

"그래, 그래."

강우는 에키드나를 데리고 거실로 나갔다.

그를 발견한 할키온이 도도도 달려왔다.

"강우 니임! 일어나셨나요?"

맹수처럼 눈을 번뜩인 할키온이 강우를 잡아끌었다.

한설아가 걱정스러운 표정으로 물었다.

"벌써 일어나셨어요? 조금 더 쉬셔도 괜찮을 텐데……."

"애가 좀 말썽이라."

강우는 에키드나의 뺨을 꼬집었다.

한설아가 도끼눈을 뜨고 에키드나를 흘겨보았다.

그 시선에 움찔, 에키드나의 몸이 떨렸다. 그녀가 강우의 뒤로 숨었다.

"뭐, 하루 종일 침대에서 개길 순 없으니까."

강우는 씩 웃으며 소파에 앉았다.

백수에게도 일과가 있다. 해가 중천을 넘어간 지금, 허해진 속을 뜨끈한 찌개로 채워야 할 때. 침대와의 몰아일체를 포기할 만한 가치는 충분했다.

"임자."

초롱초롱한 눈빛으로 그녀를 바라보았다. 이제는 굳이 말하지 않아도 될 정도로 익숙해졌는지 한설아는 손으로 입을 가린 채 쿡쿡 웃었다.

"조금 기다려 주세요. 금방 만들어 드릴게요."

"아, 나도 좀 도와줄게."

"아뇨, 쉬고 계세요."

한설아는 부드러운 미소를 지으며 고개를 저었다.

"지난 20일 동안 굉장히 혹독한 수련을 하셨다 들었어요. 오늘은 저한테 다 맡기고 푹 쉬어주세요."

수련의 내용에 대해 잘 듣지는 못했지만, 어찌나 혹독한 훈련이었는지 에키드나가 품에 안겨 엉엉 울며 걱정할 정도였다.

오늘 하루 정도는 강우를 푹 쉬게 놔두고 싶었다.

"뭐…… 그렇게까지 말한다면."

강우는 어색하게 웃으며 고개를 끄덕였다. 누군가의 걱정과 보살핌을 받는다는 것은, 역시 낯선 기분이다.

"강우, 그럼 그동안 같이 애니메이션 보자."

에키드나가 팔을 잡아당긴다.

"아, 아뇨. 강우 님은 저, 저랑 이, 있을 건데요."

지지 않겠다는 듯, 할키온이 반대편 팔을 잡아당긴다.

양손의 꽃은 꽃인데 한쪽은 아직 피어나지 않은 꽃이요, 다른 한쪽은 암술과 수술이 함께 있다.

'뭐지?'

뭔가 불합리하다. 행복한데, 분명 행복해야 하는 상황인데. 묘하게 행복하지 않다.

강우의 양팔이 이리저리 잡아당겨졌다.

"강우는 내 거야."

"내, 내 거라고요? 또 허, 헛소리를 하시네요. 거, 거짓말하지 마세요. 저, 거, 거짓말 싫어해요."

할키온과 에키드나의 모습을 바라보는 한설아는 굳게 입을 다물고 가늘게 눈을 떴다. 순간적으로, 섬뜩한 빛이 그녀의 눈빛에 서렸다 사라졌다.

"강우 씨."

"어?"

한설아는 활짝 웃으며 양팔을 벌렸다. 살짝 펑퍼짐한 니트를 입고 있음에도 무언가가 몹시 강조됐다.

강우의 두 눈이 부릅떠졌다. 양팔을 벌린 것이 무엇을 의미하는지 상상하는 것은 어렵지 않다. 하지만.

"그, 그래도 애들 앞인데……."

만 년간 적어도 '인간'에게서 만큼은 순결을 지켜온 동정의 기개(氣槪)인가. 강우는 아무리 그래도 그건 좀 아니지 않냐는 듯 시선을 피했다.

한설아의 눈이 가늘어졌다.

"강우 씨?"

"으, 으음."

고개를 두리번거린다. 에키드나와 할키온이 강우의 팔을 잡아당기는 것을 멈추고는 고개를 갸웃했다.

한설아가 살짝 가라앉은 목소리로 말했다.

"오시지…… 않을 건가요?"

목소리가 묘하게 무섭다. 서릿바람이 휘몰아치는 듯한 감각이 느껴지며 피부가 오싹하게 떨린다.

강우는 더 이상 거스르지 못하고 한설아에게 다가갔다.

푹신.

고개를 숙여 키를 맞추자 한설아가 그의 머리를 끌어안았다.

"옳지, 옳지."

머리를 쓰다듬는 그녀의 손길. 기분이 굉장히 묘했다.

얼마 전에 간병을 받고 난 이후로, 그녀의 태도가 조금 달라졌다. 뭔가 누님의 포스가 난다고 해야 할까.

사실 나이 차이로만 치면 400배 가까이 차이 나기에 이런 분위기는 어색해야 정상이지만, 신기하게도 그런 기분은 안 들었다. 오히려 한설아가 더욱 나이가 많다고 느껴진다고 해야 하나.

'사실 나이로 치면 설아보다 에키드나가 훨씬 나이가 많은데.'

그뿐이랴. 나이만 놓고 보면 사실 할키온이 가장 고령이다. 고대 마물은 정말 아득한 세월을 살아온 존재였으니까.

"으음."

"후훗. 기분 좋으세요?"

한설아가 그의 등을 가볍게 토닥였다.

기분이 좋냐, 아니냐를 따지면 군이 물어볼 필요도 없다. 강우는 뺨에서 전해지는 부드럽고 뭉글뭉글한 감촉을 즐겼다.

한설아는 살짝 고개를 들더니, 이쪽을 본 채 딱딱하게 굳어 있는 두 여인을 바라보았다.

"훗."

"이, 이익!"

승자의 미소를 입가에 띤다.

할키온의 표정이 벌게졌다. 그(녀)는 신경질적으로 날개를 퍼덕이며 입술을 짓씹었다.

"자, 자기가, 뭐, 뭔데…… 가, 강우 님을 애처럼……."

파르르 몸을 떨더니, 눈에 힘을 빡 준 채 한설아를 노려보았다.

"부, 부럽…… 아, 아니, 거, 건방진……."

까드득. 이를 부딪친다. 길게 뽑은 손톱으로 신경질적으로 벽을 긁자 물렁한 두부를 손톱으로 파내듯 벽이 긁혔다.

"이익."

하지만 한설아를 향해 달려들지는 못했다. 한설아가 강우의 소중한 존재라는 건 할키온도 익히 알고 있는 사실. 할키온은 발을 동동 구르며 세상 분하다는 듯이 끄으윽, 끄으윽 신음을 흘렸다.

한설아는 씩 미소를 지으며 손뼉을 쳤다.

"아참. 강우 씨, 같이 마트 다녀오지 않으실래요?"

"마트?"

"돼지고기가 다 떨어져서요. 마트에서 조금 사와야 할 것 같아요."

"응? 어제 보니까 아직 많이 남아 있……."

"다 떨어졌어요."

방긋. 한설아가 웃는다.

강우는 침음을 삼키며 고개를 끄덕였다.

"자. 가요, 강우 씨. 둘은 그동안 집 좀 지켜줘."

에키드나와 할키온을 향해 단호히 말한 한설아는 강우의 옷자락을 슬쩍 잡아당기고 콧노래를 흥얼거리며 현관문을 나섰다.

"……."

"끄으윽."

덩그러니 남게 된 그녀와 그(녀)가 이글거리는 눈빛으로 현관을 노려보았다.

"……애들도 데려오는 게 좋지 않아?"

"오랜만에 강우 씨랑 둘이 있고 싶었어요."

한설아가 살짝 혀를 내밀며 웃었다. 평소답지 않은 그녀의 모습에 강우는 픽 웃었다.

'아마도……'

꽤나 걱정을 끼친 것 같다.

하긴, 탈태에 대해서 직접적인 얘기를 한 적은 없었지만 에키드나와 할키온의 분위기만 봐도 어느 정도는 짐작했을 것이다.

"그래. 기왕 이렇게 된 거 좀 느긋이 둘러보·……"

한설아의 손을 잡으며 발걸음을 옮기려고 할 때였다. 강우의 발걸음이 멈췄다.

"오랜만입니다."

은발의 천사. 샤르기엘이 그의 앞을 가로막았다.

그는 뜨거운 눈빛으로 한설아를 바라보며, 입을 열었다.

"드릴 말씀이 있습니다."

"……무슨 일인데 이 정도로 병력을 끌고 오신 거죠?"

강우는 가늘게 눈을 뜨며 물었다.

눈앞에 나타난 것만 열 명. 골목 곳곳에 숨어 있는 천사들까지 합치면 수십은 가볍게 넘었다. 이 정도면 거의 라파엘의 모든 전력을 데려온 거나 마찬가지인 전력.

그것도 천사 하나하나가 기도가 범상치 않다. 라파엘의 세력 중에서도 정예만 골라왔다는 의미. 마치 전쟁을 하러 오기라도 한 것 같은 모습에 강우는 눈살을 찌푸렸다.

샤르기엘은 답하지 않은 채, 한설아를 물끄러미 응시했다. 악마교와의 전쟁 당시 멀리서 천사를 본 것 외에 가까이서 천사를 처음 보는 한설아는 움찔 몸을 떨며 강우의 뒤로 숨었다.

"역시……. 하지만 대체 왜……."

샤르기엘은 믿을 수 없다는 듯 입을 벌렸다. 그러고는 하, 헛웃음을 흘리며 손으로 이마를 짚었다.

"샤르기엘 씨."

"아, 죄송합니다."

강우의 부름에 샤르기엘이 고개를 저었다.

"하실 말씀이란 게 뭐죠?"

"……그보다, 강우 씨는 저분과 어떤 관계인지 물어봐도 괜찮겠습니까?"

한설아를 가리키며 묻는 말에 강우가 담담히 답했다.

"연인 사이입니다."

"하."

샤르기엘은 어처구니없다는 듯 헛웃음을 흘렸다. 날카롭게 눈을 뜨며 강우를 노려보는 그의 눈빛에 선명한 분노가 스쳤다.

"인간과 연인 사이라…… 일단 강우 씨가 아무것도 모른다는 건 확실히 알겠군요."

강우는 계속해서 대답을 회피한 채 혼자서 북 치고 장구 치는 샤르기엘의 태도에 짜증이 치밀어 올랐다.

'참자, 참아.'

마음을 다스렸다. 천사와 원만한 관계를 유지하는 것은 아주 중요했다. 순간순간의 감정에 휩쓸릴 수는 없었다.

'특히 지금은 더더욱.'

곧 우리엘이 지구에 온다는 소식을 머릿속에 떠올린 강우가 입가에 미소를 지으며 침착하게 물었다.

"제가 뭘 모르고 있다는 건지 설명해 주실 수 있을까요?"

"저 인간…… 아니, 저분의 등 뒤에 천사의 날개 문양이 나타나지 않았습니까?"

강우의 두 눈이 부릅떠졌다. 옆에서 얘기를 듣고 있던 한설아 또한 마찬가지.

그녀는 휘둥그레진 눈으로 강우를 바라보았다. 혹시 천사들에게 자신의 문양에 대해 얘기한 적 있냐는 듯한 눈빛.

"어떻게 아신 겁니까?"

강우가 날카로운 목소리로 물었다.

한설아의 등 뒤의 문양에 대해서 천사들에게 상담을 해보는 것을 고민한 것은 사실이다. 하지만 어디까지나 고민만 했을 뿐, 실제로 얘기를 한 적은 없었다.

샤르기엘이 담담히 설명했다.

"가디언즈에 대해 조사하던 도중 우연히 저분에 대해 알게 되었습니다."

조사를 하고 있다는 것에는 딱히 태클을 걸 여지가 없다. 동맹 관계에 있는 단체가 신뢰할 수 있는 조직인가에 대해 조사하는 것은 어느 정도 합당했으니까.

"그래서, 천사의 날개가 뭘 의미하는 겁니까?"

샤르기엘은 눈을 감았다. 그의 표정에 망설임이 서렸다.

이내, 깊은 한숨이 토해졌다.

"영혼, 입니다."

"……영혼?"

"저분의 안에는 세라핌 님의 영혼이 깃들어 있습니다."

"뭐요, 씨발?"

너무나 어처구니없는 말에 무심코 욕설이 흘러나왔다.

강우는 입을 쩍 벌린 채 샤르기엘을 바라보았다.

'미친놈인가?'

뜬금없는 것도 정도가 있다. 무슨 개소리를 씨부리냐는 눈
빛으로 샤르기엘을 노려보았지만, 그의 표정에 거짓은 느껴지
지 않았다. 하긴, 이런 상황에서 농담 따먹기를 할 리도 없다.

'세라핌이라면……'

분명 들어본 기억이 났다.

천신 세라핌. 가이아, 천룡과 함께 마신 바울리를 처치했다는
천사. 지금 라키엘 등의 '악의 성좌'를 봉인하고 있는 것도 그녀
가 스스로의 신성을 소멸시키면서 희생했기 때문이라고 한다.

'그런데.'

강우의 시선이 한설아를 향했다. 그녀 또한 샤르기엘의 뜬
금없는 소리에 입을 벌린 채 어쩔 줄 몰라 하고 있었다.

'설아에게 그 세라핌의 영혼이 들어가 있다고?'

머릿속이 복잡했다.

사실, 아무런 단서가 없는 것은 아니다.

'그때.'

던전에서 보았던 찬란한 빛을 떠올렸다. 온몸을 불태워 버렸던 빛. 과거 지옥에서보다 강해진 자신이 낼 수 있는 힘의 총량보다 더욱 강력한 힘이 담긴 정체불명의 힘.

'그 힘이 세라핌의 영혼 때문이라면.'

납득이 가지 않는 것도 아니다.

하지만 그건 어디까지나 그 힘에 대한 원인을 납득했을 뿐, 근본적인 원인에 대해 납득한 것이 아니다.

"대체 왜 설아의 몸 안에 세라핌의 영혼이 있는 겁니까?"

"……말을 높이십쇼. 당신이 함부로 불러도 될 이름이 아닙니다."

"지금 그게 중요해요?"

강우가 인상을 팍 구겼다.

샤르기엘은 끄응, 침음을 흘리며 말을 이었다.

"왜 인간 여인의 몸 안에, 그것도 다른 차원에 존재하는 인간의 몸 안에 세라핌 님의 영혼이 들어가 있는지는 저도 알 수가 없습니다. 아…… 다른 차원인 것까지는 그래도 짐작 가는 게 있긴 합니다."

"……뭐죠?"

"세라핌 님의 봉인이 급격히 약해진 시기에, 지구를 수호하는 가이아 님의 기운이 급격히 약해진 것이 확인되었습니다. 아마도 예언의 악마와 연관된 일이겠죠."

"그렇다면……."

"예. 그때 차원 간에 뚫린 거대한 구멍으로 세라핌 님의 영혼이 빠져나갔다고 생각합니다."

강우는 굳게 입을 다물었다.

간단한 얘기였다. 비유하자면 환 대륙과 지구, 에르노어 대륙은 서로 겹쳐 서 있는 방파제. 외계(外界)라는 미지의 세계에서 별을 보호하는 방파제. 어느 한쪽이 무너지면, 필연적으로 다른 세계도 그 영향에 휘말릴 수밖에 없다.

"그래서, 하시고 싶은 말씀이 뭡니까."

얘기는 이해했다. 솔직히 믿기 힘들지만, 천사가 병신도 아니고 아무런 증거도 없이 한설아가 세라핌의 영혼을 지니고 있다고 말하지는 않았을 것이다. 그들 나름 알아볼 수 있는 방법으로 알아보고 난 이후 한 말일 가능성이 크다. 그렇다면 이젠 왜 굳이 이런 얘기를 하는지 들어야 할 때.

"그녀의 도움이 필요합니다."

"……무슨 도움 말입니까."

"세라핌 님의 힘이 점점 더 약해지고 있습니다. 그 힘이 완전히 사라지기 전에…… 영혼을 원래 있어야 할 자리에 두어야 합니다."

"그 말은……."

"예. 맞습니다. 그녀가 지니고 있는 영혼이 필요합니다. 계획이 성공적으로 된다면…… 그녀의 몸에 세라핌 님이 부활하실 수도 있습니다."

침묵이 내려앉았다.

한설아는 무슨 말을 하는지 아직 이해하지 못했는지, 강우와 샤르기엘의 얼굴을 번갈아가며 바라보았다.

강우는 천천히 입을 열었다.

"만약 세라핌이 부활한다면 설아는 어떻게 되는 겁니까."

"그건……."

샤르기엘은 말끝을 흘렸다.

잠시 생각을 정리하던 그는 담담히 말을 이었다.

"세라핌 님과 의식을 공유하게 될 겁니다. 공존한다 생각하시면……."

"거절합니다."

칼로 잘라내듯, 단호히 말한 강우는 날카로운 눈으로 그를 노려보았다.

'공존 같은 소리 하네.'

천신과 한낱 인간의 영혼이 공존할 수 있을 리가 없다. 쿠로사키 유리에의 몸에 들어간 리리스만 생각해도 원래 몸의 주인이었던 쿠로사키 유리에의 영혼은 리리스에게 밀려 기약 없는 수면에 빠졌다.

그런데 '공존'이라고?

'내가 바울리랑 쎄쎄쎄라도 하면서 있는 것 같냐?'

바울리가 그의 몸을 차지하지 못한 이유는 순전히 강우 자신의 마기 제어력 덕분이다. 만약 바울리가 원했던 것처럼 단순한 꼭두각시에 불과했다면, 이미 자신의 영혼은 그에게 잡아먹혔으리라.

"저…… 강우 씨. 지금 이게 무슨 말……."

"신경 쓸 필요 없는 말이야."

강우는 한설아의 팔을 잡아끌었다.

"더 할 얘기 없으시다면 돌아가겠습니다."

강우를 응시하던 샤르기엘의 입에서 나지막한 중얼거림이 흘러나왔다.

"역시 인간이라 이건가."

쯧. 혀를 차며 손을 들었다.

"포위해라."

골목 곳곳 숨어 있던 천사들이 나타나 강우를 둘러쌌다.

"……이게 뭐 하자는 짓입니까?"

강우의 눈이 가늘어졌다.

샤르기엘이 무거운 목소리로 답했다.

"인간에게 조금이라도 기대한 내가 잘못이었군."

"……."

"저 여인을 데려가겠다."

단호히, 반론은 허용치 않는다는 듯 하는 말에 강우의 표정이 일그러졌다.

'참아.'

주먹을 움켜쥔다. 손이 떨려오지만, 깊게 숨을 들이쉬며 치밀어 오르는 분노를 가라앉혔다.

'여기서 터지면 끝이야.'

천사와의 협력 관계. 루드비히 때 왜 그런 지랄 쇼를 하면서까지 그 관계를 유지하려고 했던가. 모든 것이 다 가디언즈와 천사가 협력할 수 있는 '판'을 짜기 위함이 아니었던가.

'천사는 필요해.'

정확히 말하면, 적으로 돌려서는 안 됐다.

지난 천 년간 구천지옥에서 전쟁이 이어지는 동안, 그들은 힘을 비축했다. 라파엘, 우리엘, 가브리엘. 그리고 천사를 이끄는 수장 미카엘까지. 그들은 정말 막강한 전력을 가지고 있다.

그뿐이랴, 일단 그들의 목적은 강우 자신과 일치한다. 세계에서 마(魔)의 존재를 제거하고 평화를 일궈내는 것.

'나 혼자서는 할 수 없어.'

그는 신이 아니다. 손바닥으로 하늘을 가릴 순 없다.

지금 지구의 상황은 말 그대로 풍전등화. 예언의 악마나 사천왕의 문제가 아니다. 지구는.

'구천지옥 자체가 침범하고 있어.'

게이트에 마물이 나타나거나, 고대 마물이라는 할키온이 나타난 것만 보더라도 명확하다. 악마교가 없더라도, 소환 의식 따위는 하지 않더라도 지구는 점점 더 외계(外界)의 간섭에 벌거벗겨진 채 노출되고 있었다.

구천지옥만이 아니다. 다른 어떤 세계가 간섭한다고 해도, 지금 지구는 그를 방어할 수 있는 시스템이 없다.

그런 상황에서 천사까지 적으로 돌린다고?

'끝이야.'

말 그대로 파멸이다. 강우 자신은 살아남을 수 있을지 몰라도, 전쟁터가 되는 지구는 버티지 못하리라.

'그리고 무엇보다.'

천사는 신과 연결되어 있다. 그들은 애초에 우라노스의 요청을 받고 왔다. 천사와 틀어진다는 것은, 그 뒤에 있는 신과도 틀어진다는 의미다.

"후우."

강우는 깊게 숨을 들이쉬었다. 끓어오르는 감정을 제어했다. 그리고 침착한 목소리로 입을 열었다.

"라파엘 님과 얘기하고 싶습니다."

"라파엘 님은 '빛의 품'에서 몸을 회복하고 계신다. 그리고 그분에게 얘기한다고 해도 다를 건 없을 것이다."

"……희생을 강제하시겠다는 겁니까?"

"필요하다면."

샤르기엘이 손을 들어 올렸다. 그러자 천사들 몇이 다가와 한설아의 몸을 잡아끌었다.

"꺄악!"

강우의 눈썹이 올라갔다.

그는 손을 뻗어 한설아를 잡아끄는 천사들을 밀쳤다. 가볍게 밀쳤음에도, 천사들이 뒤로 튕겨져 나갔다.

"끝까지 방해하겠다는 거냐."

샤르기엘이 짜증 섞인 목소리로 말했다.

"지금 너희 상황을 모르는 건 아닐 텐데?"

"……."

"아니면 우라노스 님도 너와 같은 생각인지 이번 기회에 확인해 볼 생각이냐?"

샤르기엘은 현재 가디언즈와 천사의 관계를 명확히 알고 있었다.

그 둘은 동등한 관계가 아니다. 어디까지나 천사들은 '도움을 요청받고 온' 존재. 마(魔)를 섬멸하겠다는 그들의 목적과 일치한다고는 하나, 누가 갑이고 누가 을인지는 고려할 필요도 없다.

강우의 움직임이 멈추는 것을 본 샤르기엘이 피식 웃었다.

천사들이 다가와 강우의 어깨를 잡아 짓눌렀다. 강우는 그 힘에 저항하지 않고, 무릎을 꿇었다.

"가, 강우 씨……."

한설아의 목소리가 떨렸다.

그녀는 불안한 눈빛으로 천사들을 바라보더니, 이내 마른 침을 삼켰다.

"아직 무슨 말인지는 잘 모르겠지만…… 제 도움이 필요하다는 말이죠?"

"그렇다. 세라핌 님이 부활하신다면, 인간들은 더 이상 악마의 위협에 떨지 않아도 될 것이다."

"아……."

한설아는 짧은 탄성을 흘리더니, 이내 활짝 웃으며 고개를 끄덕였다.

"그렇다면 괜찮아요."

강우 씨가 무사할 수 있다면. 이어지는 그녀의 말 이후로, 침묵이 내려앉았다.

강우는 지그시 눈을 감았다.

간단한 상황이다. 천사와의 관계는 틀어지면 안 됐고, 세라핌의 봉인은 약해지고 있다. 세라핌이 부활해 약해지고 있는 봉인을 다시 견고히 만든다면, 신적인 존재가 아군으로 합류하는 것이다. 그뿐이랴, 가이아와 같은 급의 신이니 지구의 망가진 수호도 어느 정도 복구시킬 수 있을지 모른다. 최소한 외계(外界)가 함부로 개입하지 못하도록 할 수는 있을 것이다.

단 한 명. 한설아 단 한 명만 희생한다면. 만 년간 갈망했던 평화롭고 평탄한 일상을 손에 넣을 수 있다. 그러니까, 선택 또한 간단하다.

"하아."

강우는 깊게 한숨을 쉬었다.

"씨발 진짜 가지가지 하네, 이 × 같은 비둘기 새끼들."

거친 욕설이 흘러나왔다.

"……지금 뭐라고 했나?"

샤르기엘이 두 눈을 날카롭게 떴다. 인간의 언어에 대해 제대로 아는 것은 아니지만 저게 욕이라는 것 정도는 어렵지 않게 추측할 수 있었다.

"들었으면서 못 들은 척 꼴값 좀 떨지 마, 새끼야. 러브 코메디 주인공이세요?"

"이런 건방진……!"

샤르기엘의 눈에서 불꽃이 튀었다.

허리춤에서 검을 뽑으려던 그는 이내 입술을 질끈 깨물며 입을 열었다.

"……그대가 분노하는 건 이해한다. 저 인간 여인과 연인 사이라고 했으니, 더더욱 혼란하겠지."

한 번, 참았다.

"하지만 이건 대의(代議)를 위한 희생이다. 고작 인간 한 명만 희생한다면, 이 세계와 이 세계에 사는 인간들을 마(魔)의 손에서 지킬 수 있다."

강우는 굳게 입을 다물고 몸을 일으켰다.

"어? 어어?"

어깨를 짓누르고 있던 천사의 입에서 당황스러운 목소리가 흘러나왔다.

강우가 손을 뻗어 천사의 머리를 잡았다.

"야."

그리고 샤르기엘을 응시했다.

"내가 시팔 만 년을 솔로로 살았어. 어? 옆구리가 시리다 못해 칼로 후벼 파였다고. 하다못해 야동도 없어서 못 봤어, 새끼야. 그나마 있었던 게 뭔지 알아? 어? 네가 아냐고."

고름이 떨어지는 녹색 촉수였다.

"뭐? 세계가 위험해? 봉인이 풀려?"

어쩌라고.

퍼석. 손아귀에 잡힌 천사의 머리가 터진다. 새하얀 피와 뇌수가 손을 적셨다.

"난 임자 없이 못 살아 이 새끼들아."

고생해서 만들어낸 협력의 판을, 천사와의 동맹 관계를, 뒤집어엎었다.

"이, 이런 미친!!"

샤르기엘은 두 눈을 부릅떴다.

강우를 결박하고 있던 부하의 머리가 터져 나가는 것이 생생하게 보였다. 슬로우 모션처럼 시계(視界)가 느릿하게 흘렀다. 터지는 뇌수와, 박살 나 흩어지는 두개골, 쏟아지는 새하얀 피.

다급히 손을 뻗었지만, 이미 부하의 머리는 인간의 손아귀에 짓뭉개 터져 있었다.

"가, 감히……!!"

그는 이글거리는 눈빛으로 강우를 노려보았다.

입술을 짓씹으며 외쳤다.

"제정신인가, 인간?"

지금 그의 행동은 단순히 천사 하나를 죽인 데서 끝난 것이 아니다. 집단과 집단 관계, 더 나아가 그들이 살고 있는 별을 멸망의 구렁텅이로 떠미는 짓이다.

비유하자면, 대국(大國)에게 지원을 요청한 소국(小國)에서 대국의 외교관이 살해당한 것. 천사와 인간의 전면전까지 일어날 수 있는 정신 나간 짓.

"뭐, 어쩌라고."

그런 정신 나간 짓을 하고서 지나치게 태연하다. 아니, 고민조차 하지 않은 것처럼 보인다.

강우는 손을 뻗었다. 한설아를 잡고 있던 천사 두 명의 머리가 동시에 박살 났다.

"가, 강우 씨?"

천사들에게서 풀려난 한설아를 한쪽 팔로 끌어안는다.

"아니, 이런 개⋯⋯."

샤르기엘은 어처구니없을 정도의 돌변에 이를 갈았다.

"그래, 그렇게 나오겠다는 거군."

이 정도까지 왔는데 그 의도를 모를 리는 없다. 고작 인간 하나를 지키기 위해, 전쟁을 택하겠다는 것. 감정에 휩쓸려 대의(代議)를 저버리겠다는 것. 멍청하고, 어리숙한 실로 '인간'다운 선택.

"인간에게 조금이라도 기대를 걸었던 것이 한탄스럽구나."

샤르기엘은 망설임 없이 검을 뽑았다.

라파엘은 인간에 대해 그래도 기대하는 바가 크지만, 그는 그렇지 않았다.

지구에 오기 전, 에르노어 대륙에서의 생활이 떠올랐다. 그곳의 인간들은 악신 루시퍼가 버젓이 살아 있는 상황에서조차 마(魔)를 멸하기는커녕 서로의 이권과 야욕을 위해 싸우기에 급급했다.

지구라고 다를 것은 없다. 사는 세계가 달라도, 인종이 다르다고 해도 결국은 한낱 인간에 불과했다.

"기대는 개뿔. 우르르 몰려온 새끼가 아가리는 뚫려가지고."

애초에 백에 가까운 부하를 데려왔다는 점에서 동의를 구하지 않은 채 무력으로 해결할 생각을 지니고 있던 셈. 조금이라도 기대를 걸었다는 말에 헛웃음이 흘러나왔다.

강우는 손을 까딱이며 샤르기엘을 도발했다.

"꼬우면 어디 한번 데려가 봐."

입가를 비틀어 올렸다. 판을 뒤집어엎기로 결심한 이상, 어쭙잖게 연기를 할 필요는 없다. 답답한 계산도, 복잡한 간계도 필요 없다. 하고 싶은 대로 날뛰면 될 뿐.

그는 이제까지 쓰고 있던 가면을 벗어던졌다.

크그그긍!

주변 건물이 진동한다. 짙은 마기가, 숨이 턱 막힐 정도로 농밀한 마기가 강우의 몸에서 흘러나왔다.

"뭐, 라고?"

샤르기엘의 두 눈이 부릅떠졌다.

검은 마기에 휩싸여 있는 인간의 모습.

'아니.'

샤르기엘의 몸이 떨렸다.

단언컨대 그는 이 정도로 짙고 농밀한 마기를 느껴본 적이 없다. 사탄을 봤을 때조차 이 정도는 아니었다.

"대, 대체 뭐가 어떻게……."

샤르기엘은 혼란스러운 표정으로 머리를 쥐었다.

오강우라는 인간은 분명 가디언즈의 핵심 멤버 중 하나. 영웅신 티리온의 힘을 이어받은 사도였다. 그런데, 이런 마기를 내뿜는다고?

"서, 설마."

샤르기엘의 몸이 덜덜 떨렸다. 사악한 의식, 그리고 그 속에서 나타난 강우의 모습이 떠올랐다.

"네, 네놈이……."

속았다는 생각이 머릿속을 스쳤다. 전신에 전율이 흐르고 벌어진 입이 다물어지지 않는다.

"네놈이이이이이이이!!"

샤르기엘은 검을 움켜쥔 손에 힘을 더했다. 새하얀 빛이 검신에 넘실거렸다.

'다 속고 있던 거였어.'

자신도, 라파엘도, 가디언즈도. 모두 저 악마의 손아귀에 놀아나고 있었다.

'그렇다면.'

샤르기엘은 다급히 한설아를 바라보았다. 정확히는, 한설아의 안에 잠들어 있는 세라핌의 영혼을 응시했다.

"제, 제길. 그랬던 거였군!!"

저자는 이미 모든 것을 알고 있던 것이다. 알고 있는 채로 세라핌의 영혼을 지닌 여인에게 접근해, 그녀를 유혹했다. 마치, 라키엘처럼.

"저자를! 저 악마 죽여라!!"

울부짖었다. 악마의 손에 붙잡힌 가녀린 여인. 세라핌이 마왕에게 붙잡힌 채 눈물을 흘리고 있는 듯한 환상까지 보였다.

"반드시 저 악마의 손에서 세라핌 님을 구해야 한다!!"

샤르기엘이 처절한 목소리로 외쳤다.

강우는 하, 웃었다.

"이야, 그러고 보니 그림이 좀 웃기긴 하네."

낄낄. 강우가 웃음을 터뜨렸다. 겉으로 보면 사악한 악마가 천사를 붙들고 인질로 삼는 것처럼 보일 것이다.

'재밌네.'

씨익 웃었다. 이건 이용해 먹을 수 있을 것 같다는 생각이 들었다.

"임자. 좀 당황스럽더라도 조금만 참아줘."

"아, 예? 가, 강우 씨?"

한설아는 지금 상황을 도저히 따라갈 수 없다는 듯 당황스러운 표정으로 몸을 떨고 있었다.

강우의 정체가 악마라는 것은 익히 알고 있었지만, 설마 이토록 간단하게 천사의 머리통을 터뜨려 버릴 거라고는 생각하지 못했다. 천사와의 협력 관계의 중요성에 대해 가장 강력하게 주장했던 것은 다름 아닌 강우였으니까.

'나, 날 위해서……'

강우가 이런 미친 짓까지 감행하는 이유. 길게 생각할 것도 없었다.

한설아는 복잡한 표정으로 입술을 깨물었다. 기쁘지 않다면 거짓일 것이다. 하지만, 기쁘다는 감정보다 강우에 대한 걱정이 앞섰다.

'강우 씨.'

무심코, 눈물이 고였다.

세라핌이니 봉인이니 하는 얘기는 잘 이해할 수 없었다. 하지만 강우가 얼마나 많은 것을 희생하며 자신을 지키려 하는지는 알 수 있었다. 그는 이제까지 쌓아온, 다시는 쌓을 방법도 없는 '신뢰'를 포기했다. 자신 한 명을 구하기 위해 전쟁으로 번질 것이 뻔한 일을 아무렇지 않게 했다.

'왕이 처음 대공들과 전쟁을 하게 된 이유가 뭔지 아시나요?'
'저기 보이는 저 덩치 때문이에요.'

예전에 들었던, 리리스 말이 드디어 이해됐다.

두근두근. 심장이 크게 박동하고 갈증이 바싹 타올랐다. 가슴이 뜨거워졌다. 이러면 안 되는데, 라는 생각이 머릿속을 순간 스쳤다. 하지만.

"하아."

열망(熱望)에 찬 숨이 토해졌다.

한설아는 몽롱한 표정으로 강우를 올려다보았다. 그녀는 보지 못했지만, 아주 짧은 순간 그녀의 등에 새겨진 날개의 문양이 검게 점멸했다.

강우는 그런 그녀의 변화를 알지 못한 채, 달려드는 천사들을 향해 외쳤다.

"거기서 한 발짝이라도 더 움직이면 세라핌의 목숨은 없다!"

"크윽!"

천사들이 움직임을 멈췄다.

강우는 푸흡, 하고 웃음을 터뜨렸다.

"새끼들 이게 진짜 먹히네."

"이, 비열한 악마 놈이……!"

"악마 맞아요~"

깔깔깔. 강우는 웃음을 터뜨렸다. 그리고.

콰득!!

손을 가로로 저었다. 그러자 SSS급으로 올라간 마기의 지배자 특성이 발휘됐다.

허공에서 나타난 검은 칼날의 폭풍이 천사들을 덮쳤다.

"커헉!"

"으아아악!"

비명이 울려 퍼졌다.

강우는 콧노래를 흥얼거렸다.

"샤, 샤르기엘 님!"

"크윽! 제, 제기랄!!"

샤르기엘은 당황한 채 몸을 떨었다. 세라핌의 영혼이 담긴 인간이 인질로 붙잡혀 버렸다. 방법이 없었다.

"푸흡풉헤헤헿!"

천박한 웃음과 함께 마왕이 손을 움직였다.

대충 휘두르는 손짓에 따라 검은 칼날이 생성되고, 천사들을 공격했다. 정면으로 싸워도 마왕의 압승일 터인데, 인질이 붙잡혀 움직이지도 못한다. 싸움의 결과는 볼 것도 없었다.

"제길! 모두 공격해라!!"

샤르기엘이 발을 박차고 달려들었다.

이렇게 당하고 있기만 해선 어차피 답이 없었다. 속전속결(速戰速決). 인질을 사용할 생각도 하지 못하게 끝내 버려야 했다.

"하압!"

찬란한 성력으로 빛나는 검을 들어 올렸다. 악마의 머리를 반으로 쪼개기 위해 여섯 장의 날개를 펄럭였다.

몸이 공중으로 떠올랐다. 하지만.

"정말 그래도 되겠어?"

강우는 씨익 웃으며 한설아의 목에 손을 가져다 대었다.

물론, 그녀에게 상처를 줄 생각은 눈곱만큼도 없다.

'하지만.'

"크윽!!"

샤르기엘의 검이 멈췄다.

강우는 폭소를 터뜨렸다.

"푸흡크핫핫핫!"

참으로 아이러니한 상황이다. 전쟁을 무릅쓰고 지키려는 대상이, 상대편을 꼼짝 못 하게 만드는 카드로도 쓰일 줄이야.

샤르기엘은 얼굴이 벌게진 채 파르르 몸을 떨었다.

"이, 이 개자식······!"

"아 예예~ 개새끼, 소새끼, × 같은 새끼, 천하의 씨발 새끼, 악마가 역겨워 토할 새끼 뭐든 좋아요~"

참고로 다 천 년 전쟁에서 들었던 욕들이다.

강우는 움직임을 멈춘 샤르기엘을 향해 천천히 걸어갔다. 걸어가면서도 중간중간 손을 휘둘러 천사들을 학살했다.

가만히 멈춰 있는 샤르기엘에게 다가가, 그의 뺨을 툭툭 건드렸다.

"꼬우세요? 예?"

"이, 이……!"

"꼬우면… 아시죠?"

깔깔깔깔. 다시 한번, 배를 잡고 웃음을 터뜨렸다.

샤르기엘의 눈빛에서 이성이 사라졌다. 검에 성력조차 불어넣지 않은 채, 이성을 잃은 샤르기엘이 강우를 향해 달려들었다.

"으아아아아!!!"

"햐. 아주 효과 직빵이네."

강우는 픽 웃었다.

샤르기엘의 돌진을 피하며, 가늘게 눈을 떴다.

'주시자의 권능.'

감각이 확장된다. 조감도처럼 주변의 지형지물이 머릿속에 그려졌다. 강우는 남아 있는 천사의 숫자를 확인했다.

'스물셋이라.'

많이도 죽였다.

강우는 느긋이 몸을 움직이며 손을 휘저었다.

아직 부족했다. 어쩔 줄 몰라 하는 표정으로 서 있는 천사를 학살했다.

'거 참 쉽네.'

시시할 정도다.

하긴, 인질극이란 것이 왜 그리 해결하기 어렵겠나. 특히 지금 같은 경우 그 인질을 포기할 수도 없었다.

"크윽!"

도저히 가망이 없다고 생각했는지 도주하는 천사들이 보였다. 날개를 펄럭여 공중으로 날아오른다.

강우는 도망치는 천사의 등을 향해 손가락을 튕겼다.

콰득!

"커헉!"

허공에서 생성된 검은 창이 도망치는 천사들을 격추시켰다.

'한 놈도.'

살려 보낼 수는 없었다.

'일단 성대하게 판을 뒤집었으니.'

어떻게든 뒷수습을 해야 할 때.

솔직히 이걸 어떻게 뒷수습해야 하나 벌써부터 머리가 아파 왔으나 이대로 놔둘 수는 없었다.

'전쟁은 피해야 돼.'

안 그래도 부족하기 짝이 없는 가디언즈의 전력을 이딴 일로 갉아먹을 수는 없었다.

강우의 눈이 날카롭게 빛나며 이성을 잃고 날뛰는 샤르기엘을 응시했다.

'일단 방법을 찾기 위해선.'

정보가 필요했다. 뒤집어엎은 판을, 기막히게 원상태로 돌려놓을 정보가.

"으아아아!! 이, 이 개자시이이익!!"

"자자, 슬슬 다른 놈들도 정리가 끝났으니까."

강우는 한설아를 끌어안은 팔을 풀고 발을 박찼다. 그러고는 날뛰는 샤르기엘의 머리를 잡아 바닥에 내려찍었다.

"커헉!"

흥겨운 비명 소리가 귓가를 울렸다.

"이, 이……"

바닥에 쓰러진 샤르기엘이 강우를 올려다보았다. 분노와 증오와 악의가 섞인, 천사라고는 생각할 수 없을 정도로 일그러진 얼굴.

"자, 너한테는 물어볼 게 많아."

"크윽! 내가 악마의 질문 따위에 답하리라 생각하는가!!"

"응."

망설임 없이, 고개를 끄덕이고는 고개를 기울여 샤르기엘의 귓가에 속삭였다.

"왜냐하면 말이야."

묻는 말에 답하지 않으면.

"세라핌의 영혼은 오늘 이 자리에서 소멸할 거거든."

악마가 활짝 웃었다.

"네, 네놈……"

샤르기엘의 눈가가 파르르 떨렸다. 한설아라는 여인의 반응을 보면 이제까지 진정으로 그를 사랑하고 있었다는 게 느껴졌다. 강압적으로 나가기는 했다고 하나 오강우라는 인간을 위해서라면 희생을 받아들이겠다고 스스로 말했으니까.

'그런데.'

처음에 연인이니 뭐니 지껄이더니 본색을 드러낸 이후 자신의 연인을 인질로 삼아버리다니. 뿜어내는 분위기와 살기를 보면 허투루 말하는 것조차 아닌 것 같다. 그는, 진심으로 저 여인을 죽이려 하고 있다.

샤르기엘은 전율했다.

'이런 사악한!'

치가 떨렸다. 악마라는 종족이 으레 그렇지만, 이 정도로 비열하고 사악한 쓰레기를 만난 것은 처음이었다.

'하다못해 그 악신 루시퍼마저 사랑하는 연인은 건드리지 않았거늘!'

저 오강우라는 악마에게는 선이 없었다. 정신 나간 광인(狂人)이요, 악마보다 더한 악마였다. 세상 모든 것을 손바닥 위에 놓고 조종하는 냉혈한이다.

"크읏……."

"왜, 거짓말 같아?"

강우는 비릿하게 웃더니 어딘가 몽롱한 표정으로 서 있는 한설아의 팔을 잡아 끌어안았다.

"조금만 맞춰줘."

그리고 작은 목소리로 속삭였다.

"무, 무슨 짓을 할 셈이냐!!"

샤르기엘이 다급히 외쳤다.

강우는 혀를 내밀어 한설아의 뺨을 핥았다.

"아니, 생각해 보니 소멸시키는 걸로는 좀 부족할 것 같아서. 이참에 색다른 시도를 해보는 건 어떨까?"

"뭐, 뭐라고?"

"생각해 봐, 궁금하지 않아?"

손을 뻗어 한설아의 풍만한 가슴을 거칠게 움켜쥐었다. 그리고 최대한 비열한 미소를 입가에 지었다.

"천신이라는 세라핌이 악마의 아이를 잉태하면 어떻게 될지 말이야. 응?"

"이, 이런 미친……!"

샤르기엘의 동공이 커졌다. 상상하는 것만으로 토악질이 쏟아질 것 같았다.

아직 세라핌의 영혼이 깨어난 것은 아니지만, 분명 저 여인의 육체 안에는 세라핌의 영혼이 잠들어 있었다. 즉, 저 여인이 아이를 잉태한다면…….

"아, 아아."

너무나 아득한 절망에 샤르기엘은 차마 말조차 잇지 못했다.

강우는 슬쩍 웃으며 한설아를 향해 시선을 옮겼다.

"앗……."

한설아의 뺨이 붉어졌다. 그녀는 무슨 생각을 하는지 고개를 붕붕 저었다.

"가, 강우 씨도 차암."

'응?'

"이, 이런 곳에서 무슨 말씀을 하시는 거예요."

'아니, 저기요? 임자?'

한설아는 화끈 달아오른 뺨에 손을 올린 채 방방 뛰었다.

강우의 표정에 다급함이 서렸다.

'씨바, 뭐야 이거.'

한설아가 전혀 협조해 주지 않는다. 아니, 분명 지금 상황이 당황스러울 거란 건 이해하지만 아무리 그래도 설아가 이 정도로 눈치가 없지는 않았다. 그런데.

"……조, 좋아요."

'뭐가 좋은데요.'

아무리 봐도 협조해 줄 생각이 없다.

강우는 가슴 위에 올린 손을 떼어내 그녀의 입을 막았다. 왠지 모르겠지만 열기를 띤 숨이 손가락을 간질인다.

'씨바, 설마 눈치 깐 건 아니겠지.'

불안불안한 눈빛으로 샤르기엘을 바라보았다. 다행히 그는 충격을 받은 표정으로 갈등에 잠겨 있었다.

강우는 안도의 한숨을 내쉬었다.

"자… 어떻게 할래?"

은근한 목소리로 묻자, 샤르기엘이 고개를 떨궜다.

"약속, 해라."

씹어뱉듯 말을 이었다.

"절대 세라핌 님에게는 손을 대지 않겠다고."

"흐응~ 글쎄. 어떻게 할까? 가만히 놔두긴 너무 예쁜 것 같은데 말이야."

"네노옴!!"

"하하하하! 알았어. 그렇게 화내지 마. 약속할 게. 아, 못 믿을 수 있겠지만 난 적어도 약속한 말은 꼭 지킨다고?"

웃음 섞인 목소리로 말했다.

질끈 눈을 감은 샤르기엘이 떨리는 목소리로 물었다.

"묻고 싶은 게… 뭐냐."

'그렇지.'

강우의 입가에 짙은 미소가 지었다.

패배 선언이 떨어졌다. 이제 남은 것은 '반전'에 필요한 증거를 수집하는 것.

"일단, 라파엘은 이 사건에 대해 얼마나 알고 있지?"

"……그, 그분은 이미 모든 것을 알고 계신다. 네 정체에 대해서도 짐작하고 계시지."

샤르기엘이 시선을 피하며 답했다.

강우는 피식 웃었다. 떨리는 시선과 손. 불안에 찬 목소리. 딱딱 이가 부딪히는 소리.

'거 참.'

속아주고 싶어도 못 속아주겠네.

우드득!!

"아아아아악!!"

강우는 샤르기엘의 날개를 손으로 잡았다. 발로 그의 머리를 짓누르며 팔을 당겼다. 그러자 섬뜩한 파골음(破骨音)과 함께 날개가 뜯겨지고 새하얀 깃털이 눈처럼 쏟아졌다.

"샤르기엘."

밝게 빛나는 은발을 손으로 움켜쥐었다. 고개를 가까이 기울인다.

"내가 아까 약속한 말은 잘 지킨다고 했지? 그런데 정작 네가 약속을 안 지키려고 하네? 응? 이거 내가 어떻게 해야 할까?"

"크윽, 으, 어."

샤르기엘의 몸이 덜덜 떨린다. 전신을 헤집는 끔찍한 통증에 파랗게 입술이 질렸다.

그는 두 눈을 질끈 감고 입을 열었다.

"그분은… 현재 빛의 품에서 상처를 치료 중에 계신다. 이번 일은 내 독단으로 한 일이다."

"좋아. 그렇게 나와야지. 근데 빛의 품은 또 뭐야?"

"성력으로 채워진 관(罐)이다. 한번 들어가면 빠르게 상처를 치료할 수 있지만……."

"외부와의 연락은 차단된다는 거군."

"……그렇다."

샤르기엘이 고개를 끄덕였다.

강우는 흥미롭다는 표정으로 입술을 핥았다.

"그럼 그때 나랑 만난 이후로 계속 치료만 하고 있었다는 거야?"

"……그렇다."

"샤르기엘, 내가 아까 뭐라고 말했지?"

"크읏……!"

샤르기엘의 몸이 흠칫 떨렸다.

그는 입술을 짓씹으며 말을 이었다.

"연구를… 하고 계셨다."

"연구?"

"라키엘이 타락한 이유에 대해 자료를 조사하셨다. 마신 바울리가 무슨 방법으로 그를 유혹했는지……. 라키엘이 다른 천사를 타락시켰을 때 어떤 방법을 사용했는지와 같은 것들을."

"연구라……."

강우의 눈이 빛났다. 어느 정도 계획의 윤곽이 잡히기 시작했다. 엎질러진 물을, 담을 방법이 떠올랐다.

"우리엘이 지구에 오는 건 언제쯤이지?"

"그, 그건 나도 모른다."

샤르기엘이 고개를 저었다. 거짓말을 하는 것처럼 보이지는 않았다.

강우는 천사들의 내부 사정에 대해 몇 가지 질문을 더했다. 하지만 라파엘의 오른팔인 샤르기엘조차 천사의 내부 사정에 대해 아는 바는 많지 않았다.

"뭐, 그래도 들은 만큼은 들었어."

강우는 짙게 웃었다.

아직 확신할 수 있는 단계도, 계획이 완벽하게 정립된 것도 아니지만 그래도 실낱같은 희망은 잡을 수 있었다. 진짜 전쟁까지 생각하고 판을 뒤집어엎은 것치고는 눈부신 성과.

"……그럼 약속은."

샤르기엘이 떨리는 눈빛으로 한설아를 바라보았다.

강우가 그의 어깨를 짚었다.

"걱정하지 마, 인마. 아이 셋 낳고 오순도순 행복하게 살 테니까."

"야, 약속과는 다르지 않은가!!"

샤르기엘의 두 눈이 부릅떠졌다.

그는 발작을 일으키듯 몸을 비틀었다.

"네노오옴!! 그 더러운 물건으로 감히 세라핌 님을 능욕하려 하느냐!!"

"아니, 이 개새… 안 더러워 새끼야. 혹시 몰라서 매일매일 박박 씻고 자고 있다고."

아직까지 성과는 없지만.

뒷말을 감추며 강우는 표정을 구겼다.

그때였다.

"마, 맞아요! 더럽지 않아요! 전에 봤는걸요!"

"어……?"

한설아의 외침에 갑자기 분위기가 싸늘하게 가라앉았다.

"아, 아! 그, 그게… 보, 본 게 아니라. 그, 그게!"

한설아는 자신이 무슨 말을 했는지 깨달았는지 다급한 표정으로 손사래를 쳤다.

"대체 언제……."

"마, 말이 잘못 나왔네요. 잊어주세요."

"아니……."

"그, 그때 너무 곤히 잠든 강우 씨가 잘못한 거예요. 그, 그렇죠? 강우 씨도 그렇게 생각하죠?"

"아뇨."

"가, 같이 살다 보면 이런저런 일이 있는 거잖아요. 그, 그렇지. 사고! 사고였어요!"

"자는 도중에 옷을 들춘 게?"

"그, 그그그그그럼요! 불가항력이었어요!"

한설아가 맹렬한 기세로 고개를 끄덕였다.

무거운 침묵이 내려앉았다.

샤르기엘은 벌어진 콩트에 입을 다물지 못한 채, 대체 이게 무슨 개 같은 일인지 알 수 없다는 표정으로 둘을 바라보았다.

"어, 음."

강우 또한 난처한 건 마찬가지. 기껏 분위기 잡고 있던 것이 송두리째 날아간 기분이었다.

'일단 설아한테 절대 연기는 시키면 안 되는 건 알겠다.'

걸어 다니는 폭탄이나 다름없다. 지금 이 순간만큼은 가이아가 그리웠다.

"미안하다."

샤르기엘을 향해 심심한 위로의 말을 건넸다.

"그래도 좀 멋진 최후를 맞이하게 해주려고 했는데."

언젠가 네놈에게 빛의 심판이 떨어질 것이다! 등의 대사로 그럴싸한 마무리를 짓고 싶었는데, 뭔가 어긋나 버렸다. 강우는 진심으로 미안하다는 표정으로 샤르기엘의 어깨를 툭툭 쳤다.

"잘 가라, 인마. 잊지 않을게."

"아니… 대체 뭐가 어떻게……."

콰득.

어깨를 치던 손이 샤르기엘의 가슴을 꿰뚫었다. 펄떡펄떡 뛰는 심장에 손에 쥐어졌다.

퍼석. 손에 쥔 심장을 터뜨렸다.

"후우."

강우는 깊은숨을 내쉬었다. 그리고 통신용 수정 구슬을 들어 올렸다.

[무슨 일이십니까, 마스터.]

"발자하크. 언데드 끌고 와서 여기 천사들 시체 좀 수거해."

짧게 명령을 내린 후 통신을 끊었다.

한설아와 눈이 마주쳤다. 그녀는 주변의 참사를 둘러보며 입술을 깨물었다.

"강우 씨……."

이제 어떻게 해야 할지 알 수 없다는 표정. 그리고 그녀가 알고 있던 강우와는 너무도 다른 모습에 당황한 눈빛이었다.

강우는 그녀의 손을 잡으며 덤덤히 말했다.

"일단 여기 있다가 발자하크 오면 같이 돌아가. 알았지?"

"가, 강우 씨는!"

"나는 따로 할 일이 있어서 그쪽으로 먼저 가봐야 해."

"……."

"알고 있어. 지금 상황이 이해도 안 되고, 당황스럽기도 하겠지."

처음으로 가면을 벗어던진 강우의 민낯을 보는 것이다. 당황스럽지 않을 리가 없다.

"……전에 나에 대해서 더 알고 싶다고 했지."

"아, 예! 더, 더 알고 싶어요."

"이번 일이 끝나면 알려줄게. 그러니까 일단 지금은 여기 있다가 발자하크랑 돌아가."

한설아가 고개를 끄덕였다.

강우는 그녀를 내버려 둔 채, 재빨리 수호의 전당으로 향하는 게이트를 열었다.

'시간 싸움이다.'

이미 뒤집어엎어진 판을 되돌리기 위해선, 그 누구보다 빠르게 움직여야 했다.

"진짜 병력이란 병력은 다 긁어모아서 온 것 같네."

강우는 휑하니 빈 요새를 바라보며 헛웃음을 흘렸다.

아프리카 쪽에 구축한 천사의 요새에는 입구를 지키는 문지기도, 내부를 돌아다니는 순찰병도 보이지 않았다.

"쯧."

가볍게 혀를 차며 은신의 권능을 사용했다.

발을 박차고 요새의 내부로 들어간 강우는 주변을 두리번거리며 가늘게 눈을 떴다. 주시자의 권능을 활성화시켰다.

'빛의 품에 들어갔다는 라파엘도 찾고 싶지만……'

그보다 먼저 찾아야 할 것이 있었다.

강우가 가장 먼저 향한 곳은 라파엘의 연구실이었다. 그곳에는 무수한 책들이 쌓여 있었다.

짧은 감탄사가 흘렀다.

"이게 모두 라키엘에 관한 자료야?"

시간 자체가 길지 않았기 때문에 많은 연구는 하지 못했을 거라고 추측했지만, 생각보다 훨씬 더 많은 자료들이 모여 있었다.

강우는 테이블 위에 올려진 라파엘의 수기(手記)를 읽었다. 그곳엔 라키엘이 왜 타락했는지에 대한 연구의 진행 상황이 날짜에 따라 서술되어 있었다.

그의 눈이 가늘어졌다.

'이거⋯⋯.'

입가가 슬금슬금 올라갔다. 짜릿한 전율이 흘렀다.

그때였다.

우-우-웅. 테이블 위에 올려진 새하얀 수정 구슬이 빛났다.

[야! 라파엘!! 나 우리엘인데, 왜 이렇게 연락을 안 받는 거야?]

맑고 낭랑한 소년의 목소리가 흘러나왔다.

[히히, 뭐 사탄에게 털렸다더니 진짜 다친 거야? 되게 궁금하네. 모습이라도 좀 보여줘 봐!]

강우는 혼자 떠들기 시작한 우리엘의 목소리를 가만히 들었다.

[여하튼, 이쪽 일도 어느 정도 마무리되었으니 일주일 후에 게이트가 활성화되면 바로 지구로 출발할 거야. 거긴 별일 없지?]

쾌활한 그 목소리를 들으며 강우는 입술을 핥았다. 그의 눈이 음산한 빛으로 반짝였다.

'생각해 보니 고민할 필요도 없었어.'

뒤집어엎은 판을 무슨 수로 되돌리냐니, 애초에 고민할 필요가 없던 일이다.

낄낄낄. 강우의 입가를 비집고 천박한 웃음소리가 흘러나왔다.

'처음부터 이렇게 했으면 간단히 해결됐을 텐데 말이야.'

강우는 천천히 손을 뻗었다.

말 그대로였다. 고민할 필요도, 망설일 필요도 없었다. 내 방식대로. 그가 가장 잘하는 것을, 가장 잘해왔던 것을 그대로 이어갈 뿐이다.

달칵.

[오, 드디어 연락을 받았네. 야! 라파엘!! 뭐 하고 있었어?]

우리엘의 목소리가 들린다.

강우는 천천히 입을 열었다.

"우리엘, 님……."

[엥? 샤르기엘? 왜 라파엘이 아니라 네가 받는 거야?]

'샤르기엘'의 목소리가 강우의 입에서 흘러나왔다.

"죄송합……. 이미… 라파엘 님은… 늦었……."

[뭐? 뭔 말이야 그게?]

"라키엘이… 라파엘 님을 타락… 크윽."

[야! 뭐, 뭐야? 뭔 말이야!!]

"제, 제길! 이미 이곳도……. 쿨럭! 우리엘, 님… 어서 도망……."

삐익. 통신이 끊겼다.

강우의 입가가 비틀어 올라갔다.

"자."

이제.

"무대를 준비해 볼까."

•7장•
무대 준비

에르노어 대륙 최북단. 직경 20킬로미터는 가볍게 넘을 것 같은 거대한 섬이 공중에 떠올라 있었다.

섬의 곳곳은 새하얀 궁전이 세워져 있었고, 수백에 달하는 천사들이 그 주변을 날아다녔다.

천사의 섬, 산탄젤로(Sant'Angelo). 천계와 직접적으로 이어진 장소이며 현재 천사들의 근거지와도 같은 역할을 하는 섬이었다.

쿠웅!

보는 것만으로 탄성이 흘러나올 정도로 아름다운 성에서 폭음이 들렸다.

"제길! 빨리 게이트를 활성화시키라고!!"

"우, 우리엘 님……."

짧은 청발(靑髮)을 지닌 소년. 신장이 평균 3미터가 넘는 다른 천사와 달리 인간과 비슷한 신장을 지니고 있는 그 소년은 자신보다 훨씬 큰 덩치를 지닌 천사들을 향해 호통치고 있었다.

겉으로만 봐서는 어린 소년이 다 큰 어른을 혼내는 것 같은 기이한 모습이었지만, 그 실상은 달랐다.

"죄, 죄송합니다."

천사들은 감히 눈앞의 소년에게 반항할 생각도 못 한 채 고개를 숙였다.

청발의 소년, 우리엘은 등 뒤에 돋아난 여덟 장의 날개를 펄럭였다.

콰르르릉!

그러자 천둥소리와 함께 푸른 뇌전이 줄기줄기 뻗어 나갔다.

우리엘은 입술을 짓씹으며 말을 이었다.

"죄송하면 다야? 응? 라파엘이 지금 무슨 상태인지 확인조차 되지 않고 있다고. 고위 천사라는 놈들이 이런 상황이 될 때까지 뭘 하고 있었던 거야?"

외모가 소년이다 보니 마치 떼를 쓰는 것처럼 들렸지만, 고위 천사들이라 불린 존재들은 꿀꺽 침을 삼킨 채 고개를 떨굴 뿐이었다. 그들 등 뒤에 돋은 여섯 장의 날개가 파르르 떨렸다.

대천사들을 제외하고는 가장 큰 권한을 가진 고위 천사. 그들의 역할은 각자의 임무로 세계 각지로 흩어진 대천사들의 일정과 상태를 수시로 체크하는 것이다. 비유하자면 대표의 일정을 관리하는 비서랄까.

그들에게는 각 대천사들의 움직임과 상태를 항시 파악해야 할 의무가 있었다.

"샤, 샤르기엘이 최근 라파엘 님의 임무를 수행하느라 보고를 주지 않아……."

"샤르기엘 탓을 하시겠다?"

우리엘이 도끼눈을 떴다. 그러자 고위 천사들의 입이 굳게 닫혔다. 억울하다는 표정이었다.

하긴, 실제 정기적인 보고를 주는 샤르기엘이 가디언즈라는 지구의 단체를 조사하기 위해 연락이 두절되어 버린 것은 사실이다. 거기에 더해 라파엘도 연구니 치료니 해서 연락을 전혀 주지 않았으니 지구의 상황을 파악하는 것 자체가 불가능했다.

"……죄송합니다."

하지만 우리엘에게서 풍기는 흉흉한 분위기에 고위 천사들은 더 이상 변명을 이어가지 못하고 침묵했다.

우리엘이 신경질적으로 바닥을 걷어찼다. 쩌적. 온갖 보호 마법으로 보호되고 있는 산탄젤로의 바닥이 우그러졌다.

"지금 바로 게이트를 활성화시켜. 지구로 갈 거야."

"그건……."

고위 천사들이 난처한 표정을 지었다.

가이아의 수호가 급격히 망가지기 시작하면서 지구로 향하는 게이트를 활성화시키는 것은 어렵지 않으나, 아무리 그래도 우리엘 정도 되는 대천사가 이동하기 위해서는 시간이 필요했다.

바로 강대한 기운을 지닌 외계(外界)의 존재를 자동으로 거부하는 수호의 성질 때문이다. 설사 지구의 신들이 입장을 허가했다고 해도 우리엘이 안정적으로 이동하기 위해서는 시간이 필요했다.

"시간이 더 필요합니다."

"……얼마나?"

"아무리 못해도 일주일 정도는 걸립니다."

"더 빠르게는 못하는 거야?"

"만약 그렇게 되시면 우리엘 님의 힘이 가이아 님의 수호에 의해 제약받을 가능성이 큽니다."

"제기랄! 지금 한시가 급하다고!"

우리엘은 답답하다는 듯 거칠게 소리쳤다.

그렇다고 해서 힘을 제약받으면서까지 지구로 넘어가는 것도 너무 위험하다. 부하만 따로 보낼까도 잠깐 생각했지만 이내 고개를 저었다.

'개죽음이야.'

라키엘도 병신이 아니다. 정찰병에 대한 대책 정도는 해뒀을 것이다. 무엇보다, 부하를 보내기 위한 게이트를 활성화시키면 자신이 넘어갈 수 있는 시간이 점점 늦어진다. 아무리 지금 지구의 수호가 망가졌다고는 하지만 차원과 차원 사이를 연결하는 게이트라는 건 쉽게 만들 수 있는 게 아니었으니까.

'라키엘.'

우리엘의 표정에 초조함이 감돌았다.

신화의 시절, 셀 수 없을 정도로 많은 천사와 신들을 타락시켰다는 타락의 성좌(星座). 대체 언제 세라핌의 봉인이 풀려 지구로 넘어갔는지는 알 수 없었지만, 힘을 제약받은 상태에서 라키엘을 상대하는 것은 어불성설(語不成說)이었다.

　"라파엘 님이… 라키엘에게 당한 것입니까?"

　고위 천사가 조심스럽게 물었다.

　우리엘의 표정이 일그러졌다.

　"개소리."

　단호한 목소리로 고개를 저었다.

　"아무리 타락의 성좌라고 해도 라파엘을 이렇게 단시간에 타락시킬 순 없어."

　말이 되지 않는다. 신화 시절 그에 대한 전설이 아무리 대단하고 하나 라파엘은 대천사 중 하나. 어지간한 신들도 이길 수 없는 것이 바로 대천사라는 존재였다.

　'그런데 연락이 두절된 지 한 달도 채 지나지 않아서 타락했다고?'

　우리엘은 코웃음을 쳤다.

　통신 수정을 통해 들린 것은 틀림없는 샤르기엘의 목소리였다. 하지만, 고작 목소리 정도 흉내 내는 마법 정도야 쎄고 쎘다.

　'뭔가 수작을 부리려는 것 같은데……'

　우리엘이 가늘게 눈을 뜨자 흉포한 기운이 흘러나왔다.

　지구에 흘러 들어갔다는 타락한 성좌. 그가 무슨 수작을 부리는 것이 분명했다.

"쯧."

우리엘은 혀를 찼다. 하지만 수작이고 아니고를 떠나 걱정되는 것은 사실. 라파엘이 지니고 있어야 하는 통신 수정이 라키엘 측에 넘어갔다는 것만으로 결코 좌시할 수 없는 상황이다.

"라파엘……."

초조한 표정으로 입술을 짓씹었다. 신경질적으로 다리가 떨린다.

'무사해라.'

고지식하고 때로는 답답해 속이 터질 것 같지만, 라파엘과는 수많은 전장을 넘어온 전우(戰友) 사이였다. 성격 차이 때문에 자주 싸우기는 해도 대천사들 사이에선 가장 친한 사이기도 했다. 미카엘의 경우 감히 범접하기 힘들었고, 가브리엘의 경우 성격이 워낙 지랄 맞은 탓에 친해질 수 없었으니 어느 정도는 당연했지만.

"후우."

여하튼, 라파엘이 타락했다고는 생각하지 않지만 걱정스러운 것도 사실. 지금 당장에라도 지구로 가서 진위를 파악하고 싶은데 그럴 수 없으니 굉장히 답답했다.

"5일."

"예……?"

"5일 안에 어떻게든 게이트를 활성화시켜."

사납게 이를 드러내며 말했다.

고위 천사들의 표정이 딱딱하게 굳었다.

차원과 차원 사이를 잇는 게이트를 만드는 것만 하더라도 어마어마한 노력이 필요했다. 그런데 거기에 더해 우리엘 정도 되는 존재가 힘의 제약도 없이 차원을 넘어가게 하기 위해서는 막대한 성력을 복잡한 술식에 맞춰 온종일 쏟아부어야 했다. 아마 탈진해서 쓰러지는 천사가 백은 가볍게 넘을 것이다.

천사들의 표정이 새파랗게 질렸다. 다급히 입을 열려고 했다.

"아무리 빨리해도……."

"5일 뒤에 와도 활성화가 돼 있지 않으면."

반론을 허용치 않겠다는 듯, 우리엘이 단호히 말했다.

"네놈들 뒤에 날개 중 두 장은 내 손에 뜯겨 나갈 거야."

여섯 장의 날개에서 두 장을 떼어낸다는 것. 고위(高位)에 속하는 지위에서 중위(中位)로 한 단계 격하시키겠다는 의미였다.

천사들은 머리에 모터라도 장착한 듯 미친 듯이 고개를 끄덕였다. 마(魔)를 멸하기 위해 싸운다고 하나 그들 또한 생물. 감정도 가지고 있고, 욕망 또한 지니고 있다.

"며, 명심하겠습니다!"

천사들의 대답을 들으며 우리엘은 몸을 돌렸다.

몸을 돌린 우리엘의 표정이 어둡다.

'뭔가…….'

라파엘이 타락할 리가 없다는 것은 알고 있다. 라키엘이 아무리 대단하다고 하나, 라파엘의 신념과 의지 또한 쉽게 타락할 만한 것이 아니다.

'그런데.'

우리엘은 입술을 짓씹었다.

거칠게 주먹을 움켜쥐었다. 희미한 불안감이, 파멸을 노래하는 듯한 불길함이 전신에 천천히 퍼져 나갔다.

"일단."

강우는 주변을 살피며 머릿속의 계획을 정리했다.

"리리스랑 발자하크부터 불러야겠네."

혼자서는 하기 힘든 일이다.

자신의 권속들 중에서도 발자하크랑 리리스는 '무대'를 꾸미는 것에는 이제 프로라고 해도 좋을 실력을 가지고 있었다.

'전에 사천왕 때도 잘 만들어줬으니까.'

하지만 이번에는 또 다른 컨셉으로 가야 한다. 전에 사용한 무대를 우려먹을 순 없었다.

'일주일 후에 지구에 온다고 했지만……'

이런 사고가 터진 이상 더 빨리 올 수 있는 가능성에 대해서 생각해야 한다.

'불행 중 다행인 건 바로 오지는 못한다는 것 정도인가.'

샤르기엘에게 물었을 때 에르노어 대륙에 본거지가 있는 천사들이 어떤 방식으로 넘어오는지에 대해 물었다. 차원 간의 게이트를 만드는 것은 엄청난 인력이 필요한 일이고, 대천사급이 오기 위해서는 거의 수백의 천사들이 달려들어야 한다고 들었다.

'그래서 신성을 가지고 있던 루시퍼 놈이 그렇게 약했군.'

빨리 올 수 있는 방법 자체는 있었다. 가이아의 수호에 힘이 제약되는 것을 감수하고 오면 된다. 아마 루시퍼의 힘이 신성을 지닌 것 치고 약했던 이유도 아들을 구하기 위해 무리해서 차원을 넘어왔기 때문이리라.

'그래도 시간이 부족해.'

우리엘이 오기 전에 모든 것을 끝마쳐야 한다. 다행인 점은 이전에 사용했던 무대처럼 대규모로 지을 필요는 없다는 것.

"마음잡고 만들면 3일이면 충분하겠어."

그전에 만약 우리엘이 '제약'을 감수하고 넘어온다면 계획은 실패였다.

'가능성은 낮겠지만.'

그 정도로 멍청하지는 않길 바랄 뿐이다.

달칵.

-부르셨습니까, 마스터.

"방금 전에 설아 씨를 발록에게 데려다 줬어요. 대체 무슨 일이에요 마왕님?"

조금 기다리자 발자하크와 리리스가 도착했다. 요새가 텅 텅 비어 있는 덕분에 생각보다 빠르게 라파엘의 연구실을 찾아 들어왔다.

"시간이 없으니까 빠르게 설명할게."

강우는 있었던 일들을 최대한 간략히 설명했다.

-허… 세, 세라핌의 영혼이 깃들어 있다니…….

발자하크는 노란빛으로 빛나는 안광을 반짝이며 탄성을 흘렸다.

"믿기 힘든… 얘기네요."

리리스 또한 가늘게 눈을 뜨며 붉은 입술을 손으로 더듬었다. 그 모습이 퍽 요염하게 느껴졌다.

강우는 쓸데없는 생각을 지우기 위해 고개를 저으며 입을 열었다.

"우리엘이 오기 전에 무대를 완성시켜야 해."

"전에 하셨던 것처럼 던전을 만들 생각이신가요?"

"응."

강우는 고개를 끄덕였다.

리리스가 가늘게 눈을 떴다.

"차라리 천사들과 전쟁을 벌이시는 게 안전할 수도 있어요."

그녀는 담담한 목소리로 입을 열었다.

강우의 계획에 이렇게 정면으로 반박한 것은 처음 있는 일. 그만큼 이번 계획은 무모하고, 실패할 가능성이 컸다.

"마왕님, 이번 일은 전하고 완전히 다르다는 걸 알고 계시죠?"

무대의 주역은 자신들이 아니다. 아무리 라파엘을 타락했다고 몰아가려 한다 해도, 우리엘이 라파엘의 말을 '신뢰'하는 순간 모든 계획이 무너진다. 그리고.

"우리엘은 라파엘을 믿을 거예요."

당연했다. 그들은 수천 년 이상을 함께 전장을 넘어온 사이였다. 라파엘이 타락했다는 것을, 그리 쉽게 믿을 리가 없다.

"알고 있어."

강우 또한 고개를 끄덕였다. 그도 이번 계획이 성공하기 어렵다는 것 정도는 알고 있었다.

"최악의 경우는… 전쟁까지 염두에 두고 있어."

"……설아 씨를 포기하실 생각은 전혀 없으시군요."

"내가 어떻게 살아왔는지 너도 잘 알잖아?"

강우는 피식 웃었다.

리리스는 어딘가 쓸쓸해 보이는 미소를 지으며 고개를 끄덕였다.

그녀는 잠시 바닥을 내려다보더니, 이내 조심스러운 목소리로 말했다.

"마왕님."

"응?"

"만약… 제가 만약 이런 상황에 처했다면, 어떻게 하실 건가요?"

"또 무슨 헛소리를 하는 거냐."

강우는 쯧, 혀를 찼다.

만약 지금 이 상황에 처한 것이 한설아가 아닌, 리리스였다면. 굳이 고민할 필요도 없다. 생각할 시간조차 아깝다.

"그때는… 널 인질처럼 연기하게 하는 건 효과가 없을 테니까 힘들겠고. 타락 컨셉도 좀 안 어울리니까… 으음. 서로 이간질을 시키든지 아니면 사천왕 중 세 번째를 등장시키든지 해야겠지. 다 실패하면 뭐, 전쟁밖에 없고."

애초에 포기한다는 선택지는 머리에 있지도 않았다.

"아……."

리리스의 몸이 파르르 떨렸다. 그녀는 전율에 취한 듯, 두 주먹을 움켜쥐며 발을 동동 굴렀다.

그렇다. 그녀가 사랑하는 왕은, 이런 사람이었다.

"후훗. 그렇군요. 후후후."

리리스는 웃음을 참기 힘들다는 듯 몸을 이리저리 꼬며 손으로 입을 가렸다. 기다란 흑발이 춤을 추듯 이리저리 흔들렸다.

그러더니 이내 진중하게 눈을 빛냈다.

"그래서, 계획은 어떻게 되시나요?"

"그건……."

강우는 이번 '무대'에 대해서 설명했다. 설명이 이어질수록 리리스와 발자하크의 눈이 빛났다.

"하……."

모든 설명을 들은 리리스는 허탈한 웃음을 내뱉었다.

"으음. 마왕님답다고 해야 하나… 아니, 아무리 그래도 이건 좀 심하다고 해야 하나……."

솔직히, 라파엘에게 동정이 갈 정도였다.

리리스는 방긋 웃었다.

"그래도 한번 시도해 볼 만한 계획 같아요."

강우는 고개를 끄덕였다. 참모격인 그녀가 동의했다면, 충분히 가능성 있는 계획이리라.

"그럼 지금부터 바로 준비해. 발자하크, 천사들의 시체는 모두 수거했지?"

-물론입니다.

강우는 몸을 일으켰다. 그의 방식대로, 무대를 꾸밀 시간이 었다.

3일 후. 강우는 낡은 책자를 테이블 위에 올려두며 깊은숨을 내쉬었다.

"후우."

일단 이로써 무대는 갖춰졌다.

"이제 그럼……."

그의 눈에 긴장이 서렸다.

연구실 안에 만들어놓은 이번 계획의 '무대'를 바라보자, 눈앞에 푸른 창이 떠올랐다.

[던전 제작이 완료되었습니다.]
[던전명을 설정해 주세요.]

'드디어.'

이 순간이 왔다.

강우는 깊게 숨을 들이쉬며, 나지막이 입을 열었다. 그 어느 때보다 긴장되는 순간이다.

"타락한 천사의 악몽."

[던전명을 '타락한 천사의 악몽'으로 설정합니다.]

'그렇지!!'

인간은 학습하는 동물이다. 강우는 입을 굳게 다문 채 숨소리조차 내뱉지 않았다. 두근, 두근. 심장이 떨렸다.

그때였다.

달칵.

"마왕님~ 커피 한잔하고 하세요."

[띠링.]

[던전명을 '타락한 천사의 악몽 마왕님 커피 한잔하고 하세요'로 변경합니다.]

"아니 씨발!!"

[띠링.]

[던전명을 '타락한 천사의 악몽 마왕님 커피 한잔하고 하세요 아니 씨발'로 변경합니다.]

"이 병신 같은 시스템!! 대체 씨발 왜 음성 인식으로 던전명을 설정해야 하는 건데!"

[띠링.]

[던전명을 '타락한 천사의 악몽 마왕님 커피 한잔하고 하세요 아니 씨발 이 병신 같은 시스템 대체 씨발 왜 음성 인식으로 던전 명을 설정해야 하는 건데'로 변경합니다.]

"야 이 개새끼야! 야!!"
[띠링.]

[던전명을 '타락한 천사의 악몽 마왕님 커피 한잔하고 하세요 아니 씨발 이 병신 같은 시스템 대체 씨발 왜 음성 인식으로 던전 명을 설정해야 하는 건데 야 이 개새끼야 야'로 변경합니다.]

"아니이이이이이이!!!"
[띠링.]

[던전명을 '타락한 천사의 악몽 마왕님 커피 한잔하고 하세요 아니 씨발 이 병신 같은 시스템 대체 씨발 왜 음성 인식으로 던전 명을 설정해야 하는 건데 야 이 개새끼야 야 아니이이이이이이'로 변경합니다.]

"아… 씨발… 그만해……. 그만해 씨발……."
강우는 두 손으로 얼굴을 덮었다.
[띠링.]

[던전명을 '타락한 천사의 악몽 마왕님 커피 한잔하고 하세요 아니 씨발 이 병신 같은 시스템 대체 씨발 왜 음성 인식으로 던전 명을 설정해야 하는 건데 야 이 개새끼야 야 아니이이이이이이 아 씨발 그만해 그만해 씨발'로 변경합니다.]

·8장·
타락한 천사의 악몽

"아직 우리엘이 도착했다는 소식은 없지?"

강우는 통신용 수정 구슬을 손에 쥐며 물었다.

[예, 아직은 보이지 않아요.]

리리스의 목소리가 흘러나왔다.

강우는 고개를 끄덕였다.

"일단 온다면 아프리카 쪽으로 올 거야."

루드비히도, 라파엘도 그쪽으로 왔다. 게이트라는 것이 위치를 마음대로 설정할 수 있는지는 알 수 없었지만, 확률상으로는 원래 왔던 곳으로 올 확률이 높다.

'만약 그쪽으로 오지 않는다고 해도.'

결국 그 통신의 진위(眞僞)를 파악하기 위해서는 아프리카 쪽에 세워진 라파엘의 요새로 와야 한다.

"병력을 더 충원해서 24시간 살펴. 가디언즈를 끌어들여도 좋아. 무조건 도착하자마자 찾아야 해."

[명심하겠습니다.]

리리스는 그 말을 끝으로 통신을 끊었다.

강우는 한숨을 내쉬며 몸을 일으켰다. 할키온과 에키드나도 리리스를 도우라고 보낸 탓에 집안이 어색할 정도로 조용했다.

똑똑.

그때, 조심스러운 노크 소리가 방 안에 울려 퍼졌다. 할키온도, 에키드나도 없는 지금 그의 방을 두드릴 만한 사람은 한 명뿐.

"들어와."

"……얘기는 끝나셨나요?"

방문을 열고 한설아가 조심스럽게 고개를 내밀었다.

강우가 고개를 끄덕이자 종종걸음으로 다가와 침대 위에 앉았다.

어색한 침묵이 흘렀다.

강우는 의자에 앉은 채 물끄러미 그녀를 응시했다.

'무대'를 모두 만들고 난 후 집에서 대기하면서 그녀에게 대략적인 상황은 설명했다. 그녀의 몸 안에 천신 세라핌의 영혼이 깃들어 있으며, 천사들이 그것을 사용해 세라핌의 부활을 꾀한다는 것. 그리고 세라핌이 부활하게 되면 그녀의 영혼이 쿠로사키 유리에처럼 깊게 잠들 수도 있다는 것까지.

"……강우 씨."

"전에 말했던 거라면, 다시는 말하지 마."

처음 이 사실을 들은 한설아는 자신이 희생해서 세라핌을 부활시켜 달라고 말했다. 그편이 강우가 안전하게 살 수 있는 방법이라며.

"그리고 애초에 전제가 틀렸어. 세라핌이 부활하면, 내 안전은커녕 날 죽이려고 들 거야."

그의 정체가 예언의 악마니 당연한 일.

아니, 예언의 악마인 건 어찌 숨긴다고 해도 그 본질이 악마인 이상 결국 마찰이 생길 수밖에 없다.

신을 적으로 돌리는 일. 그것도 한 세계를 관리할 정도로 강력한 신을 적으로 돌리는 것은 억지로라도 막아야만 했다.

'물론.'

지구라는 별을 위해서는 세라핌을 부활시키는 것이 옳을 것이다. 그녀의 힘은 무너져 가는 지구의 수호에 분명히 도움을 줄 것이다. 하지만.

'× 까.'

정작 그 지구를 지키기 위한 신이 자기를 배제한다면 말짱 도루묵이었다.

'세계가 안전하고 평화로우면 뭐 하나, 내가 그 세계에 못 있는데.'

강우는 자기 한 몸 희생해서 세계를 지킬 생각 따위는 추호도 없었다. 그런 생각이 있었으면 진즉 할복하고 자기 자신부터 죽였을 것이다.

'내가 씨바 뭘 위해서 살아왔는데.'

세계가 멸망하는 것은 막아야 하지만, 그렇다고 그 멸망을 막기 위해 자신이 희생하는 것은 당치도 않는 일이다.

설사 운이 좋아 세라핌이 자신을 받아들인다고 해도 마찬가지. 한설아가 없다면 어차피 반쪽짜리 행복일 뿐이다.

"나는 내가 행복하게 살기 위해 살아왔어."

만 년을, 그 기나긴 시간을 악착같이 버틴 이유가 무엇이었나. 오로지 행복하기 위해서였다. 즐겁고, 재밌고, 때로는 슬픈 일도, 우울한 일도 있는. 하지만 끝에 가서는 낄낄 웃으며 끝나는 그런 삶을 위해서였다.

"네가 죽으면 내가 행복하지 않아."

단호한 그의 말에 한설아는 벙찐 표정으로 입을 다물었다. 이내, 쿡쿡 웃었다.

"네. 앞으로 그런 말은 안 할게요."

한설아는 진심으로 기쁜 듯이 고개를 끄덕였다. 그제야 강우의 마음이 좀 놓였다.

"세라핌이라… 아, 혹시 그것 때문일까요?"

"뭐가?"

"전에 그에… 강우 씨가 납치됐을 때요. 그때 이후로 자주 꿈을 꾸거든요."

"꿈?"

"예. 포근한 빛에 휘감긴… 그런 꿈을 꿔요. 그리고."

한설아는 으음, 하고 침음을 흘렸다.

"이런 말을 해도 될지 모르겠지만, 그 이후로는 뭔가 강우 씨가 연하처럼 느껴져요. 아, 아니다. 연하라기보단… 약간 보살펴 주고 싶다고 해야 하나? 예전에는 멋있기만 했는데 최근 들어선 귀여워 보이기까지 해야 한다고 하나……."

"……."

"어, 어쨌든. 그런 기분이 들더라고요."

강우는 잠시 팔짱을 끼며 고개를 끄덕였다.

'세라핌의 영향이 맞는 것 같은데.'

힘을 한번 각성한 이후로 그 힘이 성격에도 조금씩 영향이 가는 것 같았다.

샤르기엘에게 듣기론 세라핌은 자애(慈愛)의 신이라고 했으니 어느 정도 타당한 추측. 최근 한설아가 약간 연상처럼 느껴지는 것도 그러한 이유 때문이었으리라.

"왜, 그럼 앞으로 설아 누나라고 불러줄까?"

"헉."

한설아의 두 눈이 커졌다.

그녀는 파르르 몸을 떨며 두 다리를 바동거렸다.

"아, 안 돼요!"

강렬하게 거부한다.

"제가 죽을 수도 있어요!"

한설아가 붉게 물든 얼굴로 소리쳤다.

강우는 그 모습이 퍽 웃긴지 낄낄 웃었다.

"아… 아참!"

짝. 한설아가 손뼉을 쳤다. 그녀는 무언가 생각났다는 듯이 눈을 반짝이며 말했다.

"그, 그리고 보니 전에 가, 강우 씨의… 크흠. 오, 옷을 들춘 것도 세, 세라핌의 영향인 것 같네요."

두 주먹을 꽉 쥔 채 강렬한 시선으로 그를 바라본다.

강우는 그때의 기억이 떠올랐는지 굳게 입을 다물었다.

'추아야 설하.'

강우는 한설아의 시선을 피해 고개를 돌렸다. 다시 한번 그녀에게 연기를 시키지 말자, 는 결심을 되새기며.

"미, 믿지 않으시는 건가요?"

한설아가 분위기를 눈치챘는지 뺨을 부풀린 채 가볍게 그를 두드렸다. 강우는 참지 못하고 웃음을 터뜨렸다.

그때였다.

우우웅.

통신 구슬이 울렸다.

강우는 몸을 일으켜 수정 구슬을 들어 올렸다.

[마왕님.]

리리스의 통신이었다.

[우리엘이 도착했습니다.]

강우의 눈이 반짝였다.

입가가 슬쩍 올라갔다. 기다리고 있던 시간이었다.

"위치 실시간으로 전송해 줘."

강우는 그렇게 말하며 통신을 끊었다.

한설아가 딱딱하게 굳은 얼굴로 그를 올려다보았다.

"······가실 건가요?"

"가야지."

자신이 벌여놓은 일이다. 그 뒷수습도 응당 자신이 해야 할 터.

"저도······."

"안 돼."

단호히 고개를 저었다.

"세라핌의 존재가 천사들에게 알려지면 안 돼."

그러면 설사 계획을 성공시킨다고 해도 샤르기엘 때와 똑같은 일이 일어나 버린다.

한설아는 굳게 입을 다문 채 쓸쓸한 표정으로 고개를 끄덕였다. 그녀 또한 천사에게 보이면 안 되는 이유에 대해서는 잘 이해하고 있었으니까.

"······조심하세요."

한설아는 강우의 손을 잡았다.

강우는 픽 웃으며 고개를 끄덕였다. 그리고 몸을 돌려 수호의 전당으로 향하는 게이트를 활성화시켰다. 그와 동시에 호출기로 가이아와 김시훈, 차연주, 그레이스 맥커빈, 천무진 등에게 소집 신호를 보냈다.

'다른 사람도 데려가야 해.'

이번 무대에서 자신은 주연이 아니다. 그의 역할은 어디까지나 관객. 그리고 어떤 무대든 관객은 많을수록 좋았다.

'그리고.'

강우의 눈이 가늘어지며 표정이 딱딱하게 굳었다. 그에게는 단순한 관객으로서의 역할 말고도, 한 가지 더 할 것이 남아 있었다. 반드시 해야만 하는 일이.

"……후우."

짧은 청발의 소년의 입에서 깊은 한숨이 흘러나왔다.

소년은 천천히 눈을 떴다. 푸른 하늘과 탁 트인 대지가 보였다.

'여기가……'

지구.

"에르노어랑 큰 차이는 없어 보이네."

작은 목소리로 중얼거렸다.

한동안 푸른 하늘을 올려다보던 그는 이내 고개를 저었다. 감상에 젖어 있을 때가 아니다.

품속에서 종이를 한 장 꺼냈다. 라파엘이 지구에 건설했다는 임시 거처의 위치가 적힌 종이였다.

'라파엘……'

우리엘은 초조한 표정으로 날개를 펼쳤다.

원래라면 자신의 군세를 이끌고 오고 싶었지만 그러기에는 시간이 부족했다.

'지금 간다.'

정확한 사정을 모르지만, 어떠한 봉변(逢變)을 당했을 것이 분명한 자신의 전우를 찾기 위해 그는 빠른 속도로 하늘을 날았다.

"응?"

그때, 그의 시야에 천사의 요새 근처를 어슬렁거리는 일단의 무리가 보였다.

날카롭게 눈을 뜨곤 벼락처럼 그들이 있는 곳으로 떨어졌다.

콰지지직!!

푸른 뇌전이 주변에 휘몰아쳤다.

"너흰 누구야."

살기가 잔뜩 담긴 목소리로 물으며 빠르게 무리를 살폈다.

'인간들.'

숫자는 여섯. 선두에 선 것은 날카로운 인상을 가진 청년이었고, 그 뒤에는 절로 감탄사가 흘러나올 정도로 잘생긴 청년이 서 있었다.

중간에는 휠체어에 탄 옅은 갈색 머리칼의 여인이 있었고, 금발의 중년 여인이 휠체어를 끌고 있었다. 후미에는 붉은 단발의 여인과 허리에 검을 찬 노인이 서 있었다.

그중 날카로운 인상을 가진 청년이 앞으로 나섰다.

"저희는 가디언즈입니다."

"가디언즈?"

들어본 적 있다. 라파엘과 동맹 관계에 있다는 지구의 수호자들. 순간적으로 그 말이 진실인지 의심부터 갔지만, 휠체어에 탄 여인을 살펴본 후 이내 고개를 끄덕였다.

"가이아 님의 화신이 있네."

"천사님을 뵙습니다."

가이아가 정중하게 고개를 숙였다.

우리엘은 일단 경계를 풀지 않은 채 물었다.

"너희들이 여기에 왜 있어?"

"그전에… 당신은 누구십니까? 라파엘 님의 부하 중에 당신처럼 생긴 천사는 본 적 없는데 말이죠."

날카로운 인상의 청년 또한 우리엘과 마찬가지로 경계 어린 시선을 보내고 있었다.

우리엘은 끄응, 침음을 흘리며 입을 열었다.

"난 우리엘이야."

"아……!"

날카로운 인상의 청년의 입에서 짧은 탄성이 흘렀다.

그는 다급히 머리를 숙였다.

"죄송합니다. 천사라는 것은 등 뒤의 날개를 보고 알았지만… 최근 좀 이상한 일 있어서요."

"……이상한 일?"

"라파엘 님이나 샤르기엘 님에게 전혀 연락이 닿지 않습니다. 정기 회의 때도 모습을 안 보이셔서… 걱정돼서 이렇게 찾아왔습니다."

"아."

우리엘의 표정이 딱딱하게 굳었다. 왜 가디언즈가 요새 근처에서 얼쩡거렸는지 알 수 있었다.

초조하게 입술을 짓씹었다.

"연락이 두절된 건 언제부터야?"

"5일 전부터입니다."

"……제기랄."

우리엘은 거칠게 얼굴을 일그러뜨렸다.

날카로운 인상의 청년이 걱정스럽다는 듯 물었다.

"혹시 라파엘 님에게 무슨 일이라도 생긴 겁니까?"

"……아니. 아무 일도 아니야."

"아무 일도 아닌 표정이 아니시지 않습니까."

"아무 일도 아니라니까!"

우리엘이 짜증스럽게 답했다.

하지만 이내, 머리가 아프다는 듯 이마를 짚었다.

'……가디언즈라면.'

라파엘의 보고에선 그들이 지닌 힘에 대해 상세히 적혀 있었다. 대부분은 중위 천사와 비슷하거나 그 아래의 전력을 지니고 있지만, 그중에서도 고위 천사를 넘어서는 강자 또한 있었다고. 듣기로는 성검 루드비히를 계승한 인간과 영웅신 티리온의 사도까지 있다고 들었다.

"너희 중에 오강우랑 김시훈이란 인간 있어?"

"……제가 오강우입니다만."

"김시훈이라고 합니다."

"……그렇단 말이지."

우리엘은 고개를 끄덕였다.

상황이 바뀌었다. 그들이 고위 천사를 넘어서는 강자라면, 얘기가 달랐다.

"나를 좀 도와줄 수 있어?"

급하게 오느라 부하조차 데려오지 못한 상태. 인간들의 도움이라도 절실한 상황이었다.

"라파엘 님에 대한 겁니까?"

"……응."

"그렇다면 저희도 한번 조사해 보려고 했으니 상관없겠군요."

오강우라고 이름을 밝힌 인간이 침착한 목소리로 말했다.

그렇게 우리엘과 가디언즈는 아프리카 땅 위에 지어진 천사의 요새를 향했다.

"이게 대체……."

"여, 여기가 그때 그 요새가 맞습니까?"

은은한 빛이 흘러나오는 아름다운 요새는 온데간데없고 칙칙하고 어두운 기운이 감도는 요새가 있었다. 군데군데 박살난 부분과 사방에 널브러진 시체들이 어두컴컴한 기운에 휩싸인 요새를 더욱 을씨년스럽게 만들었다.

"강우 형님."

"……아무래도 진짜 무슨 일이 일어난 것 같다."

"강우 씨 이건……."

"가이아 님, 신들에게 내려온 계시는 없었습니까?"

"예……. 어, 없었어요."

강우를 비롯한 가디언즈의 멤버들은 완전히 바뀐 요새의 분위기에 충격을 받은 듯 부산을 떨었다.

우리엘은 점점 더 커져 가는 불길함에 입술을 깨물었다.

"진입할 거야, 따라와."

우리엘이 앞으로 나서며 요새의 문을 천천히 열었다.

그때였다.

[띠링.]

[SS+급 던전 '타락한 천사의 악몽 마왕……]

"커헉!! 크윽, 으아아아아!!!"

무언가 푸른창이 떠오르기에 앞서, 오강우라고 스스로를 밝혔던 인간이 갑자기 괴성을 지르며 몸을 활처럼 구부렸다.

그는 발작을 일으키듯 사지를 떨며 눈을 뒤집어 깠다.

"혀, 형님!!!"

김시훈이 쓰러진 강우를 향해 다급하게 달려갔다. 우리엘 또한 갑작스러운 사태에 고개를 돌려 바닥에 쓰러져 발작을 일으키는 인간을 바라보았다.

허공에 떠올랐던 푸른색 창이 사라졌다.

"커윽, 커헉!!"

강우는 몸을 활처럼 구부리며, 사지를 바르르 떨었다.

"……뭐야? 왜 그러는 거야?"

"혀, 형님!!"

김시훈이 다급히 다가와 강우의 몸을 흔들었다.

그러자 갑작스러운 발작을 일으켰던 강우가 표정을 일그러뜨리며 몸을 일으켰다.

"하아, 하아."

"바, 방금 무슨 일이었습니까, 형님?"

김시훈이 걱정스러운 표정으로 강우의 팔을 잡아 부축했다.

강우 또한 혼란스러운 표정으로 답했다.

"나, 나도 모르겠다. 갑자기 이곳에 들어온 순간… 그때의 기억이 떠오르면서 몸이……."

"그때의 기억?"

강우는 어두운 목소리로 답했다.

"라키엘에게 고문당했을 때의 기억."

"아……."

김시훈의 표정이 굳었다.

그때 강우는 차마 눈을 뜨고 보기 힘들 정도로 끔찍한 고문을 받았다. 트라우마나 PTSD(외상 후 스트레스 장애) 같은 것이 생기는 것도 이상하지 않다.

"뭔가… 라키엘의 마기로 가득 차 있는 공간이야."

강우는 거칠게 숨을 몰아 내쉬며 중얼거렸다.

"……이게 라키엘의 마기라고?"

우리엘이 입술을 짓씹으며 물었다.

강우가 고개를 끄덕였다.

"제길."

우리엘은 초조한 표정을 입술을 깨물었다. 요새 전체에 마기가 흘러나오고 있었다. 이것이 라키엘의 마기라면, 이미 사달이 나도 큰 사달이 났다는 의미.

'그럴 리가.'

우리엘은 애써 고개를 저었다. 아무리 생각해도 고작 한 달조차 되지 않은 시간에 라파엘이 타락했다는 것은 믿을 수 없었다.

'확인해야 해.'

우리엘이 성큼성큼 앞으로 나아갔다.

강우가 다급히 손을 뻗었다.

"잠깐 기다리십쇼! 우선 이게 대체 어떻게 된 일인지 확인하고……."

"그럴 시간 없어."

우리엘은 칼 같이 그의 제안을 잘랐다. 라파엘이 어떻게 된 건지 알 수 없는 상황. 여기서 머뭇거리며 대책을 짜고 있을 여유는 없었다.

'라파엘.'

우리엘이 빠른 속도로 걸음을 옮겼다.

그때였다.

"크륵, 크륵."

가래를 끓는 소리와 함께 비틀거리는 발소리가 들렸다.

어둠이 내려앉은 요새의 통로 너머에서 무언가 걸어오고 있었다.

"이건……."

강우와 김시훈의 두 눈이 커졌다.

눈이 잘 안 보여 가늘게 눈을 뜬 채 통로를 응시하던 차연주의 입에서 떨리는 목소리가 흘러나왔다.

"구울(Ghoul)?"

코를 찌르는 악취. 썩어 문드러진 살점에서 질척한 고름이
흘러나오고 있는 괴물이 특유의 비틀거리는 걸음으로 통로를
배회하고 있었다.

"자, 잠깐 저 옷… 그 빛의 감시자인가? 걔들이 입고 있는 옷
아냐?"

썩은 살점 때문에 곳곳이 색이 변색되기는 했지만, 분명 라
파엘의 사도들이 입고 있었던 흰색 법복(法服)이었다.

차연주는 팔찌에서 쇠사슬을 뽑아내며 낮은 목소리로 물었다.

"뭐야……. 왜 라파엘의 사도들이 언데드가 된 거야?"

"모르겠어."

강우 또한 알 수 없는 일에 고개를 저었다.

우리엘의 표정이 딱딱하게 굳었다.

'죄송합……. 이미… 라파엘 님은… 늦었…….'

샤르기엘의 끊어질 듯한 목소리가 머릿속에 떠올랐다.

"제길… 제길……."

초조하게 날개를 떨었다.

우리엘은 구울들을 향해 성큼성큼 걸어갔다.

"라파엘 어디 있어."

괴물이 된 망자(亡者)가 답을 할 리도 없건만, 우리엘은 낮은
목소리로 물었다. 천천히 들어 올리는 오른손에서는 가공할

뇌전(雷電)의 타오르기 시작했다.

"라파엘 어디 있냐고!"

"키에에엑!!"

파지지지직!!

법복을 입은 구울의 몸이 푸른 뇌전에 타올랐다. 눈 깜짝할 사이에, 구울의 몸이 검은 재가 되어 흩어졌다.

"허……."

무시무시할 정도의 위력. 강우 일행은 눈앞에서 느껴지는 우리엘의 힘에 절로 탄성을 흘렸다. 라파엘도 대단했지만, 우리엘은 그 이상으로 보였다.

'같은 대천사들 사이에서도 차이가 꽤 심하네.'

강우는 가늘게 눈을 떴다. 우리엘의 전력(全力)을 본 것은 아니지만, 확실히 라파엘보다 더욱 짙고 강력한 기운이 느껴졌다.

"제길……."

우리엘은 통로 곳곳을 배회하는 구울들을 쓸어버리며 나지막이 욕했다. 라파엘은커녕 그의 다른 천사들조차 하나도 보이지 않았다.

'대체 어디 있는 거야.'

주변을 두리번거리며 찾았지만 보이는 것은 계속해서 어딘가에서 기어 나오는 언데드뿐.

그때 잠자코 우리엘의 뒤를 따라오던 강우가 입을 열었다.

"그러고 보니 라파엘 님께서는 라키엘에 대한 연구를 하고 계신다고 들었습니다."

"연구?"

"예. 라키엘이 왜 타락하게 되었는지, 마신 바울리가 무슨 방법으로 그를 유혹했는지 알아야 그를 상대할 수 있다고 말씀하셨어요."

우리엘은 굳게 입을 다물며 고개를 끄덕였다. 답답할 정도로 고지식한 라파엘의 성격상 사전에 그런 조사를 했다는 것은 충분히 예상할 수 있는 일이었다.

'아, 그러면.'

우리엘의 눈이 반짝였다.

"라파엘의 연구실부터 찾자."

"그곳에 라파엘 님이 있을까요?"

"그건 나도 모르겠어. 하지만 라파엘은 자신의 모든 연구 기록들을 수기(手記)로 남겨두거든."

지난 수천 년간 그와 함께 있으면서 자주 봐왔던 일이었다. 불같은 성격에, 답답한 것을 못 참는 우리엘로서는 마(魔)에 대한 방대한 연구를 일일이 손으로 쓴다는 것이 쉽게 상상이 가지 않지만, 라파엘은 한 번도 빼먹지 않고 일일이 기록을 남겼다.

"그 수기를 찾으면 지난 한 달 사이에 있던 일을 알 수 있을 거야."

"예."

강우는 고개를 끄덕였다.

그때부터 우리엘과 강우는 라파엘의 연구실을 찾기 위해 요새 안을 돌아다녔다.

"분명 그놈이라면……."

우리엘은 주변을 두리번거리며 연구실을 찾았다. 라파엘이라면 평소 활동하는 집무실 근처에 연구실을 만들어놨을 가능성이 컸다.

라파엘의 집무실에 도착한 우리엘은 주변을 살폈다.

'그렇지.'

아니나 다를까, 집무실 옆에 문 하나가 보였다.

"들어간다."

끼익.

우리엘은 긴장된 표정으로 방문을 열었다.

"……엄청난 양이네요."

방 안을 본 강우의 입에서 짧은 탄성이 흘러나왔다. 마치 도서관을 보는 것처럼 어마어마한 양의 자료들이 방 안에 가득 채워져 있었다.

"이게 모두 신화에 대한 자료인가요?"

"그렇겠지. 라키엘이 활동했던 건 마신과의 전쟁 도중이었으니까."

"……생각보다 엄청난 양이네요."

"그만큼 큰 전쟁이었으니까. 근데 자료 자체는 별로 정확하지 않아. 추측성 내용으로 가득한 자료도 많고."

기록이라기보단 소설에 가깝지.

우리엘은 혀를 차며 말했다.

강우는 고개를 끄덕였다. 왜 군이 신화에 대해 이 정도로 많은 자료를 모았는지 알 수 있을 것 같았다.

"자료들을 서로 비교, 조사해서 진짜 기록을 찾으려고 한 거군요."

"라파엘이 그런 건 우리 중 가장 잘하니까."

우리엘은 짧게 답하며 방 구석구석을 뒤졌다. 자료가 워낙 방대했고 이곳에서 무슨 전투라도 있었던 것처럼 책들이 사방에 널브러져 있었기 때문에 라파엘의 수기를 찾는 건 쉽지 않았다.

그때였다.

"……어?"

강우가 구석에서 책 하나를 들어 올렸다. 낡은 책자의 표지에는 무언가 흰색 액체가 말라붙어 있었다.

"우리엘 님, 이건……."

우리엘이 굳게 입을 다물었다.

표지에 말라붙은 흰색 액체.

'천사의 피.'

그는 두 눈을 질끈 감았다.

떨리는 손으로 책을 받아 들어 펼쳤다. 예상했던 대로, 라파엘이 직접 쓴 수기가 적혀 있었다.

-라키엘 연구 1일차.

지구에서 타락의 성좌의 존재를 확인했다. 그를 상대하기에 앞서 라키엘이 타락한 이유에 대한 조사를 결심했다. 첫날은 많은 것을 얻지 못했다. 산탄젤로에 요청해 신화에 대한 자료를 받는 데 주력했다.

-라키엘 연구 2일차.

본격적으로 연구를 시작했다. 신화의 전쟁 시절을 겪은 것은 우리 중 미카엘 님뿐. 몇 번을 봐도 섬뜩할 정도로 거대한 전쟁이었다.

마신 바울리. 그자는 무슨 방법으로 세력을 불렸을까?

-라키엘 연구 5일차.

이해할 수가 없다. 마신은 모든 티탄의 피조물들의 멸망을 바랐다. 즉, 모든 생명을 말살시키려고 한 것이다. 그런데 대체 왜 라키엘은 천사를 배신하고 마신의 편에 서게 된 것일까?

-라키엘 연구 7일차.

아무리 자료를 조사해도 그 이유를 찾을 수가 없다. 과거 라키엘은 미카엘 님과 더불어 세라핌 님에게 가장 촉망받는 부하였다. 유능하고, 강했으며, 명예로웠다. 세라핌 님께서 전쟁에서 죽으면 라키엘이 그 뒤를 이을 것이라 공공연히 말까지 했다고 한다.

그런데…….

모든 명예를 가지고 있었는데.

왜 그는 배신을 한 걸까?

고뇌에 차 있는 내용.

우리엘은 눈살을 찌푸렸다. 지금까지는 별다른 정보를 얻을 수는 없었다.

'대체 무슨 일이 일어난 거냐, 라파엘.'

초조하게 입술을 깨물며 페이지를 넘겼다.

그리고……. 두 눈을 부릅떴다.

-라키엘 연구 10일 차.

실마리를 잡았다. 어쩌면… 라키엘이 배신한 이유는…….

"뭐야 이거."

그 뒤에 내용이 적혀 있어야 할 페이지가 잡아 뜯겨져 있었다.

우리엘은 표정을 일그러뜨렸다. 다급히 뒤로 페이지를 넘기
니 라키엘의 수기가 이어서 적혀 있었다.

-라키엘 연구 13일 차.

이유를 알았다. 대체… 세상에 어찌 이런 일이……. 너무
큰 충격을 받아 머리가 어지럽다. 이제까지 내가 알고 있던
것은 대체 무엇이었던가. 우리는… 우리는, 이제까지 거짓된
신화를 믿어왔을지도 모른다.

"……뭐, 라고?"

우리엘의 손이 떨렸다. 희미하게 차올랐던 불길함이, 점점
더 선명하게 타오르고 있었다.

-라키엘 연구 17일차.

라키엘이 나를 찾아왔다. 나는 내가 알아낸 일들이 진실인지 그에게 물었다. 그는… 모든 것을 알고 있었다. 그리고…….

이번에도, 찢어진 페이지.

–라키엘 연구 18일차.

무언가, 잘못되었다. 이럴 리가… 이럴 리가 없다.

아아, 다, 다 속고 있던 거였어.

우린 다 속고 있었다고!!

–라키엘 연구 19일차.

오늘, 내 등 뒤의 날개가 점점 검게 변하는 것이 보였다.

내가 미쳐가고 있는 걸까? 아니면 라키엘처럼 타락하고 있는 걸까? 알 수 없다.

하지만… 하지만…….

아아, 대체…….

대체 어디서부터 잘못된 거지.

그리고, 마지막 페이지.

–라키엘 연구 20일차.

오늘도 라키엘이 찾아왔다. 아니, 찾아온 것이 아닌가?

잘 기억나지 않는다.

날개가 완전히 어둠에 물들었다.

타락한 것인가? 모르겠다. 이것이 타락이라면, 이 아득한 희열이 타락이라면 몇 번을 더 타락한다고 해도 좋을 것 같다.

수기(手記)는 여기서 끝이다.

이제는 내가 해야 할 일을 하기 시작할 것이다.

내가 해야만 하는 일을…….

파르르.

책을 쥔 우리엘의 손이 떨렸다. 입술이 파랗게 질렸다. 상상하기 싫었던, 있을 수 없다고 생각했던 일이 일어나 버렸다.

"아냐."

다급히 고개를 저었다.

"아니라고 씨발!!"

수기를 모두 읽었지만, 라파엘이 타락한 이유에 대해서는 전혀 알 수 없었다. 그 이유가 적힌 부분은 누군가 일부로 뜯어간 듯 뜯겨져 있었다.

하지만, 한 가지는 확실하다. 그가, 미쳤다는 것은.

"우리엘 님? 거기에 뭐가 적혀 있습니……."

"만지지 마!!"

우리엘은 수기를 가져가려는 강우의 팔을 밀쳤다.

파라락.

수기가 바닥에 떨어지며 종이가 흩어졌다. 그리고 수기의 마지막. 급하게 휘갈겨 쓴 듯한 글귀 하나가 눈에 들어왔다.

심연(深淵)을 들여다보지 마라.

그 심연(深淵) 또한… 너를 들여다보고 있을 것이니.

"이건……."

"제길! 제길! 이건 뭔가 잘못됐어! 뭔가… 잘못된 거라고……."

우리엘이 머리칼을 움켜쥐었다.

그는 두 눈을 질끈 감으며 라파엘을 떠올렸다. 수천 년을 함께해 온 자신의 전우. 고지식하지만, 그 누구보다 마(魔)에 대한 증오로 격렬히 타올랐던 그가 이렇게 어처구니없게 타락할 리가 없다.

"라파엘을 찾아야……."

"저, 우리엘 님. 여기에 뭔가 틈이……."

우리엘이 수기를 읽는 사이, 연구실 내부를 살피던 김시훈이 말했다. 고개를 돌리자 책장과 책장 사이에 작은 틈이 보였다.

"비켜봐."

우리엘이 다급히 다가갔다. 그러고는 책장 사이에 난 작은 틈을 손으로 잡고 벌렸다.

끼익.

영화에 흔히 등장하는 비밀 문처럼, 책장이 뒤로 돌아가며 새로운 공간이 나타났다. 그리고, 그곳에는.

"아, 아아."

"우욱!"

"씨, 씨발 저게 뭐야!!"

우리엘의 신음과 차연주의 욕이 터져 나왔다. 김시훈은 너무도 끔찍한 그 모습에 입을 막고 헛구역질을 했다. 강우 또한 딱딱하게 질린 표정으로 몸을 떨었다.

연구실의 비밀 공간. 그 내부에는…….

"안 돼에에에에에에에!!!"

우리엘은 절규를 내뱉었다.

알 수 없는 액체가 채워진 원통. 백여 개가 넘는 그 원통 속에…… 마물의 육체와 억지로 이어붙인 키메라(Chimera)가 된 라파엘의 부하들을 바라보며.

우리엘의 처절한 절규 소리.

강우는 그에게서 한 걸음 뒤로 물러나며 보이지 않게 입가를 비틀어 올렸다.

'됐나?'

자신이 만든 '무대'를 향해 고개를 돌렸다. 정체를 알 수 없는 액체가 담긴 원통 속에 샤르기엘의 모습이 보였다.

강우는 샤르기엘의 모습을 보고 혀를 내둘렀다.

'내가 끔찍하게 만들라고 하긴 했는데 이건 좀…….'

전신의 내장이 다 드러난 채 마물의 육체와 억지로 이어붙인 듯한 샤르기엘의 시체는 차마 눈을 뜨고 보기 힘든 수준. 리리스와 발자하크가 자기들만 믿으라고 큰소리를 떵떵 쳤던 이유에 대해 알 수 있었다.

'좀 미안하긴 한데.'

아무리 강우라고 해도 이렇게 처참한 광경을 보고 마음이 편할 리가 없다. 시체를 꺼내어 무참히 훼손한 것이나 마찬가지이니 아무 죄책감도 없을 리가.

'하지만.'

절규하는 우리엘을 바라보며, 가늘게 눈을 떴다. 어쩔 수 없다는 편리한 변명이 가장 먼저 머릿속에 떠올랐다.

실제 어느 정도는 사실이다. 우리엘이 라파엘을 타락했다고 믿게 하기 위해서는, 수천 년을 쌓아왔을 신뢰를 박살 내기 위해서는 그만큼 충격적인 장면을 보여줘야만 했다.

'그리고 무엇보다.'

뒤집어엎은 신뢰의 판을 되돌리기 위해서는 라파엘은 죽어야 한다. 무슨 일이 있다고 하더라도.

물론, 한설아의 몸 안에 세라핌의 영혼이 들어 있다는 것을 라파엘은 모른다. 한설아를 강제로 데려가려고 한 것은 라파엘의 지시가 아니었다. 그것은 샤르기엘이 독자적으로 결행한 일이다.

'하지만.'

그럼에도, 라파엘은 반드시 죽어야 했다. 타락한 천사가 되어 정의의 심판을 받아야만 했다.

'애초에 샤르기엘에게 가디언즈의 조사를 맡긴 게 라파엘이라고 했던가.'

만약 그런 상황에서 갑자기 샤르기엘이 죽었다고 하자. 라파엘의 입장에서 누구를 가장 먼저 의심할지는 고려할 여지도 없다. 아무리 그 범인을 라키엘로 몰아가려 하더라도 받아들여질 리가 없다.

'라파엘에 대해선 딱히 악감정은 없지만.'

입장상 그를 가만히 내버려 둘 수는 없었다. 라파엘만큼은, 이 계획이 실패하건 성공하건 무조건 죽여 입을 막아야 한다.

강우는 지그시 눈을 감았다. 원래 세상일이라는 것이 이렇다. 대부분의 살인 사건이 감정적인 불화보단 금전적인 불화로 인해 발생하듯, 이득과 손실을 위해 누군가를 음해하는 경우가 태반이다.

물론 그를 막기 위해 법과 도덕, 관념과 양심 등 복합적인 장치가 있지만.

'× 까라지.'

강우는 덤덤한 표정으로 고개를 저었다.

'고작 죄책감 따위로 천사와의 전쟁을 피할 수 있다면.'

몇 번이라도 오물에 손을 담그리라. 아니, 기꺼이 웃으며 뒹굴 수도 있다.

그렇게 살아왔고, 그렇게 이겨왔다. 자신은 만화 속 정의감에 불타는 영웅도, 김시훈처럼 천성이 착한 인간도 아니다.

밑바닥의 밑바닥. 마물과 악마의 틈바구니에서 만 년이라는 아득한 시간을 악착같이 살아온 인간이다. 이제 와서 도덕과 양심의 잣대를 들이밀어도 코웃음조차 나오지 않는다.

"아니야… 이럴 리가 없다고."

우리엘이 혼란에 빠진 목소리로 중얼거렸다.

강우는 짧은 청발을 지닌 소년을 바라보며 입가를 올렸다.

'일단 첫 번째 관문은 넘은 것 같네.'

끝까지 라파엘을 믿었다면, 이 모든 일이 악마의 수작질이라고 생각했다면 곤란했을 것이다. 하지만 원통 앞에 주저앉아 울부짖는 우리엘의 모습에선 라파엘에 대한 굳은 신뢰가 느껴지지 않았다.

'의심은 독이지.'

한번 중독되기 시작하면, 아무리 아니라고 자위해도 그렇게 생각할 수밖에 없다.

예를 들어 평소 친했던 친구가 끔찍한 연쇄 살인마였다는 것을 알았다고 하자. 그렇다면 무슨 생각을, 어떤 반응을 보일 것인가.

'처음에는 부정하겠지.'

그 사람이 그럴 리 없다고 생각할 것이다. 하지만 연달아서 그 증거가 나온다면? 아니, 아예 그 참혹한 살인의 현장을 눈앞에서 마주한다면?

"라파엘이… 라파엘이 대체 왜……."

우리엘은 무릎을 꿇은 채, 깊은 혼란에 빠진 목소리로 중얼거렸다.

더 이상 '라파엘이 그럴 리가 없다'고 말하지 않는다. 그는 자기도 모르게 '라파엘이 왜 그랬을까'라는 의문을 입에 담았다.

강우는 그를 내려다보며 활짝 웃었다.

'먹혔다.'

우리엘과 라파엘 사이의 굳은 신뢰 관계. 그것이 처참히 박살 나고, 찢겨 나가는 것이 보였다.

강우는 자꾸 올라가는 입꼬리를 필사적으로 내렸다. 만약 이런 상황이 아니었다면 낄낄 폭소를 터뜨렸으리라.

'자, 이제.'

1막의 반응은 이보다 좋을 수가 없을 정도로 열렬했다. 그렇다면, 이어지는 2막을 준비할 시간이었다.

"우리엘 님, 이게 대체……."

"……."

"서, 설마… 라파엘 님이……."

"닥쳐!!"

우리엘이 신경질적으로 외쳤다.

그는 자리에서 벌떡 일어나 강우의 멱살을 움켜쥐었다.

"네가 라파엘에 대해서 뭘 안다고 개소리를 지껄이는 거야!!"

아직 말도 하지 않았다. 말도 하지 않았는데, 이 정도로 격렬하게 반응한다는 것은.

'너도 이미 알고 있다는 거지.'

필사적으로 부정하려 하지만, 그걸 가만히 봐주고 있을 강우가 아니었다.

"……맞습니다."

"뭐가 맞아?"

"저도 지금 이 일을 라파엘 님이 했다고 생각하지 않습니다."

한 번, 당겼다.

우리엘의 눈빛에 희망이 서렸다. 이 상황에, 누가 보더라도 명확한 증거가 드러난 지금 이 상황에서도 라파엘을 옹호해 주는 인간이 있다.

'의지하겠지.'

아니, 정확히는 자위할 것이다. 이거 보라고. 내가 옳다고. 라파엘은 타락하지 않았고, 이 모든 일은 악마가 꾸민 일이며, 라파엘은 그저 억울한 희생양에 불과하다고 생각할 것이다.

'지푸라기라도 잡고 싶다면.'

얼마든지.

강우는 속으로 낄낄 웃음을 터뜨렸다.

"이 끔찍한 일을 라파엘 님이 했다는 증거는 어디에도 없습니다."

"그, 그렇지! 내 말이 그 말이야!"

우리엘이 맹렬히 고개를 끄덕였다.

"우리엘 님, 아까 전에 라파엘 님의 수기에 뭐라 적혀 있는지 알려주실 수 있습니까?"

"어……? 그, 그건."

"괜찮습니다. 대충 어떤 내용인지 짐작이 가니까요."

우리엘은 초조한 듯 입술을 짓씹었다.

그는 눈을 질끈 감으며 라파엘의 수기에 적혀 있던 내용을 입에 담았다.

가만히 얘기를 듣던 차연주가 버럭 소리쳤다.

"씨발! 뭐가 라파엘이 한 일이 아니야!! 이 수기 내용만 봐도 라파엘이 미쳐가고 있는 게 보이는데!"

"차연주. 입조심해."

"입조심하긴 개뿔! 야, 오강우. 뭐 잘못 처먹은 거라도 있어? 아니면 라파엘이 네 엉덩이라도 핥아주디? 이거 봐! 씨발 자기 부하들을 상대로 이딴 개짓거리를 했는데 라파엘이 한 짓이 아니라고?"

차연주가 격렬한 목소리로 외쳤다.

우리엘의 표정이 험악하게 일그러졌다.

"인간 계집이 가만히 듣자 듣자 하니까……!"

"아니, 뭐. 어쩌라고요? 같은 천사니까 아주 물고 빨고 지랄 나신 것 같은데……."

"차연주!"

강우가 노한 목소리로 외쳤다. 차연주의 몸이 움찔 떨렸다.

"입, 조심하라고 말했어."

"……그, 그게."

"수기에 적혀 있다고? 그딴 건 마음만 먹으면 얼마든지 조작할 수 있어. 부하를 키메라로 만들었다고? 그 모습을 직접 본 사람이 여기에 있어?"

"……."

"눈으로 본 것만 믿으려고 하지 마. 여기에 괜히 라키엘의 기운이 있겠어? 놈이 상황을 모두 조작했을 수도 있어."

"끄, 끄응. 그, 그렇다고 뭐 그렇게 화낼 것까진……."

차연주는 평소와는 전혀 다른 강우의 태도에 입술을 삐쭉 내밀었다. 뭔가 굉장히 억울했다.

우리엘은 벙진 표정으로 강우를 바라보았다. 자신이 하고 싶었던, 하지만 그 말을 믿어줄지 스스로조차 의심이 들었던 말을 처음 보는 인간이 해주고 있었다.

꿀꺽. 마른침을 삼켰다.

"마, 맞아. 내 말이 바로 그 말이야."

맹렬히 고개를 끄덕였다.

"라키엘이 개입한 이상, 이 모든 일들이 조작됐을 가능성이 있어."

"동감합니다. 하지만……."

"뭐, 왜, 왜 그러는데?"

우리엘이 떨리는 눈빛으로 강우를 바라보았다. 불안하게 떨리는 눈빛에는 오늘 처음 보는 인간인 강우에 대한 '신뢰'가 담겨 있었다.

당연했다. 지푸라기라도 잡고 싶을 정도로 깊은 절망 속에서, 눈앞에 지푸라기는커녕 단단한 동아줄이 나타났다.

그는 차연주를 경계 어린 시선으로 바라보더니, 이내 강우를 향해 한 걸음 다가왔다.

강우는 그런 우리엘의 모습을 바라보며 픽 웃었다.

'일단 라파엘처럼 딱딱한 스타일은 아니네.'

어느 쪽이냐면, 철부지 꼬맹이에 가깝다.

'참 이상하단 말이야.'

강우는 고개를 갸웃거렸다.

악마가 저런 성격이라면 이해할 수 있었다. 악마의 육체는 욕망을 부추겨, 강제적으로 정신적인 성숙을 방해한다.

애초에 악마에게는 수명이란 개념이 없기 때문에 필수 불가결한 섭리였다. 만약 그런 대책이 없다면, 지옥은 욕망에 초탈한 신선들이 허허롭게 노니는 무릉도원이 되었거나 삶에 대한 의욕을 모조리 잃은 폐인들의 병동이 되었을 것이다.

'천사도 종족 자체에 뭔가 제약이 있나.'

그들 또한 수명이랄 것이 없었으니, 어느 정도는 타당한 추론이었다.

'뭐, 어쨌든.'

지금 그게 중요한 것이 아니다. 중요한 것은, 우리엘이 생각했던 것보다 훨씬 더 '쉬운' 천사라는 것.

"일단 라파엘 님 상황이 좋지 않은 것만은 확실한 것 같습니다"

"……."

"부하들이 모조리 당하고, 요새 전체가 망자의 소굴이 되는 동안 라파엘 님이 모습을 보이지 않으시는 것은 그만한 이유가 있기 때문일 테니까요. 최악의 경우… 라키엘의 손에 이미 당하셨을 가능성도 생각해야 할 것 같습니다."

"그건… 그렇지."

우리엘이 우울한 표정으로 고개를 끄덕였다. 어느 정도 체념이 담긴 표정.

강우는 우리엘을 슬쩍 바라보더니 이내 고개를 돌렸다.

"요새 안을 좀 더 둘러보죠."

우리엘이 고개를 끄덕였다. 자연스럽게 주도권이 강우에게 넘어갔다.

강우는 앞장서 라파엘의 연구실을 나섰다. 무대의 2막이 시작될 곳은 이미 정해져 있었다.

'여기까진 아주 순조로워.'

강우는 이를 드러낸 채 웃었다.

결국 중요한 것은 감정선이다. 우리엘은 한번 절망에 빠진 뒤, 자신의 도움으로 다시 희망을 갖기 시작했다. 아까 반응을 살피니 차라리 라파엘이 타락하는 것보단 라키엘과의 전투에서 명예롭게 죽었기를 바라는 것 같았다.

'천사가 원래 그런 건가.'

라파엘도 그렇고, 우리엘도 그렇고. 목숨보다 명예를 소중히 여기는 모습은 강우의 입장에서 잘 이해하기 힘들었다.

'뭐, 어쨌든.'

그만큼 우리엘이 자신의 친우의 명예에 대해 생각하고 있다는 것은 알았다.

'그렇다면.'

강우는 입술을 핥았다.

'이제 지푸라기를 잡고 올라왔으니.'

희망을 가지게 되었으니.

'다시 밑바닥까지 짓밟으면 되겠지.'

찬란한 빛으로 채워진 공간.

라파엘은 천천히 눈을 떴다.

'슬슬 치료가 끝났나.'

천천히 팔을 들어 올렸다.

성력을 응축해 만든 공간. 일명 '빛의 품'이라고 부르는 장소에서 그는 사탄에게 당했던 상처를 모두 치료했다.

한번 빛의 품 안에 들어가면 외부와의 모든 연락이 차단되기에 천천히 시간을 들여 상처를 치료하려고 했으나, 상황이 변했다.

'라키엘.'

신화 시절, 무수한 천사와 신들을 타락시킨 그 존재가 지구에서 활동하고 있다는 것을 안 이상 더 이상 여유가 없었다.

'그래도 우리엘이 와줘서 다행이야.'

우리엘과 함께라면, 라키엘과도 충분히 일전(一戰)을 벌일 수 있다는 자신이 있었다.

'나가야겠군.'

천천히 손을 들어 올렸다.

쩌적. 빛으로 가득 찬 공간에 균열이 생겼다. 새가 알을 깨고 나오듯, 빛의 공간을 부수며 몸을 일으켰다.

그리고 10일 만에 보는 밖의 풍경이 그의 시야로…….

"응?"

라파엘의 입에서 당황스러운 목소리가 흘러나왔다.

"뭐야 이건?"

밖으로 나오자마자 숨 막힐 정도로 짙은 마기가 느껴졌다. 문제는 그 마기가 느껴지는 것이 바로 자기 자신의 몸이라는 것.

"대체 이게 뭔……."

고개를 돌려 몸을 살폈다.

그 순간, 그의 두 눈이 부릅떠졌다.

"나, 날개가."

새하얀 빛이 뿜어져야 할 날개가, 어느새 검게 물들어 있었다. 아니, 정확히는.

'마기가… 덧씌워져 있어?'

마치 코팅을 한 것처럼, 자신의 몸에 짙은 마기가 덮어씌워져 있었다.

털썩.

"아, 아야."

"우리엘……?"

소리가 들리는 방향으로 고개를 돌렸다. 그곳에는.

"어, 어떻게 이런 일이."

"거봐! 내가 뭐라고 했어!! 그 라키엘이란 놈에게 넘어간 것 맞다고 했잖아!!"

지구를 수호하는 영웅들의 모습과…….

"라, 파엘……."

모든 희망이 산산조각 난 듯한 절망에 휩싸인 우리엘의 모습이 보였다.

"라- 파에에에에엘!!!"

우리엘의 찢어질 듯한 절규가 귓가를 울렸다.

"……?"

라파엘은 어리둥절한 표정으로 주변을 둘러보았다.

'뭐야.'

대체 뭔 일이 일어나고 있는 거야?

"여긴······."

"저, 저건 뭐죠?"

강우와 함께 라파엘을 찾아 요새 곳곳을 탐색하던 우리엘
은 은밀히 숨겨져 있는 방 안에서 기괴한 물체를 발견했다.

번데기가 우화(羽化)하기 전, 몸을 웅크리고 있는 고치처럼
생긴 구체. 숨 막히는 마기가 넘실거리는 그 구체를 본 순간 우
리엘이 기껏 붙잡은 희망의 끈이 급격히 얇아지기 시작했다.

처음에는 그 생김새 때문에 '빛의 품'이 아닐까 의심하기도
했지만, 끔찍한 녹색 촉수가 감싸고 있는 구체는 어딜 봐도 빛
의 품으로는 보이지 않았다.

쩌적.

"어? 어?"

"뒤로 피해!"

구체에 균열이 생긴 순간, 강우가 델 라인을 뽑아 들며 다급히 외쳤다. 김시훈 또한 성검을 움켜쥔 채 뒤로 물러나며 자세를 낮췄다. 숨쉬기조차 힘든 긴장감이 내려앉았다.

"제발, 제발……."

우리엘은 거칠게 주먹을 움켜쥔 채 입술을 깨물었다. 구체를 바라보는 그의 표정은 일견 절박하게까지 보였다.

'저 속에 있는 것이… 라파엘이, 아니기를.'

처음 이 사건을 접했을 때 느꼈던 짙은 불안감이 등골을 자극했다. 간절하게 손을 뻗었다. 상상하기 싫은 미래에, 손가락 끝이 덜덜 떨린다.

'아, 안 돼.'

우리엘은 치밀어 오르는 자신의 '본능'을 억눌렀다.

천사의 본능은 일반적인 생물이 가지는 본능과는 그 의미 자체가 다르다. 수명의 개념이 없는 종족이기에 정신을 유지하기 위한 필연적인 '제약'이 들어가 있었다. 악마의 육체가 욕망을 고양시키듯, 천사의 육체는 '집착'을 불러일으킨다.

집착의 대상은 천사마다 천차만별. 예를 들어, 라파엘의 경우 마(魔)를 제거하는 것에 집착했다. 정확히는 그의 모든 군세가. 그들은 악마를 죽이기 위해선 인류건 동맹을 맺고 있는 단체건 모두 희생해도 된다는 미친 소리를 아무렇지도 않게 입에 담았다. 오로지 악마를 죽이는 것만을 생각하고, 그것만을 행했다.

"크, 윽……."

우리엘의 입에서 신음이 흘렀다.

라파엘이 마를 제거하는 데 집착했다면, 그가 집착한 것은 '정(情)'이다. 타자(他者)와의 관계. 예를 들어 연인, 친구, 부하, 형제. 그러한 관계 속에서 피어나는 정에 집착하는 것. 그것이 바로 우리엘이 영생을 살아갈 수 있는 이유이자, 천사의 육체가 지닌 거스를 수 없는 제약이었다.

'위, 험해.'

본능을, 집착을 제어하지 못하면 굉장히 위험하다. 욕망을 제어하지 못하는 악마가 이지를 상실한 마물이 되는 것처럼, 집착이 광기가 되어버리면 날개가 검게 물들며 타천(墮天)해 버리고 만다. 그리고 한번 타천을 해버리면, 돌이킬 수 없다.

'라파엘⋯⋯.'

간절한 눈으로 검은 구체를 응시했다.

라파엘과의 관계. 그와 쌓아온 전우(戰友)라는 관계가 무너지지 않을까 하는 절망이 그를 짓눌렀다. 차라리 라파엘이 명예롭게 싸우다 죽었더라면, 이 정도는 아니었을 것이다.

하지만 지금은 다르다. 변절한 전우를, 타락한 친우를 자신의 손으로 처리해야 한다. 그의 본능과 완전히 상반되는 상황. 그 공포감과 절망감은 인간이 상상할 수 있는 범위를 넘어서 있었다.

'제발.'

쩌저적.

그러한 그의 기대감을 박살 내듯. 검은 구체를 깨고 나온 것은⋯⋯.

날개가 검게 물든 라파엘의 모습이었다.

"라- 파에에에에에엘!!!"

찢어질 듯한 절규가 울려 퍼졌다.

"우리엘?"

라파엘이 고개를 갸웃거렸다.

"무슨 일이냐. 이게 대체……."

"내가, 내가 하고 싶은 말이야, 라파엘!! 대체 왜… 대체 왜 그렇게 되어버린 거야!!"

"엥? 그건 뭔."

"모든 악마를 증오한다고 했잖아! 마(魔)에 물든 모든 자들을 죽여야 한다고 했잖아! 그런데, 그런데 대체 왜 네가 마를 받아들인 거냐고오오오!!"

"대체 아까부터 무슨 헛소리를 하는 거냐."

라파엘이 자신의 몸을 내려다보았다.

전신에서 뿜어져 나오는 짙은 마기. 마치 몸 전체에 마기로 이루어진 필터를 씌운 듯한 감각이었다. 자신의 몸 안에 있을 때는 분명 성력인데, 밖으로 나오는 순간 거대한 마기에 휩쓸려 마기처럼 느껴진다.

'설마.'

라파엘의 두 눈이 부릅떠졌다. 갑작스러운 상황에 정지를 일으켰던 머리가 다시금 돌아가기 시작했다.

"아, 아니다!"

라파엘이 다급히 두 손을 저었다.

"이건 뭔가 오해가 있는 거야!"

콰앙!!

그때, 바닥이 터져 나가며 귀를 찢는 폭음이 울려 퍼졌다. 영웅신 티리온의 사도, 황금의 영웅 오강우가 잔뜩 일그러진 표정으로 그를 노려보고 있었다.

"당신을… 믿었습니다."

"뭐?"

"광기에 전 수기를 읽었을 때도, 키메라로 만든 당신의 부하를 봤을 때도… 전, 당신을 믿었단 말입니다."

"수기? 아니 키메라는 또 뭔 소리인가."

"전! 당신이 타락하지 않았으리라 믿었단 말입니다!"

"아니, 씨발."

강우가 울부짖었다.

그가 울부짖는 이유에 대해선 이 자리에 있는 모든 사람이 알고 있었다. 차연주의 말마따나 이미 증거가 모두 나온 상황에서까지, 심지어 우리엘조차 옹호해 주지 않았던 라파엘을 유일하게 옹호해 준 것이 강우였으니까.

"라, 파엘……."

우리엘의 눈에서 투명한 눈물이 흘러내렸다.

이제까지 그가 라파엘과 함께해 온 시간은 수천 년. 서로 성격의 차이 때문에 싸운 적은 많다고 하더라도 단 한 번도 그와의 관계를 소중히 여기지 않은 적은 없었다. 아니, 애초에 그의 집착의 대상이 '정'인 이상 그럴 수가 없었다.

우리엘은 입술을 씹으며 몸을 일으켰다. 그가 타락했다면, 더 이상 손 쓸 수 없는 상황이라면. 적어도 그에게 안식을 죽는 것은 자신이 해야 할 일이다.

"이제까지… 고마웠다."

"자, 잠깐! 우리엘! 너는 속고 있는 거다! 나는 타천(陀天)하지 않았어!"

"……그래."

우리엘이 힘없이 웃었다.

"말만이라도, 그렇게 해줘서 고맙다."

파지지직! 여덟 장의 날개 사이사이에 푸른 뇌전이 맺혔다.

양손을 힘없이 늘어뜨렸다. 몸을 가볍게 숙였다가, 이내 튕기듯 뒤로 젖혔다. 푸른 뇌전이 맺힌 날개가 활짝 펼쳐졌다.

"이런 제길!!"

라파엘은 대경(大驚)한 채 다급히 뒤로 물러섰다. 그가 있던 자리에 푸른 뇌전 줄기가 빗발치듯 쏟아졌다.

"우리엘!! 너는 지금 속고 있는 거다!!"

우리엘은 질끈 눈을 감았다. 힘없이 늘어뜨린 양손을 천천히 들어 올렸다. 입을 달싹거리며 주문을 외었다.

"아르고·라·풀미네."

막대한 성력이 끓어올랐다. 그의 주력은 성력에 기반을 둔 신성마법. 푸른 뇌전이 양손에 맺혀 공중으로 쏘아졌다.

"떨 어 져 라!"

마치 드래곤이 용언마법을 펼치듯, 음절 하나하나에 힘을 실어 명한다.

파지지지지지직!!

그러자 무시무시한 양의 뇌전이 천장에서부터 쏟아져 내리기 시작했다.

"크윽!"

라파엘이 다급히 손을 들어 올렸다. 그는 전력으로 성력을 전개하며 빛의 창을 만들어냈다.

'이런 씨⋯⋯!'

그의 두 눈이 커졌다. 성검 루드비히보다 더욱 짙은 성력을 머금고 있는 자신의 창, 루페리안이 검게 물들어 있었다. 심지어 숨 막히는 마기까지 뿜어져 나온다.

'대체 이게 무슨!'

이해할 수 없는 현상. 대체 어떻게 자신의 몸에서 뿜어져 나온 기운이 죄다 마기처럼 느껴진단 말인가.

'내 몸 안에 마기(魔氣)는 없다.'

스스로조차 의심스러운 상황에 내부의 기운을 관조했지만 역시나 마기는 티끌만큼도 느껴지지 않았다. 즉, 지금 자신에게 '덧씌워진' 마기는 자신이 아닌 다른 누군가가 발산하고 있다는 것.

'어떻게?'

의문이 이어지기 전에, 벼락의 비가 그에게 쏟아져 내렸다.

"크으으으으으!!"

창을 풍차처럼 돌리며, 쏟아지는 벼락을 막았다. 루페리안에서 뿜어져 나온 마기가 회오리치며 방패처럼 그의 몸을 보호했다.

치이이익.

벼락이 담고 있는 끔찍한 열기에 그의 손바닥이 타올랐다.

'진심이야.'

라파엘은 입술을 짓씹었다. 지금 이 공격으로, 우리엘이 진짜 자신을 죽이려고 했다는 것을 깨달았다.

'이렇게 된 이상.'

라파엘은 눈을 돌려 주변을 살폈다. 가디언즈의 수호자들이 무기를 꺼낸 채 그를 노려보는 것이 보였다.

'우선 우리엘부터 제압한다.'

대체 왜 10일간 상처를 치료하고 일어나자마자 자신이 타락천사가 되어 있는지는 알 수 없었다. 하지만, 다른 누구도 아닌 우리엘이 자신을 공격할 정도면 이미 말로 설득하는 것은 늦었다고 봐야 했다.

"하압!"

창을 꼬나쥔 채, 마법을 캐스팅하고 있는 우리엘을 향해 달려들었다. 우리엘이 무영창(無咏唱) 마법을 사용해 그의 진입로를 차단했다. 뇌전이 그물처럼 넓게 펼쳐져 앞을 막았다.

라파엘은 루페리안을 넓게 휘둘러 그물을 찢어냈다.

탕! 창끝으로 바닥을 친 후, 그 반탄력으로 공중으로 몸을 띄웠다.

"아르고·라·풀미네."

그사이, 우리엘이 영창을 완료했다. 여덟 장의 날개를 활짝 펼치며, 양손을 X자로 교차했다.

"솟 구 쳐 라!"

파지지지지지직!! 바닥을 타고 흐르는 수백, 수천의 뇌전이 용이 승천하듯 공중으로 솟구쳤다.

라파엘이 다급히 창을 들어 막으려는 순간.

"차연주!"

"알았어!!"

촤르르륵. 붉은 쇠사슬이 그의 주변으로 뻗어 나왔다. 수십 개에 달하는 쇠사슬이 라파엘의 몸을 휘감았다.

라파엘의 눈썹이 일그러졌다.

"고작-!"

"시훈아!"

"예, 형님!"

"크웃?"

차연주가 만들어낸 붉은 쇠사슬을 따라, 두 영웅이 질주했다. 손가락 두 마디 정도에 불과한 쇠사슬을 밟으면서도 김시훈과 강우의 몸은 조금도 흔들리지 않았다.

라파엘이 다급히 쇠사슬을 끊어냈다. 하지만 그보다 빨리, 강우가 발을 박차고 몸을 띄워 라파엘의 머리를 걷어찼다.

텅! 묵직한 소리와 함께 마기 방벽이 만들어졌다. 강우의 발이 마기 방벽에 막혔다.

그사이, 라파엘의 뒤를 잡은 김시훈이 성검을 휘둘렀다.

까앙!

"크웃!"

라파엘의 휘감고 있는 짙은 마기에 김시훈의 검이 튕겨져 나갔다.

"형님! 마기 방벽이 너무 두껍습니다!"

"제길."

강우는 초조한 표정으로 입술을 깨물었다. 김시훈의 말대로, 라파엘을 수호하고 있는 마기가 너무 두터웠다.

"아니 이런 씨……."

라파엘은 어처구니없다는 듯 입을 쩍 벌렸다. 자기가 막지도 않았는데, 갑자기 몸 주변의 마기가 스스로 움직여 공격을 막아냈으니 당황스러울 수밖에.

라파엘은 당장에라도 미칠 것 같다는 듯 머리칼을 쥐어뜯으며 외쳤다.

'이렇게 된 이상.'

도박을 하는 것 외에는 방법이 없었다.

"우리엘! 너는 악마에게 속고 있는 거다! 우리가 함께해 왔던 수많은 전장을 떠올려라!"

"웃……."

"내가 정말로 타락했다고 생각하는가? '집착'의 힘은 네가 가장 잘 알고 있지 않나!"

"시, 시끄러! 시끄럽다고!"

"정신 차려라! 나는 널 공격할 의도가 없다!"

그 말을 증명하듯, 라파엘은 두 손을 들어 올렸다.

땡그랑. 루페리안이 바닥에 떨어졌다.

"읏……."

우리엘의 눈동자가 떨렸다. 갈등과 의심, 희망이 복잡하게 뒤섞였다.

그는 질끈 눈을 감았다.

'아니야.'

속임수다. 저 검은 날개를 보라. 뿜어져 나오는 숨 막히는 마기를 보라. 누가 그를 타락하지 않았다고 할 것인가.

'아니라고.'

입술을 짓씹었다. 집착이, 무시무시한 집착과 갈망이 그를 뒤흔들었다.

수천 년이다. 실로 아득한 시간을 라파엘과 함께했다. 수많은 전장을 넘어왔고, 셀 수 없는 승리와 패배를 맛보았다. 대천사라는 존재 이전에 그는 생사를 함께 넘어온 전우였다.

'더 이상 내가 알고 있는 라파엘이 아니야.'

청발(靑髮)의 소년은 눈물을 흘렸다. 머리칼을 쥐어뜯으며 고개를 저었다.

'하지만.'

마음속 깊은 곳에서는, 그 의식의 지저(地底)에서는, 아직도. 그를.

푸확!!!

"……아?"

피가 튀었다. 붉은 피였다.

천천히 눈을 떴다.

"쿨럭! 쿨, 럭!"

라파엘의 몸에서 순식간에 솟구쳐 나온 검은 창. 그리고 그 창에서 우리엘을 보호하며 대신 몸이 꿰뚫린 청년의 모습이 보였다.

"너, 너……."

"우리엘, 님……."

절체절명의 순간, 우리엘의 몸을 보호한 강우는 쓰러지듯 몸을 기대며 우리엘을 끌어안았다.

"조심, 하……."

"야, 야! 저, 정신 차려 인간!!"

붉은 피를 토해내며 강우가 의식을 잃었다.

"오, 오강우!"

"형님!"

김시훈과 차연주의 입에서 비명이 터져 나왔다.

"라, 파엘."

우리엘이 이글거리는 눈빛으로 고개를 돌렸다. 그곳에는 입을 쩍 벌린 채 두 눈을 부릅뜨고 있는 라파엘의 모습이 보였다.

"아, 아니다! 내, 내가 아니야!!"

그는 다급히 손을 저으며 허공에서 갑작스럽게 만들어진 검은 창을 내려다보았다.

창을 손으로 치우고 다급히 날개를 펼쳤다. 전력으로 성력을 끌어 올렸다.

쿠구구구궁!!!

그러자 칠흑 같은 검은빛이 터져 나왔다.

"아니!"

검은빛 속에서 나타난 수십 개의 창이 포탄처럼 마구잡이로 쏟아졌다.

"씨발, 내가 한 게 아니라고!! 내가 한 거 아니야!!"

라파엘이 절규했다.

우리엘은 강우의 몸을 바닥에 조심스럽게 내려놓았다. 청발이 삐죽삐죽 위로 솟구쳤다. 미형(美形)의 얼굴에는 더 이상 망설임이 느껴지지 않았다. 오로지 남은 것은, 마(魔)에 대한 짙은 증오심뿐.

"악에 물든 자에게."

파지지지지지직!

거대한 뇌전의 기운이 그의 전신을 휘감았다.

"빛의 심판을."

'으, 씨이바.'

바닥에 쓰러진 강우는 눈살을 찌푸렸다.

'드럽게 아프네.'

마기의 창으로 진짜 자신의 몸을 꿰뚫었으니 아프지 않을 리가. 거기에 더해 원거리로 마기를 방출하면서 동시에 피의 색을 바꾸려고 위색의 권능까지 사용한 탓에 머리가 어질거린다.

'생각보다 빡세네.'

원거리에서 마기를 운용하는 것. 도마뱀을 대상으로 사용할 때는 별로 어렵지 않았지만, 그 대상이 대천사가 되니 여간 어려운 것이 아니다.

'놈이 뿜어내는 성력보다 무조건 많게 마기를 운용해야 하니까.'

가장 근본적인 문제점은 이것. 지금 그가 한 걸 간단하게 말하면, 라파엘이 뿜어내는 성력에 마기를 코팅처럼 입힌 것이다.

'탈태를 안 했으면 위험할 뻔했어.'

사실 강우가 지닌 마기의 양과 라파엘이 지닌 성력의 양은 비교하는 것이 무의미할 정도로 강우가 압도적이다. 애초에 무한한 마기의 근원, 마해(魔海)를 몸속에 지니고 있으니 당연한 결과.

하지만 단순히 마기를 많이 지니고 있는 것만으로는 이런 기교(技巧)를 벌일 수는 없다. 바다만 한 물탱크가 있어도 2센티미터의 호스만으로 물을 뽑아 쓰면 화재를 진압할 수 없는 것과 같은 이치. 탈태로 마기 제어력을 올려두지 않았다면 라파엘의 성력을 완전히 감추는 것은 요원한 일이었을 것이다.

'그래도.'

강우는 바닥에 쓰러진 채 입가를 슬쩍 비틀어 올렸다.

살며시 한쪽 눈을 떠 주변을 살폈다. 말 그대로 박 터지게 싸우고 있는 우리엘과 라파엘의 모습이 보였다.

'성공했군.'

라파엘에게 벼락을 쏟아붓는 우리엘의 눈빛에는 더 이상 전우를 향한 정(精)은 보이지 않았다.

두 천사의 전투를 지켜보았다.

'일대일은… 라파엘이 좀 더 강한가.'

라파엘이 우리엘보다 강하다기보단, 마법사와 전사의 근본적인 차이 때문일 것이다. 마법사는 거리와 시간이 충분히 주어진다는 전제하에 전사가 감히 상상하기 힘든 화력을 뿜어낼 수 있지만, 전사가 근접해서 몰아붙이면 제대로 힘을 쓸 수 없다는 단점을 지니고 있다. 애초에 어떤 계열의 마법이건 상위 마법으로 가면 갈수록 영창이 필요하다는 점에서 이건 어쩔 수 없는 문제이리라.

'아몬이 이뤄낸 경지에 비해 저평가된 것도 그런 부분 때문이었지.'

흑마법사야말로 일대일 전투에선 최악이라고 해도 좋을 정도로 약했다. 물론 그 전투가 전쟁으로 번진다면 혼자서 한 군단을 넘는 전력을 보여줄 수 있지만, 기본적으로 개인이 지니고 있는 무력이 권력의 지표가 되는 지옥에선 마법사들이 저평가를 받을 수밖에 없었다.

'하지만.'

강우는 가늘게 눈을 떴다.

사탄 아래에 있던 아몬을 상대한 적도, 아몬과 함께 바알의 군세와 전쟁을 벌인 경험이 있는 강우는 잘 알고 있었다.

'영창 시간을 벌어다 줄 훌륭한 전위(前衛)만 있다면.'

전사 따위가 감히 상상할 수 없는 화력을 쏟아내는 것이 가능하다. 강우는 그 전위를 맡아줄 자신의 사랑스러운 동생을 향해 고개를 슬쩍 돌렸다. 한동안 이쪽을 보며 안절부절못하던 김시훈은 이내 검을 쥐고 앞으로 나섰다.

"제길! 차연주 씨! 치료보다 먼저 저 타락한 천사를 처치해야 합니다!"

"뭐, 뭐? 저렇게 상처가 심한데 무슨 소릴 하는 거야! 응급 치료라도 해야……."

"어차피 형님에겐 강한 재생력이 있습니다. 지금은 라파엘을 쓰러뜨리는 게 우선입니다."

'그렇지.'

김시훈의 적절한 대처에 강우는 흐뭇한 표정으로 고개를 끄덕였다.

'짜식도 많이 성장했어.'

마냥 착하기만 한 호구에서, 용케 여기까지 성장했다.

"크읏……!"

'연주 너도 성질 좀 죽이고. 뭔 계집애가 황소를 통째로 씹어 먹은 것마냥…….'

"……뭐지? 갑자기 기분이 나빠지는데."

'연주 누나 파이팅!'

일그러진 얼굴로 고개를 갸웃거리던 차연주도 전투에 합류했다. 천무진과 그레이스 맥커빈 또한 마찬가지.

김시훈을 필두로 한 세 명의 월드 랭커가 전투에 합류하자 조금씩 양상이 바뀌기 시작했다. 우리엘에게 점점 더 영창의 여유가 생기기 시작했고, 그를 바탕으로 막강한 화력의 마법이 라파엘에게 쏟아졌다.

"제길! 제기랄!! 누구냐! 대체 누가 이런 짓을……!"

라파엘이 발작하듯 소리쳤다. 하지만 이제 아무도 그의 목소리에 집중하는 사람은 없었다.

'슬슬 끝이 보이는구만.'

강우는 히죽 웃었다.

"우리에에에에에엘!!!"

라파엘의 처절한 절규가 이어졌다. 계속해서 자신은 억울하다고, 이건 누군가의 음모라고 외쳤지만, 전신에서 마기를 줄기줄기 내뿜으며 그런 말을 해봤자 받아들여질 리가 만무. 우리엘은 마치 라파엘의 목소리가 들리지 않기라도 한다는 듯 매섭게 그를 몰아붙였다.

이윽고.

"쿨럭, 컥."

라파엘의 몸이 무너졌다. 3,000여 개에 달하는 푸른 뇌전 줄기에 두들겨 맞은 라파엘의 몸은 검은 재가 되어 바스러졌다.

"우리, 엘……."

덜덜 떨리는 손을 처량하게 뻗었다. 무언가를 말하려는 듯 입을 달싹였다.

강우는 그 모습을 지그시 바라보더니.

'이쯤 하면 됐다.'

콰득. 라파엘의 몸 주위에 두르고 있던 마기를 움직여 그의 전신을 감쌌다. 그가 마지막 유언(遺言)을 남기기 전에, 포식의 권능을 사용한 것이다.

'우리엘 앞이라 조금 쫄리긴 하지만.'

탈태를 거치고 공간을 넘어 원거리에서 발현이 가능해진 포식의 권능이라면 우리엘의 눈도 속일 수 있다는 자신이 있었다.

"라파엘……."

다행히도 우리엘은 라파엘을 자신의 손으로 죽였다는 충격에 빠져 라파엘의 몸이 검은 어둠에 점차 먹혀 사라지는 모습을 그다지 신경 쓰지 않았다.

하긴, 겉으로만 보면 모 히어로 영화의 대머리가 손가락을 튕긴 것처럼 먼지가 되어 흩어지는 것처럼 보였으니 누군가 그를 잡아먹고 있다고는 생각하지 못하리라.

[대천사 라파엘을 포식하였습니다.]
[성력 스탯이 폭발적으로 상승합니다.]
[성력 스탯이 112로 상승했습니다.]

'이야, 시바 역시 대천사라 이건가.'

73이던 성력이 순식간에 상승했다. 100 이후 더러울 정도로 스탯이 오르지 않는다는 것을 감안하면 정말 폭발적인 증가량이다.

['마신이 되는 길'의 상위 퀘스트, '혼돈(混沌)'의 1차 조건이 달성됐습니다.]
[단, '혼돈(混沌)'의 힘은 '마신이 되는 길'의 모든 조건을 충족한 이후 완벽히 사용 가능합니다. 그 이전에 사용할 시, 육체에 치명적인 페널티가 가해집니다.]

'엥?'

강우의 두 눈이 부릅떴다. '마신이 되는 길'의 상위 퀘스트. '???'로 표시되던 그 퀘스트가 드디어 표시됐다.

'아니, 아직 마신이 되는 길 세 번째 조건도 모르는데.'

비유하자면 스테이지3을 깨기도 전에 스테이지4를 클리어한 것과 같은 상황. 더 개 같은 문제는 스테이즈4를 클리어한 보상을 앞선 스테이지를 클리어하지 못했다는 이유로 받을 수 없다는 것이었다.

'제길, 이딴 것 필요 없으니까 3번째 조건 힌트라도 줘, 이 새끼들아.'

시스템을 향해 마음속으로 외쳤지만 들어줄 리가 없다. 애초에 시스템의 정체 자체가 무엇인지조차 모르고 있는 처지니까.

'가이아의 힘은 아닌 것 같은데.'

가이아가 미쳤다고 자신의 힘을 키워주겠는가. 그보다 상위의 존재, 아니, 아예 객체(客體)로서 존재하는 존재가 아닌 자연과도 같은 일종의 현상이자 섭리(變理)일 가능성이 높았다.

'그게 뭔지 모르겠다는 거지만.'

어쨌든, 시스템에게 백날 찡찡거려 봤자 답이 오는 경우는 없었다.

강우는 눈앞에 떠오른 푸른색 창을 치우곤 다시금 연기에 몰입했다.

"쿨럭! 쿨럭!"

"형님!!"

강우의 입에서 붉은 피가 토해졌다.

김시훈이 다급히 그의 몸을 끌어안는다.

'좋아, 좋아.'

무대의 막을 내릴 타이밍이라는 것을 직감했다.

강우는 슬쩍 고개를 돌려 우리엘을 바라보았다. 우리엘은 먼지처럼 사라진 라파엘의 자리를 멍하니 응시하고 있었다.

'으음.'

수천 년 지기의 전우를 직접 그의 손으로 죽이게 만든 것에 대한 죄책감과 동시에 계획이 완벽히 성공했다는 것에 대한 기쁨이 끓어올랐다.

'어쨌든 최악의 상황은 피한 것 같네.'

엎질러진 물을 어떻게 담아내는 데 성공했다. 안도감과 함께 입꼬리가 자꾸 올라갔다. 악마교를 처리한 지 얼마 지나지도 않았는데 천사와의 전면전이 펼쳐질 위기를 넘겼으니 어찌 기쁘지 않으리. 마음 같아서는 벌떡 자리에서 일어나 천박한 웃음이라도 터뜨리고 싶었다.

'진정합시다.'

다 된 밥에 재를 뿌릴 순 없는 노릇. 강우는 얌전히 눈을 감은 채 최대한 고통스러운 척 연기했다.

"히, 힐러! 힐러는 없어?"

"……없습니다. 우선 형님을 수호의 전당으로 옮기죠."

김시훈이 공주님 안기로 강우를 들어 올렸다.

'어맛.'

토할 것 같아라.

강우는 필사적으로 표정을 유지한 채 쿨럭, 기침을 내뱉었다.

'이제 이대로 가서 치료를 받고, 또 한 10일 정도 설아 간병 받으면서 꿀이나 빨면.'

모든 것이 완벽했다. 강우는 기쁨의 눈물을 흘리며 히죽 웃었다.

그때였다.

"……기다려라, 인간."

'응?'

우리엘이 다가왔다.

강우의 몸이 흠칫 떨렸다.

'시바, 설마 뭐 눈치 깐 거 아니지?'

"쿨럭! 쿨럭!"

괜히 더 격렬하게 피를 쏟았다.

"……그 인간을 내려놔."

'왜. 시바 또 왜. 여기까지 와서 뒤통수 후려치는 거 아니지?'

"우리엘 님……?"

"치료 마법은 특기가 아니지만… 그래도 써먹을 만한 건 있어."

'오.'

다행히 최악의 상황은 아닌 모양. 김시훈이 고개를 끄덕이며 강우를 바닥에 내려놨다.

"움·바브라·아리안데."

우리엘이 주문을 외웠다.

'뭐, 전에 설아 치료를 받고도 멀쩡했으니 괜찮겠지?'

성력으로 사용한 회복 주문이라도 악마의 몸을 치유할 수 있다는 건 예전 설아 덕분에 알게 되었기에 강우는 편안한 마음으로 눈을 감았다.

'좋아, 어디 대천사의 회복마법을 맛……'

텁.

무언가, 이상한 감촉이, 입술을 덮었다.

"허억."

"뭐, 뭐?"

김시훈이 두 눈을 부릅떴고, 차연주의 입에서 당황스러운 목소리가 흘러나왔다.

'뭐야.'

강우는 슬쩍 눈을 떴다. 우리엘의 입술이 자신의 입술을 덮고 있는 것이 보였다. 푸른 하늘을 연상시키는 청발과 백옥처럼 흰 피부, 그리고 기다란 속눈썹이 눈에 들어왔다.

'어?'

씨발?

"일단 응급 처치는 끝냈어. 한동안 정양하면 그래도 목숨은 건질 거야."

우리엘이 착잡한 표정으로 몸을 일으켰다.

"지, 지금 무, 무무무슨?"

"응급 처치를 했다니깐? 점막 접촉을 해야 가능한 마법이라

어쩔 수 없었어."

우리엘이 팍 인상을 구기며 입술을 닦았다.

강우는 굳게 입을 다물었다. 피가 흐르도록 주먹을 거칠게 움켜쥐었다.

혹자는 비웃을 수도 있을 것이다. 말 그대로 응급 처치. 인공호흡과 같은 개념이다. 신경 쓸 이유도, 가치도 없다.

'씨발.'

물론, 그것이 만 년이라는 아득한 시간 만에 처음으로 '리리스가 아닌' 존재와의 입맞춤이었다는 것이 아니었다면.

'씨바아알.'

하다못해 진짜 아프기라도 했다면, 정말로 위급 상황이었다면

'왜, 왜 하필 씨발.'

한설아하고도 아직 해본 적 없다. 만 년 동안 쌓아 올린 차고 넘치는 고자력(鼓子力)으로 꼴에 무드 있고 결정적인 순간에 해야겠다고 생각했기 때문.

"흑… 어흑… 씨발… x 같은 인생… x바알."

무대의 막이 내렸다.

주연부터 조연, 관객까지 모두 평등하게, 불행한 무대였다.

우리엘의 도움으로 상처를 회복한 강우는 김시훈이 바래다 주겠다는 것을 극구 사양하며 쏜살처럼 집으로 향했다.

"임자아아아아아아!!"

쾅! 다급히 현관문을 열었다. 이번 작전에 참여할 수도 없어 거실 소파에 앉아 노심초사 강우를 기다리던 한설아가 재빠르게 몸을 일으켰다.

"무, 무슨 일 있나요 강우 씨?"

그녀는 물기에 젖어 있는 강우의 눈가를 바라보며 당황스러운 목소리로 물었다.

"흐윽……. 미안… 미안해……."

"예? 뭐, 뭐가요?"

"내 처음을……."

"……?"

강우는 그녀의 품에 안긴 채, 가늘게 어깨를 떨었다.

물론, 우리엘이 그의 상처를 치료하기 위해 입을 맞춘 것을 가지고 지금까지 꿍해 있는 것은 아니었다. 아무리 그가 연애에 관해서 병신에 가까울 정도로 서투르다고 해도 인명 구조를 위해 입을 맞춘 것에 진심으로 좌절하지는 않았다.

그럼에도 이렇게 행동하는 이유는 두 가지.

하나는 성공 가능성의 희박하다고 생각했던 라파엘 사건을 완벽하게 마무리 지었다는 기쁨. 둘은 스킨십에 있어서는 좀처럼 진도가 나가지 않는 한설아와의 관계에 살짝 불을 지피고 싶다는 얄팍한 생각 때문이었다.

간단하게 말하면, 질투심을 불러일으키겠다는 거다.

"처음, 이라뇨?"

"어쩌다 보니 내 첫 키스가⋯⋯."

강우는 시무룩한 표정으로 입술이 빼앗겼다는 것을 말했다. 장난기 어린 미소를 살며시 지으며.

"⋯⋯뭐라고요?"

'응?'

그런데.

"어떤 씨발 년⋯ 아, 죄송해요. 누가⋯ 강우 씨에게 그런 짓을 한 거죠?"

'어라?'

강우는 고개를 슬쩍 들었다. 생기를 잃은 듯 음산한 눈빛으로 빛나는 한설아의 모습이 보였다.

'뭐야.'

뭐 이렇게 무서워.

"어⋯ 음. 그게."

강우는 한설아의 품에서 살짝 떨어지며 난처한 표정을 지었다. 그녀가 질투하는 모습을 보고 싶었던 것은 사실이지만. 어디까지나 귀엽게 질투하는 모습을 보려고 한 거지 지금처럼 무슨 호러 영화에 나올 것 같은 음산한 분위기를 풍기는 것을 원하지는 않았다.

'뭐지?'

평소 한설아의 모습과는 꽤나 큰 괴리감에 고개를 갸웃거렸다.

"누가, 그런 짓을 한 거죠?"

한설아는 방긋 미소를 지으며 다시 한번 물었다. 입은 웃고 있었지만 눈에는 여전히 스산한 살기가 감돌아 있었다.

강우는 어색한 미소를 지으며 장난이라고 말했다.

"예?"

"기분이 너무 좋아서 잠깐 장난 친 거야. 이번 계획이 잘 풀렸거든."

"아아, 그, 그런 거였군요."

한설아의 눈빛이 다시 원래대로 돌아왔다. 그녀는 '어머, 나 좀 봐'라고 중얼거리면서 붉게 달아오른 뺨을 만졌다.

강우는 평소의 모습으로 돌아온 그녀를 바라보며 짧은 한숨을 내뱉었다.

"그래서, 그… 계획은 어떻게 된 건가요?"

"응? 잘 풀렸어. 더 이상 천사와의 마찰은 없을 거야."

"아뇨. 그런 것 말고요."

한설아가 고개를 저으며 말을 이었다.

"이번 일이 끝나면 강우 씨에 대해 자세히 설명해 주시기로 하셨잖아요. 강우 씨가 말한 그 '계획'이란 것에 대해서도 구체적으로 듣고 싶어요."

강우의 입이 굳게 닫혔다. 그러고 보니, 가면을 벗어던진 자신의 모습을 보여준 후 그녀에게 그런 말을 했던 기억이 떠올랐다.

무거운 침묵이 내려앉았다.

강우의 눈빛에 망설임이 서렸다. 가면을 벗어던진, 리리스나 발록 정도만이 모두 알고 있는 자신의 모습에 대해서 설명한다는 것은 아무리 강우라고 해도, 아니, 강우이기 때문에 쉽지 않은 일이었다. 김시훈만큼은 아니더라도 한설아는 자신을 세계를 지키기 위해 불철주야 노력하는 영웅으로 알고 있었으니까.

'그리고.'

절대로 알려지면 안 되는 사실도 있다. 예를 들어, 김시훈을 사역마로 만든 거라던가, 알렉을 죽인 거라던가, 레이날드도 죽인 거라던가, 그의 정체가 예언의 악마라는 것 등등.

'아니, 말할 게 없잖아.'

머리칼을 쥐었다. 막상 지구에 온 이후 자신이 한 일에 대해 되짚어보니 도저히 말할 수 없는 것투성이다.

'아니, 시바.'

대체 무슨 짓을 해온 거지. 후회가 밀려왔다.

"어… 그게."

강우는 한설아의 눈을 피해 고개를 돌렸다.

그녀의 눈이 가늘어졌다. 한설아가 손을 뻗어 강우의 손을 잡았다.

"모두, 말해주시기로 하셨죠?"

뭔가 항거할 수 없는 분위기가 흘러나왔다.

"끄응."

강우는 한숨을 내쉬었다.

솔직히, 무서웠다. 자신에 대해, 두꺼운 가면 너머에 추악한 민낯을 마주했을 때. 그녀가… 어떻게 나올 것인가.

"저도 강우 씨가 한 번에 모든 것을 말하시는 것까진 바라지 않아요. 아니… 바라긴 하지만, 강우 씨의 얼굴만 봐도 얼마나 힘들어하는지 알 수 있어요."

한설아가 쓸쓸하게 느껴지는 미소를 지으며 강우의 손을 잡아끌었다. 강우는 그녀가 잡아끄는 대로 소파로 가 앉았다.

"그러니까, 적어도 이번 일에 대해서라도 제대로 설명해 주세요. 저와도 연관 있는 일이잖아요."

강우는 눈을 감았다.

'아니, 이번 일도 만만치 않은데.'

라파엘의 처절한 절규가 아직까지 귀에 남아 있는 듯했다. 어쩔 수 없었다는 변명은 제쳐두더라도, 솔직히 자기가 생각해도 이번에 한 짓은 좀 심하긴 했다.

"그것도⋯ 힘드신가요?"

한설아의 눈이 글썽였다. 그녀의 얼굴에서 점점 빛이 사라져 가는 듯한 기분이 들었다.

강우는 이마를 짚었다.

'제기랄.'

선택의 여지가 없었다. 애초에 그녀의 앞에서 샤르기엘을 죽였을 때부터, 이런 상황에 처하게 될 것은 필연이었다.

"아니, 알았어. 설명해 줄게."

"아⋯⋯!"

한설아의 표정이 확 밝아졌다.

"그래⋯⋯. 전에 설아 네 몸에 세라핌의 영혼이 들어가 있다는 건 얘기했지?"

"예."

"그래서 어쩔 수 없이……."

강우는 이번 일에 대해서 천천히 설명했다.

무슨 수를 써서라도 라파엘을 죽여야 했다는 것. 그리고 천사와의 전쟁을 피하면서 그를 죽이기 위해서는 그가 타락했다는 식으로 몰고갈 수밖에 없었다는 것.

모든 상황에 대해 디테일하게 설명해 줄 수는 없었지만, 이번 계획의 목적성과 필요성, 그리고 과정에 대해서는 할 수 있는 대로 설명했다.

애기를 들은 한설아는 입을 벌린 채 말을 잇지 못했다.

강우는 초조한 표정으로 입술을 짓씹었다.

'받아들이기 힘들겠지.'

솔직히 라파엘에게 한 짓은 변명의 여지가 없는 쓰레기 짓이 맞다. 그의 부하를 모조리 죽여 키메라로 만든 것도 모자라, 수천 년간 친분을 쌓아온 전우의 손에 죽도록 만들었다. 사탄처럼 억울하다는 척 연기해 다른 사람을 속이려고 한 것이 아닌, 진짜 피눈물이 흐를 정도로 억울한 상황이었다.

'조금 순화시킬 걸 그랬나.'

말하자마자 후회가 밀려왔다. 자신의 치부를 적나라하게 드러낸 감각에 깊은 한숨이 흘러나왔다.

강우는 턱을 잡은 채 고민에 잠긴 한설아를 응시했다.

"물론, 받아들이기 어려운 건 잘 알고 있어……."

"그러니까, 결국 그 천사가 강우 씨에게 입을 맞춘 건 사실이네요?"

'응?'

한설아의 눈이 가늘어졌다. 굳게 움켜쥔 주먹이 파르르 떨리는 것이 보였다.

"그 썅년이 감히……."

'놈인데요.'

강우는 헛웃음을 흘렸다.

"아니, 그것 말고 다른 건 괜찮아? 내가 말하기도 좀 그렇긴 한데…… 솔직히 쓰레기 짓을 많이 하긴 했는데."

"아……."

한설아는 말끝을 흐렸다.

확실히, 강우가 한 짓은 어떤 말을 하더라도 옹호하기 힘든 일이었다. 그녀가 알고 있는 착하고 상냥한 강우가 한 일이라는 것이 솔직히 믿어지지 않을 정도. 실감이 나지 않는 다는 것이 정확한 표현이리라.

"잘… 모르겠어요."

한설아가 나지막이 말문을 틀었다.

"강우 씨가 한 일을 옹호할 생각은 없어요. 지금 생각해도 너무 심하셨다고 생각하고요. 하지만 그 사정도 이해해요. 저를 위해… 제 존재를 감추시기 위해 하신 일이잖아요?"

"그건… 그렇지."

"그렇다면 다른 사람은 몰라도 제 입장에선 할 말이 없는 게 아닐까요."

한설아는 침착한 목소리로 말했다.

강우는 놀랍다는 듯 그녀를 바라보았다.

'좀.'

의외였다. 적어도 그녀가 이런 일을 가만히 놔둘 성격은 아니라고 생각했었다.

'나도 설아에 대해서… 잘 모르고 있었던 건가.'

솔직히 지금 그녀의 이런 담담한 반응은 예상하지 못했다. 충격을 받고, 실의에 빠질 거라 예상했다.

'그냥… 상냥하기만 한 건 아니라는 건가.'

강우는 굳게 입을 다물었다. 어딘가… 말로 표현하기 힘든 '이질감'이 느껴졌다.

"그래도… 강우 씨가 이렇게 말해주셔서 너무 고마워요."

한설아는 쿡쿡 웃었다.

"항상 제게만 숨기는 것 같아서 쓸쓸했거든요."

"……이런 얘기를 함부로 할 수는 없으니까."

"뭐… 이해는 해요."

한설아가 몸을 기울였다.

"하지만."

그녀는 강우의 손을 잡은 채 뜨거운 눈빛으로 그를 응시했다.

"앞으로는 숨기는 일 없이 강우 씨의 모든 것을 제게 보여주셨으면 해요."

하아. 열기에 찬 숨이 토해졌다. 그녀는 천천히 손을 뻗어 강우의 팔을 더듬더니, 이내 그의 뺨에 손을 올렸다.

"저는 강우 씨의 모든 걸 받아들일 수 있어요. 강우 씨가 어떤 일을 해왔건, 앞으로 할 예정이건……. 저는 영원히 강우 씨의 편이에요. 예. 맞아요. 영원히… 영원히, 그 무슨 일이 있다고 하더라도."

강우는 흠칫 몸을 떨었다. 뭔지 알 수 없지만, 오싹한 오한이 등골을 스쳤다.

한설아를 바라보았다. 그녀는 발갛게 뺨을 물들인 채, 어딘가 열망(熱望)에 잠긴 눈으로 자신을 응시하고 있었다.

"설아, 야? 조금 이상… 읍."

기습적으로, 한설아가 그를 덮쳤다. 양팔로 목을 끌어안은 채, 입을 맞췄다. 격렬하게 혀를 움직여 입안을 탐한다. 마치 굶주린 포식자가 먹잇감을 탐하듯, 한설아는 거침없이 움직였다. 심지어 중간에 옷 안쪽에 손을 넣어 가슴을 더듬기까지 한다.

"푸하."

강우는 벌어진 입을 다물지 못한 채 한설아를 바라보았다.

한설아가 방긋 웃었다.

"후훗. 역시… 좋네요."

마치 약이라도 한 것처럼 몽롱한 목소리였다.

요염하게 입술을 훑는 모습. 지금 이 순간만큼은 한설아가 서큐버스 퀸이라는 릴리스보다 오히려 더욱 색기 넘치게 느껴졌다.

"어, 음."

강우는 망치로 뒤통수를 한 대 후려 맞은 듯한 표정으로 더듬더듬 신음했다.

분명 한설아와의 관계가 일보 전진하길 바라는 마음에 불씨를 지피려던 것은 사실이지만, 이건 불씨를 지핀 게 아니라 무슨 화마(火魔)를 일으켜 버렸다.

"어때요 강우 씨?"

"으, 응?"

"그 우리엘이라는 천사보다… 훨씬 좋았죠?"

"아니, 비교할 걸 비교……."

"더, 좋았죠?"

"물론입니다."

맹렬히 고개를 끄덕였다. 한설아는 그제야 만족한 듯 활짝 웃으며 강우의 머리를 끌어당겨 거대한 두 봉우리에 얹었다.

푹신.

필설로 표현할 수 없는 부드러운 감촉이 강우를 감쌌다.

"많이 피곤하셨죠?"

"어, 어?"

"잠시만요. 금방 김치찌개 만들어 드릴게요."

한설아는 팔을 풀고 일어나 주방으로 향했다.

강우는 멍한 표정으로 그녀의 뒷모습을 바라보았다.

'아니… 그 얘길 듣고도 날 받아들여 준 건 좋은데.'

받아들여 준 게 문제가 아니라 잡아먹힐 것 같았다.

강우는 어안이 벙벙한 표정으로 한설아를 바라보았다.

'리리스……?'

그래, 뭔가 리리스를 보는 듯한 기분이다.

강우는 고개를 저었다.

'에이, 설마.'

한설아가 얼마나 상냥하고, 여린 여인인지는 그 누구보다 자신이 잘 알고 있었다. 심지어 그녀는 자애(慈愛)의 여신이라는 세라핌의 영향을 받고 있는 도중. 리리스처럼 광기에 가까운 '집착'을 보여줄 리는 없었다.

'이번에 충격적인 얘길 듣고 좀 혼란스러워 하는 거겠지.'

강우는 고개를 끄덕이며 몸을 일으켰다.

다른 것보다 우선 김치찌개다. 설아가 만들어준 김치찌개를 먹으면 이 싱숭생숭한 기분도 다 사라질 것이다.

탁.

"많이 만들었어요."

"고마워."

강우는 테이블 위에 세숫대야만 한 냄비에 담긴 김치찌개를 바라보며 꿀꺽 침을 삼켰다.

드르륵. 한설아는 그의 맞은편이 아닌 옆자리에 의자를 끌고 앉았다.

"응?"

강우가 고개를 갸웃거리자.

"좀 더 가까이에서 보고 싶어서요. 강우 씨가 맛있게 먹는 모습을 보면 저도 기분이 좋거든요."

"그래?"

강우는 더 이상 신경 쓰지 않고 허겁지겁 김치찌개를 흡입했다. 샤르기엘 사건이 터진 이후 쉴 틈도 없이 계획을 준비한 탓일까, 오랜만에 먹는 김치찌개가 이렇게 맛있을 수가 없었다.

"옳지, 옳지."

한설아는 냄비에 머리를 들이박을 기세로 먹고 있는 강우를 쓰다듬었다. 황홀할 정도로 아름다운 미소와 함께.

그날 밤. 강우는 가슴의 상처가 걱정된다는 말과 함께 들어온 한설아의 옆에서 잠을 청했다.

한설아는 그의 머리를 끌어안아 가슴에 놓은 채, 상냥하게 머리와 등을 쓰다듬었다. 전처럼 수면이 굳이 필요한 육체도 아닌데도 항거할 수 없는 잠이 쏟아졌다.

쏴아아아.

그날, 눈을 감자 노을 진 하늘이 보였다.

귓가에 파도 소리가 들려왔다. 새하얀 보트 위에 누운 채, 자신의 머리를 끌어안고 있는 한설아의 모습이 보였다.

[드디어 둘만 있게 됐네요, 강우 씨.]

환상처럼, 그녀의 목소리가 머릿속에 울렸다.

'뭐지?'

강우는 고개를 갸웃거렸다. 분명 아름다운 꿈인데, 행복에 겨워 실실 웃어야 마땅한 꿈인데. 묘하게, 소름이 돋았다.

"하암."

창문 밖으로 흘러나오는 빛줄기에, 천천히 눈을 떴다.

"뭐였지 그건."

어젯밤의 꿈을 떠올렸다.

분명 노을 진 바다에서 보트를 타는, 그것도 다른 누구도 아닌 한설아에게 끌어안긴 채 보트를 타는 행복하기 짝이 없는 꿈이었건만. 왠지 모르게 악몽이라도 꾼 듯 땀에 옷이 축축하게 젖어 있었다.

'내가 그렇게 긴장하고 있었나.'

겉으로 내색하지는 않았지만, 이번 일에 대해선 꽤나 책임 감을 느끼고 있었다. 천사와의 신뢰 관계가 무너지면 단순히 자신의 문제로 끝나는 것이 아니다. 전쟁으로 번진다면 가디 언즈, 플레이어, 더 나아가 인류 전체까지 휘말릴 수도 있었다.

"끄응."

강우는 이불을 들췄다.

"……?"

옷이 벗겨져 있었다. 바지는 반쯤 내려가 있었고, 입고 있던 셔츠도 단추가 모조리 풀려 있었다.

'뭐야 이건.'

강우는 가슴 쪽에 난 붉은 자국을 손으로 만졌다. 중간중간 붉은 자국이 보인다. 리리스의 촉수에 흡착당했을 때 나는 자국과 비슷했다.

"……리리스가 왔나?"

강우는 고개를 갸웃거리며 몸을 일으켰다. 반쯤 벗겨진 옷을 단정히 입고, 문을 열어 나가려고 할 때였다.

"흐응. 그런 일이 있었단 말이죠……?"

문틈으로 리리스의 목소리가 흘러나왔다.

역시, 강우는 고개를 끄덕였다. 리리스가 온 것이 맞았다.

강우는 문을 열려던 것을 멈추고 문틈으로 흘러나오는 목소리에 귀를 기울였다.

"예. 강우 씨와… 입을 맞췄다고 하더라고요."

"하. 그 × 같은 비둘기 새… 어머. 호호. 죄송해요. 살짝 흥분해서 그만."

"아뇨, 저도 같은 생각이었는걸요."

"어머어머, 설아 씨도 같은 생각이셨군요."

"예. 그 우리엘인지 뭔지 날갯죽지를 뜯어서 아가리에 처넣고 싶… 아, 죄, 죄송해요. 저도 모르게 이상한 말이 나왔네요."

"서로 마찬가지네요~"

태평한 분위기의 대화 속에 뭔가 섬뜩함이 느껴진다.

강우는 입을 쩍 벌렸다.

'설아랑 리리스가?'

대화를 나누는 내용이나 분위기를 보면 둘이 어느새 꽤나 친해진 모양.

"그래서… 설아 씨는 어떻게 하실 건가요?"

"호호. 인명 구조를 위해 어쩔 수 없이 한 일인데 어떻게 하고 자시고가 있나요."

"어머, 설아 씨의 눈은 전혀 그럴 생각이 없어 보이는데요?"

"앗."

뭐 하려고.

"들커 버렸네요."

"후훗. 제가 마왕군의 참모 역할을 했다는 건 처음 들으시나요? 척보면 척이죠."

"안 그래도 리리스 씨에게 협력을 구하고 싶……."

달칵!

강우는 다급히 문을 열었다.

"안녕! 힘 세고 강한 아침!"

"아, 강우 씨. 일어나셨나요?"

"호호호. 아침부터 건강하시네요, 강우 님."

리리스와 한설아가 손을 흔든다.

리리스가 몸을 일으키더니, 깍듯하게 머리를 숙였다.

"계획의 성공을 경축드립니다. 강우 님이 가시고 우리엘의 상태를 확인했는데… 완전히 속아 넘어간 것 같더라고요."

"어, 음."

강우는 얼떨떨한 표정으로 고개를 끄덕였다.

고개를 돌리자 거실 소파에 앉아 서로 껴안은 채 오들오들 떨고 있는 에키드나와 할키온의 모습이 보였다.

'아니 대체 왜.'

에키드나가 강우를 향해 빠른 걸음으로 다가왔다.

"강우, 강우. 설아가 좀 이상……."

"어머. 무슨 말을 하는 거니."

무언가를 필사적으로 전하려던 에키드나가 중간에 한설아의 손에 붙잡힌다. 한설아는 에키드나의 몸을 끌어안으며 방긋 웃었다.

"서, 설아."

"잠깐 따라오렴."

한설아가 에키드나를 질질 끌고 방으로 향했다. 에키드나가 울먹거리는 눈빛으로 강우에게 구조 신호를 보냈다.

"가, 강우……."

탕. 방문이 닫혔다. 더 이상 소리가 들리지 않았다.

강우는 제 자리에 서서 굳게 입을 다물었다. 머리가 혼란스럽다.

비틀거리는 걸음으로 소파에 앉자 할키온이 다가와 옆에 붙었다. 그리고 쿠로사키 유리에의 모습을 한 리리스가 단아한 발걸음으로 다가와 섰다.

"향후 뒤처리에 대해 전언을 듣고 싶어 찾아왔습니다."

"음."

강우는 고개를 저으며 혼란스러운 머릿속을 정리했다. 확실히, 이번 계획의 경우 계획 자체도 중요했지만 이후에 뒤처리도 만만치 않게 중요했다.

'천사들 쪽에 아주 난리가 나겠지.'

넷 밖에 없는 대천사가 죽었다. 안 그래도 예언의 악마의 정체도 알지 못하고, 그를 따르는 사천왕에게 당하기만 한 천사들의 입장에선 미칠 노릇일 것이다.

'이 기회를 잘 이용해야 해.'

전화위복(轉禍爲福). 이 기회를 노려 천사들과의 관계를 더욱 공고히 해둔다면 앞으로의 움직임이 훨씬 편해진다.

이번 일만 해도 라파엘이 가디언즈를 완전히 신뢰했다면 샤르기엘에게 조사를 명하지 않았을 것이고, 그러면 한설아의 존재에 대해 그가 알 리도 없었을 것이다.

"우리엘은 지금 뭐 하고 있어?"

"현재 샤르기엘을 비롯한 천사들의 시체를 수습하고 있습니다. 요새 안에 풀어놓은 언데드도 혼자 정리하고 있고요."

"그렇단 말이지."

강우는 가늘게 눈을 떴다.

톡톡. 손가락으로 허벅지를 두드렸다. 할키온이 헤, 입을 벌리며 그의 손가락을 바라본다.

"네가 보기엔 지금 우리엘의 상태는 어때?"

"음……"

리리스는 생각을 정리하듯 잠시 뜸을 들였다.

"상당히 위태롭다고 생각합니다."

"위태롭다?"

"예. 심리적으로 충격을 굉장히 받은 것 같아요. 표정도 창백하고 핏기도 없습니다. 언데드를 처리하는 과정도 굉장히 신경질적이고요."

"천사들이 원래 그렇게 감정적인가? 라파엘이나 샤르기엘을 봤을 땐 악마를 찾아 죽이는 기계처럼 보였는데."

"그건 저도 잘 모르겠습니다. 다만, 천사들에게도 악마의 욕망처럼 생(生)을 지속시키는 제약이 있는 것 아닐까요?"

"하긴, 그렇지 않고서야 감정이 남기 어려우니까."

고개를 끄덕였다. 괜히 악마의 육체가 욕망을 증폭시키는 것이 아니다. 모든 생물이 그렇듯, 악마 또한 '살기 위해' 진화해 왔다. 시간의 흐름 속에 감정이 마모되지 않으려면 육체 자체에 욕망의 증폭이라는 제약을 걸 수밖에 없는 것이다.

"뭐… 일단 나쁜 소식은 아니네."

강우는 빙그레 웃었다. 깊은 실의에 빠진 존재일수록 심리적 방벽이 얇아지는 것은 굳이 생각할 것도 없는 사실. 할키온 때만 해도 손쉽게 아군으로 끌어들일 수 있었던 이유가 그(녀)가 깊은 트라우마를 지니고 있었기 때문 아닌가.

'잘만 이용하면.'

단순히 집단과 집단의 동맹 관계를 넘어 확실한 아군으로 끌어들일 수 있었다.

'확실히 라파엘 때보단 가능성이 보이네.'

라파엘은 악마에 대한 광적인 집착 때문에 거리를 두었지만, 우리엘의 경우 라파엘만큼의 집착을 보이지 않았다.

"시간 내서 한번 만나러 가야겠네."

"그럼 저희는……."

"지금은 발자하크랑 발록의 가짜 육체를 만드는 것을 최우선으로 해줘. 악마의 육체인 채로는 활동에 제약이 있으니까."

"예, 알겠습니다."

"그리고 설아에 대해 숨길 수 있는 방법을 좀 알아보고."

천사들이 보는 것만으로 한설아의 존재를 눈치챌 수 있다면 무작정 아군으로 끌어들일 순 없었다. 숨기는 것에도 한계가 있으니까.

리리스가 공손히 고개를 끄덕였다.

"흐아."

강우는 소파에 늘어지게 앉았다.

샤르기엘 사건이 끝나고 좀 숨통이 트인 기분. 이제 당장 급하게 해야 할 일은 없다고 해도 무방했다.

'우리엘만 잘 꼬드기면……'

지구 생활은 평탄 그 자체가 될 것이다.

"그럼, 바로 가볼까."

"우리엘에게 가시나요?"

"응."

강우는 고개를 끄덕였다.

감정이라는 것은 결국 시간의 흐름 속에 고갈된다. 굉장히 괴로웠던 일도 시간이 지나면 자연스럽게 잊혀지는 것처럼, 지금 절망이 최고조로 차올랐을 때 접근하는 것이 용이했다.

"그럼 좀 더 수고해 줘."

강우는 미안하다는 표정으로 리리스를 바라보았다.

현재 부하들 중 가장 바쁜 인물을 뽑으라면 단연코 리리스였다. 지옥과의 연락을 취하는 방법, '무대'를 꾸미는 것, 천사의 눈에서 설아를 숨기는 법 등등. 그 밖에도 각종 정보의 수집부터 유포까지. 모조리 그녀가 도맡아서 하고 있다. 당연히 개인이 할 수 있는 일은 아니고, 매혹을 사용해 여러 꼭두각시들을 부리고 있기는 하지만.

'눈코 뜰 새 없이 바쁘겠지.'

강우는 가볍게 혀를 차며 천천히 손을 뻗었다. 그리고 리리스의 머리칼을 쓰다듬었다.

"항상 고마워."

"어머."

리리스는 평소와는 다른 그의 행동에 발그레 뺨을 물들였다. 그녀는 요염한 미소를 입가에 띠며 장난스럽게 물었다.

"말로만 칭찬해 주실 생각이신가요?"

리리스가 쿡쿡 웃었다. 그녀는 강우를 향해 한 발짝 다가가며 속삭이듯 말했다.

"그러고 보니 설아 씨에게 듣기론… 마왕님의 입술을 훔친 발칙한 천사가 있다고 들었어요."

"그건 치료를 위해서였다니까."

"그럼 저도 과중한 업무로 피폐해진 마음을 치료하기 위해서 상을 요구해도 되겠죠?"

말도 안 되는 논리였지만, 거절할 말이 떠오르지 않았다. 실제 리리스의 업무량은 괴랄했으니까.

리리스가 그윽한 눈빛으로 강우의 목에 팔을 둘렀다. 살짝 발돋움하여 입술을 내밀었다. 옅은 붉은빛으로 빛나는 입술이 야릇하게 느껴졌다.

강우는 꿀꺽 침을 삼켰다. 여기까지 했는데 리리스가 원하는 상이 무엇인지 눈치채지 못할 정도로 둔하지는 않았다.

"아, 참. 그러고 보니 원래 모습으… 읍."

망설임 없이, 리리스의 몸을 끌어당겼다. 강우의 눈빛이 절박하게 빛났다.

'원래대로 돌아가기 전에……!'

어떻게든 리리스를 진정시켜야 한다. 강우는 사명감에 불타는 전사처럼 리리스를 끌어안았다. 한설아에 대한 죄책감이 끓어올랐지만, 살기 위해서는 다른 방법이 없었다.

"하아, 하아."

거친 숨이 흘러나왔다.

힐끗. 리리스의 용태를 살폈다.

"아……."

리리스는 강우 쪽에서 이렇게 먼저 나서서 해줄 줄은 상상도 못 했는지 멍한 표정으로 입을 벌렸다. 짜릿한 전류가 흐르듯 파르르 몸을 떤다.

"후, 후후후후후."

'왜, 왜 그렇게 웃어.'

"설아 씨가 마왕님의 마음을 충분히… 녹여낸 것 같네요. 호호호. 아주, 아주 좋아요."

리리스의 눈빛이 요사스럽게 빛났다. 검은 머리칼이 하늘하늘 올라가며 꼬아졌다. 머리칼의 끝에서부터 끈적한 체액이 맺히기 시작했다.

강우는 흠칫 몸을 떤 채 몸을 돌렸다.

"지금 이러고 있을 시간이 없어."

"네, 마왕님."

리리스가 방긋 웃었다.

강우는 수호의 전당으로 향하는 게이트를 활성화시켰다.

게이트에 발을 디디기 전, 고개를 돌렸다.

"아, 그러고 보니."

고개를 갸웃거리며 물었다.

"밤새 내 옷은 왜 벗긴 거야?"

아침의 일이 떠올랐다.

"예?"

리리스는 무슨 소리를 하냐는 듯, 동그랗게 눈을 떴다.

"오늘은… 오자마자 설아 씨랑 얘기만 했는데요?"

"……뭐?"

강우는 두 눈을 부릅떴다.

한설아가 에키드나를 끌고 들어간 방문을 향해 시선을 옮겼다. 문은, 아직도 굳게 닫혀 있었다.

"……뭐지, 대체."

강우는 머리를 긁으며 발걸음을 옮겼다.

머릿속이 복잡했다.

'나중에 설아에게 물어봐야겠네.'

어쨌든 지금 그것을 집중할 때가 아니다.

강우는 수호의 전당을 통해 아프리카 쪽으로 향하는 게이트를 통과했다. 그러자 아직 짙은 마기에 물들어 있는 요새의 모습이 보였다.

"자, 그럼."

요새에 온 목적은 두 가지.

하나는 우리엘과의 관계를 돈독히 하기 위함이요.

'두 번째는······.'

· 10장 ·
썩은 상처

    새하얀 요새.

    한때 은은한 빛으로 아름답게 빛났을 그 요새에는 정체 모
를 어둠이 내려앉아 있었다.

    "크륵! 크르륵!"

    음산한 어둠 속에서 가래가 끓는 소리가 들린다. 철벅, 철
벅. 비틀거리는 발자국을 따라 핏자국이 새겨진다.

    썩은 피부, 흐리멍덩한 눈두덩. 생기를 잃은 입술. 수십에
달하는 망자(亡者)가 걸어오고 있었다.

    푸른 하늘을 연상시키는 청발(靑髮)의 소년이 통로에 섰다.
그는 굳게 입을 닫은 채, 입술을 짓씹으며 통로를 가득 채운
망자를 응시했다.

    "크르르륵!!"

생자(生者)를 발견한 망자가 이빨을 드러낸다. 누렇게 변색된 이빨에서 끈적한 침이 흐른다.

투두두두!

언제 비틀거렸냐는 듯이 무시무시한 속도로 통로를 질주한다.

청발의 소년은 팍 표정을 구기며 한 걸음 앞으로 나섰다. 수십에 달하는 망자가 달려들고 있지만 그 얼굴에 비치는 공포는 없었다.

"아르고·라·풀미네."

낮은 목소리로 영창을 읊는다.

파지직. 푸른 뇌전이 튀어 올랐다. 앞으로 뻗은 손바닥에 무시무시한 뇌전이 뭉쳤다.

한 음절 한 음절, 씹어뱉듯이 외친다.

"휩 쓸 어 라!"

파지지지지지직!!

푸른 뇌전의 격류가 파도처럼 통로를 채웠다. 뇌전에 닿은 요새의 벽이 검게 타오르며 푸른 뇌전이 질주한다.

"크르르륵?"

망자들이 당황할 틈도 없이, 푸른 격류가 그들을 휩쓸었다. 수백 수천 개의 뇌전의 격류에 휩쓸 망자의 몸이 검은 재가 되어 흩날렸다.

단 한 방. 한 번의 마법으로 수십의 망자를 쓸어버린 소년은 굳게 입을 다물었다. 신과도 같은 위세를 뿜어낸 것에 비해 얼굴에 맴도는 표정은 쓸쓸하기 짝이 없었다.

"라파엘……."

청발의 소년, 우리엘의 입에서 침울한 목소리가 흘러나왔다.

우리엘은 어두운 기운이 맴도는 통로에 주저앉았다. 자신의 손을 내려다보았다.

'내 손으로.'

전우를 죽였다. 수천 년을 함께한, 셀 수 없는 전장을 넘어온 친우를.

"제길, 제길……."

흐느끼는 듯한 울음소리가 흘러나왔다. 정(精)에 대한 집착. 관계에 대한 갈망이 그를 잠식했다.

더 이상 위험하다는 생각조차 들지 않는다. 이 본능과 갈망에 몸을 맡기고 편해지고 싶다는 생각까지 들 정도.

"크읏."

우리엘은 입술을 깨물며 고개를 떨궜다. 자신의 군세들이, 충실한 부하들이 이 자리에 있었다면 이 정도는 아니었을까.

알 수 없었다.

"……쓸데없는 생각이지."

무리하게 지구로 넘어오느라 산탄젤로는 막대한 자원을 소모했다. 자기 하나를 보내는 게이트를 활성화하는 데도 수백에 달하는 고위 천사가 탈진으로 쓰러졌는데, 모든 군세가 넘어오기까지는 최소 한 달 이상은 걸릴 것이다.

'네가 이번에 대천사의 좌(座)를 받은 우리엘인가.'

'뭐야, 넌?'

'쯧, 체형이 인간과 비슷한 것을 보면…인간의 피가 섞였나 보군.'

'그래서 어쩌라고. 그건 가브리엘 그 미친년도 마찬가지 아니야?'

'그렇게 신경질적으로 대할 필요 없다. 너를 차별하고자 하는 얘기가 아니다. 아니, 애초에 함께 마(魔)를 멸하는 동지 사이에 차별이란 건 당치도 않지.'

'……'

'라파엘이라고 한다, 꼬맹이.'

'이 개자식이!'

처음 만남은 아무리 포장해도 좋다고 할 수 없었다.

하지만, 그 이후.

'후우. 지치는군. 괜찮나, 꼬맹이?'

'닥쳐.'

수많은 전장을 넘어오며, 악신(惡神)의 태동에 맞서 싸우며.

우리엘은 질끈 눈을 감았다. 참을 수 없는 감정의 소용돌이가 몰아쳤다. 가늘게 떨리는 손을 천천히 들어 올렸다. 자신의 친우를 죽인, 손을.

탁.

"여기서 무슨 궁상을 떨고 계십니까?"

우리엘이 다급히 몸을 일으켰다. 파지직! 푸른 뇌전이 튀어 올랐다.

목소리가 들린 방향으로 고개를 돌렸다.

"아……."

날카로운 눈매를 가진 청년. 타락한 라파엘의 목소리에 귀를 기울여 속아 넘어갈 뻔한 순간, 자신의 몸을 던져 그의 목숨을 지켜준 인간.

"……상처는?"

"우리엘 님의 치료 덕분에 많이 괜찮아졌습니다."

강우는 픽 웃었다.

우리엘의 표정에 일순 안도가 스쳤다. 하지만 그것도 잠시. 우리엘은 날카로운 목소리로 말문을 텄다.

"여긴 뭐 하러 온 거야? 요새 정화랑 천사들 시체 수습은 내가 한다고 말했을 텐데?"

"……."

"꼴에 동정하러 온 거라면 꺼져. 내가 생긴 건 이래도 너보다 적어도 백배는 더 오래 살았을 테니까."

"실례가 아니면 나이를 여쭤봐도 괜찮겠습니까?"

"인간으로 치면 3천 살쯤 됐겠네. 정확한 건 안 세어봐서 몰라."

강우는 어깨를 으쓱이며 피식 웃었다. 그러고는 우리엘의 말을 무시한 채 천천히 걸음을 옮겨 그의 옆에 털썩 앉았다.

우리엘이 가늘게 눈을 떴다.

"뭐 하는 짓이야?"

"몇 살인지가 중요합니까?"

"……뭐?"

"그거 아십니까? 인간의 정신적 성숙은 대부분 사춘기 시절에 이뤄진다고 합니다. 즉, 그때부터 병신의 싹이었던 인간은 나이를 몇 살을 처먹어도 병신이 된다는 거죠."

"……무슨 말을 하고 싶은 거야."

"나이와 정신적 성숙은 큰 상관관계가 없다는 말입니다."

"하. 고작 백 년조차 살지 못하는 인간이 뭔 소릴 하는 거야. 나는 3천 년을……."

"설령."

단호히, 그의 말을 잘랐다.

우리엘은 흠칫 몸을 떨었다. 자신을 응시하는 인간의 눈빛에, 형언할 수 없을 정도로 아득한 세월(歲月)이 느껴졌다.

"만 년을 살았더라도."

나지막이 말을 이었다.

"아플 땐 아픕니다. 힘들면 힘들고, 괴로우면 괴롭습니다. 감정(感情)이란 것은 물과 같습니다. 흘러가는 걸 억지로 틀어막을 수는 있어도, 흐르는 것 자체를 막을 순 없습니다."

"……."

"괜찮은 척 허세를 떠는 게 멋있습니까? 부모가 죽고, 친우가 죽어도 꾹 참고 억누르고 있는 것이 대단해 보입니까?"

"그건……."

"울고 싶을 땐 우는 게 좋습니다."

침묵이 내려앉았다. 아무 대화도 없이, 시간이 흘렀다.

그렇게 한 시간. 우리엘이 천천히 입을 열었다.

"사실, 그렇게 죽이 잘 맞는 놈은 아니었어."

대꾸하지 않은 채, 가만히 얘기를 들었다.

"천사의 육체는 본능적으로 집착을 불러일으켜. 시간의 흐름 속에서 정신이 붕괴하지 않도록, 강제적으로 무언가에 몰두하게 만들거든."

"……."

"라파엘의 집착은 마(魔)에 물든 존재들을 모조리 죽이는 거였지."

"신기하네요. 모든 천사들이 그런 줄 알았는데."

"라파엘의 권속만 그래. 악마는 결코 타협할 수 없는 적이 맞지만, 그렇다고 해서 라파엘처럼 광적으로 죽이려 하는 천사는 많이 없거든."

어쨌든, 우리엘은 말을 이었다.

"맨날 싸우기도 더럽게 많이 싸우고… 본능을 이기지 못하고 혼자 적진에 뛰어드는 거 구하려고 지랄도 하고. 진짜… 진짜 개 같은 새끼였는데."

고개를 숙였다. 투명한 눈물이 고이고 가늘게 어깨가 떨렸다.

손을 거칠게 움켜쥐며, 흐느끼는 목소리로 입을 열었다.

"적어도… 적어도 그렇게 죽으면 안 되는 놈이었어. 이렇게 죽기 위해 수천 년을 싸워온 놈이 아니라고……."

강우는 아무 말도 하지 않았다. 다만 굳게 입을 다문 채, 가만히 우리엘의 얘기를 들어주었다.

'시바.'

겉으로 내색을 하고 있지는 않지만, 머릿속은 꽤나 착잡했다.

'괜히 찾아왔나.'

자신의 계획으로 전우를 죽인 당사자를 자신이 직접 위로하다니. 아무리 죄책감을 신경 쓰지 않는 그라고 해도 이건 좀 견디기 힘들었다. 가만히 울고 있는 우리엘이 더 이상 보고 있기 힘들어, 자리에서 일어섰다.

"여기서 좀 기다리고 계십쇼."

"······뭐?"

강우는 답하지 않은 채 몸을 돌렸다.

넘어온 게이트를 통해 수호의 전당으로 들어간 후, 집으로 돌아와 한창 에키드나와 얘기하고 있던 한설아를 불렀다. 그리고.

"······이건 뭐야?"

"김치찌개라는 지구의 요리입니다."

모락모락 김이 피어오르는 냄비를 보며 우리엘은 헛웃음을 흘렸다.

"미안하지만 나는 따로 뭘 먹을 필요가······."

"알고 있습니다."

강우는 우리엘의 앞에 김치찌개를 내려놓고, 같이 가져온 새하얀 밥을 꺼냈다. 그릇에 밥을 나눠 담고 우리엘에게 내밀었다.

"그래도 먹을 수는 있지 않습니까?"

"······."

"우울할 땐 뭐라도 먹어야 기분이 좀 나아집니다."

우리엘은 어처구니없다는 듯 강우를 바라보다가 이내 픽 웃었다. 어처구니없는 지금 상황에 웃음이 흘러나온 것이다.

강우가 준 젓가락을 어설프게 잡고, 김치찌개라는 요리를 먹었다. 별다른 맛이 느껴지지 않는다. 뜨겁다는 것 정도가 느껴질 뿐.

강우는 그의 옆에서 함께 김치찌개를 먹으며 입을 열었다.

"천사들의 미각이 거의 퇴화됐다는 건 알고 있습니다."

"알면서 왜 이런 걸 준비한 거야?"

"그래도 가만히 쭈그리고 앉아서 우는 것보다 뭘 하는 게 낫지 않습니까."

"……아까는 울고 싶을 땐 우는 게 좋다며."

"그거랑은 다르죠. 참고 있는 게 아니니까요."

강우는 가볍게 웃으며 김치찌개를 먹기 시작했다. 우리엘은 가만히 그를 바라보다가 이내 피식 웃었다.

"그래……."

솔직히, 나쁘지 않은 기분이다. 누군가와 이렇게 뭔갈 먹을 기회는 천사들 사이에선 없었던 일이었으니까.

'그래도 좀 집중하면 맛도 느낄 수 있고.'

미각을 하도 안 써서 그렇지 아예 기능이 사라진 것은 아니다. 입안에 우물거리고 정신을 집중하니 시큼한 맛과 함께 감칠맛이 조금씩 느껴지기 시작했다.

'맛있… 네?'

처음 느껴보는 생소한 감각에 우리엘은 눈을 크게 떴다.

"생각보다 괜찮… 응?"

우걱우걱.

집중해서 맛을 느끼고 있는 사이, 어느새 김치찌개가 바닥을 보이고 있었다.

"아니, 이런 씨……."

"왜 그러십니까?"

"네가 다 먹어버리면 어떡해!"

"먼저 먹는 사람이 임자죠."

"아니, 뭐 기분 풀어주겠다고 같이 먹자는 거 아니었어?"

"어차피 맛도 잘 못 느끼는데 먹어서 뭘 합니까."

"야 이 개자식아!!"

우리엘이 버럭 화를 냈다. 다급히 손을 움직여 얼마 남지 않은 김치찌개를 밥에 올렸다.

어느새 입가에 지어진 미소를 느끼며, 우리엘은 걸신들린 듯 김치찌개를 먹는 강우의 얼굴을 응시했다.

밥에 올린 김치찌개를 입에 담았다. 입안으로 들어온 따듯함이, 몸 전체로 퍼졌다. 처음으로 느껴보는 따듯함이었다.

"여기가 시신을 모아둔 곳이군요."

강우는 요새 밖에 정갈하게 모여 있는 시체들을 바라보았다. 타락한 라파엘에 의해 키메라로 변하고 있던 샤르기엘과 다른 천사들은 강우와 우리엘의 활약으로 구출됐다.

강우는 우리엘을 돌아보며 물었다.

"시체는 어떻게 하실 생각이십니까?"

"일단 요새 정화 작업이 끝나는 대로 장(葬)을 지내줄 생각이야."

"장(葬)이요?"

"응. 빛의 품으로 돌아갈 수 있도록 화장(火葬)을 하거든."

강우는 고개를 끄덕였다.

슬슬 타이밍이 무르익었다는 생각이 들었다.

'자, 이제.'

두 번째 목표를 실현할 때다.

"그렇다면 제게 맡겨주시는 것이 어떻습니까?"

"네게 맡기라고?"

"티리온 님에게 배운 게 있거든요. 위대한 영웅의 죽음을 기리는 방법입니다. 화장과 형식 자체는 비슷합니다. 마력을 사용해 육체를 태우는 거죠."

우리엘은 굳게 입을 다물고 강우의 얼굴을 빤히 바라보았다.

영웅신 티리온의 사도. 지구의 수호자 중 하나. 그의 마음 씀씀이와 배려에, 가슴이 찡하게 울렸다.

"그, 그래? 그럼 부탁해 볼까?"

영웅신 티리온에게 배운 방법이라면 믿을 만하리라. 티리온은 비록 하위계(界)의 신이었지만 그 신념과 정의심은 높게 평가할 수 있었으니까.

"감사합니다."

강우는 빙그레 웃었다.

'그렇지!!'

겉으로 내색하지는 않았지만 춤이라도 추고 싶은 기분.

그가 샤르기엘의 장을 지내주려는 이유는 단 하나.

'아까운 성력인데 버릴 순 없지.'

씨익 웃으며 포식의 권능을 사용했다. 물론, '마력'의 기운을 띄게 마기의 성질을 변환해서.

우드득. 우득.

그의 손에서 뿜어져 나간 황금빛 기운이 천사들의 시체를 덮었다.

[성력 스탯이 113으로 상승했습니다.]

기분 좋은 메시지와 함께 바닥에 놓여 있던 천사들의 시체가 가루가 되어 천천히 흩어지기 시작했다.

물론, 보이기만 그렇게 보일 뿐 사실은 아주 조금씩 육체가 뜯어 먹히고 있는 거였지만.

'진실이 뭐가 중요해.'

입가를 비틀어 올렸다.

그렇다. 진실은 중요한 적이 없다.

'진실처럼 보이는 것만이 중요할 뿐이다.'

강우는 백여 구에 달하는 시신에 모조리 포식의 권능을 사용했다.

[성력 스탯이 118로 상승했습니다.]

'역시 높아지니까 잘 안 오르네.'

어쨌든 오르기는 올랐다.

강우는 만족스러운 표정으로 고개를 끄덕였다.

'자, 이제 꼬맹이랑 헤어져 볼까.'

첫 번째 목표였던 원만한 관계를 만드는 것도 성공했으니 이제는 돌아갈 시간이었다.

'임자아아아아! 내가 갑니다!'

이 일을 끝으로 당장 급한 일은 없으니 생활이 한결 여유로 워질 것이다.

강우는 히죽거리며 우리엘을 향해 몸을 돌렸다.

"잘 끝났군요."

"고, 고마워."

"아뇨. 짧지만 함께 싸우던 전우들이었는데요."

"아……."

전우, 라는 말에 우리엘의 표정이 확 밝아졌다.

강우는 방긋 웃으며 말을 이었다.

"그럼 저는 이만 돌아가 보겠……."

"뭐, 뭐?"

돌아가겠다고 하니 우리엘이 굉장히 당황하기 시작했다.

"무슨 일 있으십니까?"

'뭐야, 이 꼬맹이. 뭐가 또 문젠데.'

"아, 아니 그게……."

우리엘이 꼬물꼬물 몸을 움직이며 강우의 시선을 피해 고개를 돌렸다. 그러더니 입술을 삐쭉 내밀며, 작은 목소리로 말했다.

"버, 벌써 돌아가게……?"

뭐?

"조, 조금 더 있다가! 아! 그렇지! 너! 요새 정화 작업을 도와줘!!"

'아니 혼자 하겠다며.'

우리엘이 종종걸음으로 다가와 그의 팔을 잡아당겼다. 억지로라도 보내지 않겠다는 의지가 느껴졌다. 아니, 의지가 아닌… '집착'에 가까운 감각.

'뭐야 씨바. 뭐가 어떻게 된 거야.'

강우는 입을 쩍 벌렸다. 뭔가 잘못되어가고 있었다.

"그럼 한두 시간만 같이 작업할게요. 저도 오늘 처리해야 할 업무가 있어서."

사실 오늘 해야 할 일 따위는 없다. 그냥 빨리 벗어나서 임자의 품에 안겨 시시덕거리고 싶을 뿐.

"그, 그래? 다행이네. 망자들의 숫자가 너무 많아서 혼자 처리하기 힘들었는데."

'손짓 한 번에서 수십 마리는 쓸어버렸잖아.'

"크흠. 내 군세가 오기까지 몇 달 정도 걸릴 테고… 그동안은 네가 나랑 같이 라키엘의 행방을 조사해 줄 수 있지?"

'나 임자랑 놀 거야, 이 비둘기 새끼야.'

강우는 속에서부터 끓어오르는 말들을 억지로 억눌렀다. 이번 일이 끝나고 한설아와 함께 데이트나 하면서 놀러 다닐 생각을 하던 강우의 입장에선 망치로 뒤통수를 후려갈기는 소식이었다.

강우는 초조하게 입술을 짓씹으며 말했다.

"라키엘의 조사라면 가디언즈에서……."

"동맹 관계라며. 그동안 손 빨며 구경만 할 수는 없잖아."

정론이다. 반박할 말이 떠오르지 않았다.

"그렇다면 김시훈을 우리엘 님에게 붙여주……."

"아니, 너랑 같이 다닐 거야."

'아니 왜 씨발.'

강우는 억울한 눈빛으로 우리엘을 바라보았다. 왜, 왜 하필 자신이란 말인가.

'사실 나쁜 건 아닌데.'

이번에 요새 정화 작업을 함께 도와주고, 같이 라키엘의 흔적을 조사하면 얻을 수 있는 이득은 상당하다.

일단, 천사들에게 '빚'을 만들 수 있었다. 그 빚이 향후 관계에서 큰 도움이 되리란 것은 생각할 것도 없는 문제. 적어도 한 번은 천사를 원하는 대로 움직일 명분이 생기는 것이다.

하지만.

'씨이이이발.'

머리칼을 쥐어뜯었다.

도움이 되는 건 안다. 필요하다는 것도 안다.

'놀고 싶다고오오오오오!'

도움이 되고, 필요한 것을 안다는 이유만으로 그 일을 한다면 다이어트 실패를 왜 하겠는가. 알아도 하기 싫은 일은 셀 수 없을 정도로 많았다. 차라리 진짜 라키엘이 한 짓이었다면 모를까. 실제 존재하지 않는 라키엘의 흔적을 쫓는 뻘짓거리를 하며 시간을 허비하고 싶지는 않았다.

'그렇다고 그냥 거절하기도 뭐 하고.'

강우는 한숨을 내쉬며 입을 열었다.

"저도 할 일이 많아서 일주일에 2~3일 정도밖에 어울려 드리지 못할 것 같은데… 괜찮으십니까?"

"뭐, 바쁘다면 어쩔 수 없지."

다행히 정신머리와 눈치는 어느 정도 박혀 있는 것 같았다.

"그러면 오늘은 가볍게 정화 작업만 하죠. 라키엘의 흔적은 내일이나 모레쯤에 다시 와서 조사하겠습니다."

"응!"

우리엘은 힘차게 고개를 끄덕였다. 그의 입가에는 어느새 희미한 미소가 지어져 있었다.

강우는 굳게 입을 다문 채 손으로 눈을 덮었다.

'씨발……'

입 밖으로 나오지 못한 욕이 입안에 맴돌았다.

한 달이 흘렀다.

그사이 강우는 바쁜 나날을 보냈다. 한설아와 종종 데이트를 즐기고, 에키드나와 할키온과 함께 빈둥거리며 집에서 뒹굴었다.

심지어 과도한 업무에 시달리고 있는 리리스를 배려해 단둘이서 여행을 간 적도 있었다. 리리스는 기쁨에 비명을 질렀고, 강우는 다른 의미로 비명을 질렀다.

당연히 놀기만 한 것은 아니다. 짬짬이 시간을 내어 마기 제어력을 올렸고, 우리엘과 함께 라키엘의 흔적을 쫓기도 했다.

'당연히 허탕이었지만.'

애초에 라키엘이 없는데 무슨 그 흔적을 쫓는다 말인가.

중간에 우리엘에게 도저히 흔적이 보이지 않으니 추적을 포기하자고 말했지만, 그는 무슨 생각인지 단호히 거절했다.

어쨌든 둘이서 자주 돌아다닌 덕분에 우리엘과는 꽤나 친분을 쌓을 수 있었다. 소기의 목적은 달성한 셈.

"훗차."

강우는 침대에서 몸을 일으켰다.

"또 이 자국이 났네."

설아와 함께 자고 일어나면 이상하게 몸 곳곳에 붉은 자국이 생겼다. 축축하게 젖어 있는 곳도 있었다.

궁금해서 물어봐도 답해주지 않았고, 한설아의 품에 안기면 이상하게 졸음이 쏟아져서 자는 중에 뭔 일이 있었는지 확인하기도 어려웠다.

'그건 그렇고.'

강우는 마기를 운용했다.

'역시.'

한설아의 품에 안겨 자고 일어나다 보면 마기 제어력이 오르는 경우가 종종 있었다. 정확한 이유를 찾을 수는 없었지만, 일반적으로 수련하는 것보다 훨씬 많은 양의 제어력이 잠을 자는 것만으로도 상승했다.

'세라핌의 영향인가?'

확실하진 않다.

어쨌든 강우는 그 사실을 안 이후로 최대한 자주 한설아와 함께 잠자리에 들었다. 판타지 소설 제목마냥 잠만 자도 강해지는데 하지 않을 이유가 없다. 한설아도 무척 좋아하니 일거양득이라고 할까.

'뭔가 근데 잘 때마다 체력이 깎이는 기분이다만.'

처음에는 안 그랬는데 최근 들어 뭔가 일어났을 때마다 몸이 뻐근했다. 쥐어 짜인 기분이랄까.

'마기 제어력이 오르는 거랑 연관이 있는 건가.'

가능성 있는 추측이었다. 탈태(奪胎)에 비할 수는 없었지만, 마기 제어력을 올리는 수련은 꽤나 체력을 소모하니까. 잠들어 있는 도중 무의식적으로 마기 제어력 수련을 하고 있다면 체력이 깎여 나가는 것도 당연했다.

'왜 설아랑 잘 때마다 이런지는 모르겠지만.'

이제는 익숙해진 일이라 금방 신경을 끈 강우는 스마트폰을 켰다.

'기사나 좀 볼까.'

[도래한 평화의 시대. 남미 지역 완전 복구 완료.]

　[베네수엘라를 중심으로 '격변의 날' 이후 남미 첫 도시 건설 완료. 가디언즈도 적극 홍보에 나서며 이주민에게 큰 혜택 약속.]

　[초국가적 기관 '가디언즈'. 눈부신 성과를 이뤄냈지만 지나친 권력의 집중에 대해 우려도 커져…….]

　[악마교 와해 이후 세계 경제 호황. 산업 혁명을 방불케 할 정도로 폭발적인 성장을 이뤄…….]

　[아직 위협이 끝나지 않았다. 평화의 시대야말로 가장 주의를 기울여야 할 시기.]

　악마교가 완전히 와해된 이후 가디언즈와 미국을 중심으로 세계 경제가 폭발적으로 성장하고 있었다.

　물론 아직 라키엘을 비롯한 사천왕, 예언의 악마라는 위협이 도사리고 있었다.

　가디언즈는 그들의 존재를 굳이 숨기지 않았다. 아니, 숨길 수 없었다. 당시 예언의 악마가 오강우의 모습을 한 채 나타났을 때, 워낙 목격자가 많았기 때문.

　세계는 악마교와는 비교할 수 없을 정도로 강대한 악(惡)의 태동에 술렁였다.

　하지만 시간이 흐르고, 악마교와 달리 민간인에게 피해가 전무(全無)한 시점에서 대중의 관심은 점점 옅어졌다. 일각에서는 가디언즈가 악마교가 와해된 이후에도 세계 각국에서 지원금을 뜯어내기 위해 거짓 정보를 흘렸다는 얘기까지 나돌 정도였다.

'이건 어쩔 수가 없네.'

대중의 관심이라는 것이 원래 그렇지 않은가. 어떤 나라에서 핵무기를 개발하고 있다는 소식이 들려도 실질적인 위협이 없으면 한 달도 지나기 전에 그 논란이 사그라지는 것과 마찬가지다. 지금이 딱 그 상황.

악마교 때야 실제 민간인과 플레이어에게 피해가 발생했기 때문에 그래도 공포감이 조성되었지만, 지금은 그런 것도 없었다.

"일단 가만히 내버려 둘까."

지금 당장 가디언즈의 막강한 권력이 위협받을 정도는 아니었다. 대중들이 잊고 싶다면, 잊은 채로 놔두는 것도 한 방법이리라.

달칵.

"강우, 설아가 밥 먹으래."

문이 열리고 에키드나가 들어왔다.

강우는 고개를 끄덕이곤 자리에서 일어섰다.

"강우⋯⋯."

에키드나가 강우의 옷깃을 잡은 채, 걱정스러운 표정으로 그를 올려다보았다.

"괜찮아?"

"응? 뭐가?"

"⋯⋯아무것도 아니야."

에키드나가 고개를 저었다. 그리고 강우의 옷깃을 끌며 거실로 데려갔다.

"아, 강우 씨. 일어나셨나요?"

"응. 근데 항상 설아 넌 나보다 일찍 일어나더라. 나도 잠을 오래 자는 편이 아닌데⋯⋯. 괜찮아?"

요즘 강우의 평균 수면 시간은 4시간. 수면이 딱히 많이 필요 없는 그에게는 오히려 많은 시간이었지만, 한설아는 다르다. 세라핌의 영혼이 들어 있다고는 하나 아직까진 인간의 육체를 지닌 그녀에겐 충분하지 못한 수면 시간이다.

"후후. 저는 괜찮아요."

한설아가 방긋 웃으며 답했다.

확실히 그녀의 피부나 머릿결에는 조금의 푸석거림도 보이지 않았다. 아니, 오히려 좋은 보약을 먹은 듯 반짝반짝 빛나고 있다고 할까.

'뭐, 괜찮겠지.'

적어도 거짓말을 하는 것처럼 보이지는 않았다.

드륵. 의자를 끌어 자리에 앉았다. 아침 메뉴는 당연히 김치찌개.

"응?"

그런데 내용물이 뭔가 평소와 다르다.

"장어랑 마늘도 들어갔네?"

"맨날 똑같이 돼지고기만 드시면 질리실까 봐 변화를 좀 줬어요."

"에이, 내가 김치찌개를 질려 하겠어?"

"그래도요. 가끔은 이런 것도 좋지 않나요?"

"뭐, 김치찌개라면 뭐가 들어가도 좋지."

강우는 시시덕거리며 젓가락을 들었다.

한창 밥을 먹고 있던 도중, 현관문이 열리며 누군가 들어왔다. 할키온이었다.

이마에 돋은 뿔과 박쥐의 날개를 강우의 권능으로 감춘 그(녀)는 겉으로 보기엔 눈이 번쩍 뜨이는 미녀로만 보였다.

'달려 있지만.'

강우는 쯧, 혀를 찼다.

"가, 강우 님."

"어디 갔다 온 거야?"

"리, 리리스가 강우 님을 불러오라고 해, 했어요. 그… 유, 육체가 완성됐다고."

강우의 눈이 반짝 빛났다. 발자하크에게 했던 명령이 떠올랐다.

"알았어, 금방 갈게."

강우는 순식간에 김치찌개를 비우고 자리에서 일어섰다.

"설아랑 에키드나도 같이 갈래?"

발자하크와 발록의 정체를 숨기기 위한 '가면'. 그것이 진짜 어색하지는 않은지 확인하기 위해서는 되도록 많은 사람의 의견이 필요했다.

"예, 물론이죠."

"나도 갈래. 궁금해."

두 사람이 고개를 끄덕였다.

강우는 의자에서 몸을 일으켰다.

발록의 집으로 가자마자 보인 것은, 분홍 에이프런을 입은 기다란 흑발의 청년이었다. 짙은 다크서클이 내려앉은 청년은 약간 병약해 보이기도, 신경질적으로 보이기도 했다.

"······넌 누구냐."

"후후후. 어떻습니까, 마스터."

흑발의 청년, 발자하크가 마치 고급 레스토랑의 웨이터처럼 허리를 숙였다. 고급스러운 외눈 안경에 달린 줄이 살짝 흔들렸다.

"감쪽같은 모습 아닙니까?"

"그 빌어 처먹을 핑크 에이프런만 없다면."

"후후. 그건 안 될 말이죠."

발자하크가 자랑스럽게 분홍빛 에이프런을 나풀거렸다.

강우의 인상이 팍 구겨졌다.

"바, 발자하크 씨예요?"

한설아가 놀랍다는 표정으로 물었다. 해골바가지가 멀쩡한 청년으로 변했으니 놀라지 않을 리가.

"응. 어때? 어색하진 않아?"

"······겉으로 봐서는 발자하크 씨라고 상상도 못 하겠는데요."

"흐응! 애니에 나오는 집사 같아."

에키드나도 눈을 빛내며 확 달라진 발자하크를 바라보았다.

확실히, 분홍빛 에이프런 안에 말끔한 턱시도를 차려입고 고급스러운 외눈 안경을 쓴 발자하크의 모습은 일본 만화에서 나오는 집사 캐릭터 같았다.

'이건 이것대로 눈에 띄는데.'

강우는 헛웃음을 흘렸지만 이내 만족스러운 미소로 고개를 끄덕였다. 이 상태에서 마기의 지배자 특성을 사용해 권속들의 마기를 감추게 되면 악마라는 사실을 감쪽같이 속일 수 있었다.

"저, 정말 발자하크 씨가 맞나요?"

"물론입니다, 마담."

발자하크는 목에 건 펜던트에 손을 댔다. 그러자 검은빛이 한 차례 그의 몸을 휘감더니, 원래의 해골의 모습으로 돌아왔다.

"오, 편리한데?"

"이 마도구를 만드느라 꽤 시간이 오래 걸렸습니다."

발자하크는 뿌듯하다는 듯 가슴을 폈다.

강우는 고개를 두리번거렸다.

"발록은?"

달칵. 말하기가 무섭게 방문이 열렸다. 그곳에는 리리스에게 부축받으며 걸어오는 갈색 머리 청년의 모습이 보였다.

"바, 발록… 씨?"

190센티가 넘는 훤칠한 키, 조각 같은 근육과 야성미 넘치는 얼굴. 근육 돼지 발록이 환골탈태라도 한 듯 듬직한 청년으로 변해 있었다.

"바, 발록?"

강우는 어처구니없다는 듯 그를 바라보았다.

솔직히 발록의 인간형이라면 프로레슬링 선수 같은 체형을 예상했는데, 전혀 아니었다. 프로레슬링은커녕 잡지에 나와도 단번에 메인을 차지할 수 있을 만큼 잘 빠진 모델 체형이었다.

"마왕님!"

강우를 발견한 발록이 활짝 웃으며 발을 옮겼다. 그리고.

쿠당탕!

"어억!"

발걸음을 옮기던 발록이 데굴데굴 바닥을 굴렀다. 발자하크와 달리 원래 3미터에 달하는 거구였던 발록은 짧아진 보폭에 바로 적응하지 못했다.

"괜찮나?"

"크윽, 마왕님 앞에서 이런 수치스러운 모습을……."

"뭐, 팔다리 길이가 아예 다르니 당연하지."

강우는 바닥에 쓰러진 발록을 잡아 일으켰다. 작아졌다고 해도 훤칠한 키와 떡 벌어진 어깨 때문에 꽤나 덩치가 있어 보였다.

"마왕님……."

자신의 앞에서 이런 모습을 보이는 것이 수치스러운지 얼굴을 붉히고 있는 발록을 올려다보았다. 덩치 차이 때문에 뭔가 발록이 자신을 덮치고 있는 것처럼 보였다.

순간적으로 소름이 돋아, 부축하고 있던 발록을 집어 던졌다. 커헉, 발록의 비명 소리가 들렸다.

'이런 씨발.'

차라리 평소 근육 돼지 모습이 낫다고 생각될 정도.

강우는 혼란스러운 머릿속을 정리하며 입을 열었다.

"어색한 점은 없는 것 같네. 솔직히, 기대 이상이야. 수고했다 발자하크."

"과찬입니다."

발자하크가 딱딱 턱뼈를 부딪쳤다.

"리리스 님이 도와주셔서 더 좋은 퀄리티로 끝낼 수 있었습니다."

"그래?"

강우는 리리스를 향해 고개를 돌렸다. 리리스는 방긋 미소를 지으며 손을 흔들었다.

그녀가 천천히 다가왔다.

"다른 명령은 아직 못 했지만… 설아 씨의 기운을 감추는 건 좀 실마리가 보였어요."

"힘들면 좀 쉬면서 해도 괜찮아. 우리엘은 내가 잘 컨트롤할 테니까. 실수만 안 하면 들킬 일은 없을 거야."

"후훗. 그래도 마왕님의 명령인 걸요. 최선을 다해야죠."

리리스가 밝게 웃었다.

왠지 모르겠지만 한설아가 탄성을 흘리며 고개를 끄덕였다. 수첩을 꺼내 뭔가 적기까지 한다. 선생님의 수업을 듣는 학생의 모습이랄까.

"아 참. 그나저나 어제 수호의 전당에 잠깐 들렀는데, 가이아 씨에게서 전언이 있었어요."

"전언?"

"예."

리리스가 입술을 훑으며 말을 이었다.

"시훈 씨와 같이 베네수엘라에 가주셨으면 한대요."

"아, 형님!!"

수호의 전당에 도착하자 이제 막 아침 수련을 끝내고 온 듯 땀에 젖어 있는 김시훈이 손을 흔들었다.

'오우, 야.'

강우는 상의를 벗은 김시훈의 몸을 보곤 탄성을 흘렸다.

조각도 이런 조각이 없었다. 사람의 몸을 보는 느낌보단 장인이 혼을 쏟아부어 만든 예술품을 보는 듯한 감각.

'난 왜 저렇게 안 되지.'

강우 자신의 몸도 군살 하나 없는 완벽한 체형을 자랑하지만, 김시훈에 비할 수는 없었다.

'천골(天骨)인가 뭐시긴가 때문인가.'

뭔가 억울했다.

"……무슨 일 있으십니까, 형님?"

"아니, 왠지 좀 짜증 나서."

괜히 표정을 구기자 김시훈이 어쩔 줄 몰라 하는 표정으로 발을 동동 굴렀다.

"그보다 준비는 다 끝났냐?"

"예. 샤워하고 옷만 갈아입으면 됩니다. 조금만 기다려 주세요."

김시훈이 가볍게 웃으며 말했다.

그때였다.

"크읏……. 와, 왕을 기다리게, 하다니. 거, 건방져졌구나, 인간."

갈색 머리칼의 거한이 비틀거리는 걸음으로 걸어왔다.

김시훈의 눈이 동그래졌다.

"누구… 십니까?"

"발록."

"예? 저분이 발록이라고요?"

강우는 고개를 끄덕이며 짧게 사정을 설명했다.

김시훈의 입에서 탄성이 흘러나왔다.

"정말 감쪽같네요. 보기만 해선 발록이라고 전혀 눈치채지 못하겠습니다."

"뭐, 정작 본인은 고생 좀 하는 것 같지만."

갑작스럽게 변한 보폭에 적응하는 것은 쉬운 일이 아니다.

발록은 눈살을 찌푸리며 걸음을 옮겼다.

"괘, 괜찮습니다. 조금만 있으면 익숙해질 겁니다."

"그냥 집에서 쉬고 있지 그래. 굳이 같이 갈 필요도 없는데."

"그럴 순 없습니다!"

발록이 단호히 외쳤다. 그는 날카로운 눈으로 김시훈을 노려보았다.

"저 인간이 왕을 제대로 보필할 수 있을 거라 생각지 않습니다."

"뭐라고?"

김시훈의 눈썹이 치켜 올라갔다.

발록과 김시훈의 눈빛이 허공에서 교차했다. 마치 불꽃이 튀어 오르는 듯한 착각과 함께 짙은 살기가 넘실거린다.

'아니, 너흰 또 왜.'

강우는 어처구니없다는 표정으로 김시훈과 발록을 바라보았다. 절로 한숨이 흘러나오는 상황.

"어차피 쇼에 불과한 일이잖아. 같이 가든 말든 별 상관없어."

쯧, 혀를 차며 말했다.

쇼. 이번 베네수엘라행을 요약하자면 딱 그 표현이 가장 적합했다.

'이주민을 모집하겠다고 했던가.'

남미 지역은 거의 완전하게 복구됐다. 아마존과 같은 거대 밀림을 제외하고 과거 사람들이 살았던 도시에서는 대부분의 몬스터를 몰아내는 데 성공한 상황. 악마교와의 전투로 플레이어들의 평균 레벨이 크게 상승한 덕분이었다.

'악마는 경험치를 많이 주니까.'

그 밖에도 김시훈과 제이슨, 그레이스 등 월드 랭커들이 선두에서 몬스터를 쓸어버려 준 덕분에 남미 지역을 복구하는 데 성공할 수 있었다.

'문제는.'

남미 지역에 살고자 하는 사람이 없다는 것.

남미 지역 곳곳에 숨죽인 채 살아 있던 원주민들을 구출하는 데 성공했지만, 그것만으로는 부족했다. 대부분의 몬스터를 게이트 안으로 몰아내는 데 성공했다고 해도 위험이 아예 없는 것은 아니었으니까.

그에 대한 방책으로 내놓은 것이 일단 안전성이 확보된 도시를 건설하는 것. 베네수엘라를 첫 시작으로 도시를 건설했고, 홍보 겸 안전성을 강조하기 위해 김시훈과 강우를 귀빈으로 초대한 것이다.

"근데 시훈이면 몰라도 난 왜 초대한 거지."

"형님도 지난 전투로 유명해지셨으니까요."

"그래도 난 남미 지역 복구 작전에 참여한 것도 아닌데."

"하하하. 제가 작전 도중 형님 자랑을 좀 했더니 꼭 함께 보고 싶으시다고……."

'너 때문이었냐.'

강우는 귀찮다는 듯 눈살을 찌푸렸다.

이내 짧은 한숨을 내쉬곤 어깨를 으쓱거렸다.

"뭐, 필요한 일이니까."

쇼에 불과하다고 하지만, 아니, 오히려 쇼이기 때문에 이번 일은 중요했다. 가디언즈처럼 여러 국가의 지원을 받는 초국가적 집단의 경우 겉으로 보이는 모습 또한 굉장히 신경 써야 했으니까.

"그럼 바로 출발하자."

강우는 성큼성큼 발걸음을 옮겼다. 어차피 해야 하는 일이라면, 빠르게 처리하는 게 효율적이다.

"오… 생각보다 훨씬 잘 만들었는데?"

강우의 입에서 탄성이 흘러나왔다.

베네수엘라에 만들어진 도시는 규모는 크지 않았지만, 유럽 풍 건물에 깔끔한 도로가 놓인 아름다운 도시였다.

'약간 판타지풍 도시 같기도 하고.'

현대식 도시라고 하기보단 판타지 소설에서 나올 법한 도시였다.

"가디언즈의… 첫 발걸음이죠."

김시훈이 뿌듯하다는 목소리로 말했다.

가디언즈의 궁극적인 목표는 인류를 위협하는 외계(外界)의 존재에게서 지구를 수호하고, '격변의 날' 이전처럼 인류가 평화롭게 살아갈 수 있는 공간을 만드는 것. 그 첫 발걸음이 되는 도시가 바로 베네수엘라에 건설된 '발렌시아'라는 이름의 도시였다.

"하하. 형님에게도 한번 이 도시를 보여주고 싶었습니다."

김시훈은 가볍게 웃음을 터뜨리며 말했다. 자신이 직접 참여한 '남미 지역 복구 작전'의 결과물이 이 도시니 자랑스러워하는 것도 당연했다.

강우는 발렌시아 거리를 바라보며 고개를 갸웃거렸다.

"그런데 가디언즈에서 도시를 건설할 수 있을 정도의 역량이 있었나?"

가디언즈가 세계 각국의 지원을 받으면서부터 거대 집단으로 성장한 것은 사실이다. 하지만 그렇다고 해도 피폐해진 땅

위에 도시를 건설하는 것은 다른 문제.

'가디언즈는 어디까지나 전투 집단에 가까우니까.'

악마교를 척살하는 게 가장 첫 번째 이유였으니 당연하리라.

김시훈도 강우가 무슨 말을 하고 싶은지 알아차렸는지 고개를 끄덕이며 답했다.

"사실 도시 건설에 필요한 자본과 인프라는 미국 쪽에서 지원해 줬다고 하네요."

"아, 역시."

그렇다면 납득할 수 있었다. 미국은 한때 천조국이라고도 불린 국가로, 격변의 날 이후에도 가장 강력한 국력을 자랑하고 있는 나라였다. 그런 미국이 두 발 벗고 나섰다면 이 정도 도시를 건설하는 것은 일도 아니었을 것이다. 굳이 이 정도까지 나서는 목적 또한 어렵지 않게 예상할 수 있었다.

'이번 기회를 통해 남미 쪽에 영향력을 끼칠 생각인가.'

가능성 있는 추측이다.

지금 남미 지역 대부분의 국가는 멸망한 상태. 즉, 주인 없는 땅이라는 의미다. 미국의 입장에서는 어쩌면 영토까지 확장할 수 있는 절호의 기회인데 놓치기 싫었을 것이 당연지사.

'뭐… 그 사정이야 어쨌든.'

국가처럼 거대한 집단이 이익을 위해 움직이는 당연한 일이다.

강우는 고개를 두리번거렸다.

"가디언즈의 제복을 입은 사람들이 많네."

길 곳곳에 가디언즈에서 지급한 검은 바탕에 새하얀 방패가 그려진 정규 제복을 입은 플레이어들이 눈에 띄었다.

"이곳 치안은 가디언즈가 담당하고 있거든요. 발렌시아 시장도 가디언즈에서 파견된 인원이 맡고 있습니다."

"허……."

강우는 허탈한 웃음을 흘렸다. 사실상 가디언즈 소유의 도시라고 해도 과언이 아닌 수준.

'뭐지?'

미국이 도시 건설에 대부분의 자본을 대줬다고 하는데, 그것을 이렇게 가디언즈에게 통째로 넘겨 버리는 이유가 잘 떠오르지 않았다.

"아, 설마……."

"예. 맞습니다. 가디언즈 내에서도 미국인 플레이어 위주로 이 지역을 담당하고 있어요."

"역시."

강우는 고개를 끄덕였다. 가디언즈는 여러 국가에서 파견된 플레이어들이 모여 만들어진 집단. 가디언즈에 소속된 미국인들 위주로 이곳을 관리한다면 실리와 명분을 둘 다 챙길 수 있었다.

'그래도 어쨌든 명목상으로는 도시 자체가 가디언즈 소유라는 거네.'

아무리 미국인 플레이어만 모였다고 해도 그들이 가디언즈 소속인 이상 이쪽에도 발언권은 있었다.

"히야."

소수의 인원만 모여 활동하던 비밀 결사 조직이, 이제는 한 도시를 소유할 수 있는 초거대 집단이 되었다.

그 기반을 만들어준 것은 강우였지만 관리하고 키운 것은 가이아와 그레이스, 김시훈이었다.

'괜히 뉴스에서 권력의 집중이 우려된다고 떠들던 게 아닌 모양이구만.'

확실히 한 집단이 가질 수 있는 권력은 아니었다.

'그나저나.'

강우는 발렌시아의 거리를 바라보았다. 세계 각국에서 이 주한 사람들이 모여 거리를 돌아다니고 있었다. 대부분은 미국인이었고, 동양인도 종종 보였다.

'뭔가⋯⋯.'

묘한 위화감이 들어 강우는 가늘게 눈을 떴다.

그때였다.

"먼 길 오시느라 수고 많으셨습니다."

멋들어진 콧수염을 지닌 중년 사내가 다가왔다. 말끔한 양 복을 입은 그는 절도 있는 자세로 허리를 숙였다.

"발렌시아의 시장(市長)으로 선출된 새뮤얼 헤이든이라고 합니다."

사람 좋은 미소를 흘리며 손을 내밀었다.

말끔한 인상의 사내였다. 머리는 젤을 발라 올백으로 넘겼 고, 콧수염은 집착까지 느껴질 정도로 정갈하게 관리했다.

"반갑습니다. 김시훈이라고 합니다."

"오강우입니다."

"하하. 두 분의 명성에 대해서는 귀가 따갑도록 들었습니다. 피가 이어지지는 않았지만, 진짜 형제와도 같은 우정… 가디언즈 내에서도 명성이 자자하죠."

"하하, 뭘 또 그렇게…….'

김시훈이 머리를 긁적이며 어색한 웃음을 흘렸다.

새뮤얼은 방긋 웃으며 고개를 돌렸다.

"그러고 보니 옆에 계신 신사분은 누구십니까?"

그가 발록을 돌아보며 물었다.

강우가 짧게 답했다.

"제 직속 비서입니다."

"아, 그렇군요."

발록에 대해 큰 관심은 없는지 새뮤얼은 이내 몸을 돌렸다.

"그럼 시청(市廳)으로 바로 가시죠. 행사 일정이 빡빡하게 잡혀 있습니다."

그는 고급스러운 리무진이 있는 곳으로 안내했다.

"와아!"

"거, 검룡 님이야!"

"진짜 검룡 님을 눈앞에서 보게 되는 날이 오다니!!"

"저, 저기 황금의 영웅도……!"

리무진으로 안내하는 사이, 김시훈과 강우를 알아본 사람들이 탄성을 내질렀다. 특히 김시훈의 인기는 하늘을 찌를 정도.

강우는 굳게 입을 다물었다. 아까 전에 느꼈던 묘한 위화감이, 이번에도 느껴졌다.

찰칵.

"들어가시지요."

새뮤얼이 고급 리무진의 문을 열었다. 그 안은 화려한 커튼과 장식품들로 꾸며져 있었다. 마치 호텔 방이라도 들어오는 듯한 감각. 어찌나 장식품들이 많은지 창밖을 보기도 힘들 지경이었다. 다시 한번, 강우의 눈이 가늘어졌다.

"바로 출발하게."

새뮤얼의 말과 함께 리무진이 출발했다.

그날 오후는 정신없이 흘러갔다.

쇼, 라는 표현에 걸맞게 강우와 김시훈은 수십에 달하는 기자들에 둘러싸여 정신없이 사진을 찍었다. 발렌시아의 이곳저곳을 돌아다니며 이곳이 얼마나 안전하며, 아름다운 도시인지를 설명했다. 그와 동시에 이곳에 도시를 만든 가디언즈의 목적과 향후 목표에 대해 토론하는 프로그램에도 참여했다.

'아이돌이 쇼 프로 나온 기분이네.'

방송국 주변을 둘러싼 채 꺅꺅 환호성을 지르는 세계 각국의 여성들을 바라보며 강우는 혀를 찼다.

강우에 대한 관심도 어느 정도는 있었지만, 어디까지는 메인은 김시훈.

"꺄아아아아아악!!"

"시, 실물이야!! 진짜 검룡이라고!"

"사인해 줘요!"

김시훈은 밖으로 나오자마자 무수한 여인들에게 둘러싸인 채 난처한 표정을 짓고 있었다.

"음."

강우는 침음을 흘렸다. 알고는 있었지만, 심지어 그가 의도 하긴 했지만. 막상 이렇게 눈앞에서 차이를 보니.

"뭔가… 그래 이 기분은……."

적합한 단어가 바로 떠오르지 않았다.

"아, 그래."

벼락같은 번뜩임이 머릿속을 스쳤다. 강우는 손뼉을 쳤다.

"×… 같네?"

한설아라는 참한 임자가 있었음에도, 눈앞에서 세계 각국 의 여인들이 다른 사람에게 우르르 달려드는 모습을 보고 있 는데 기분이 좋을 수가.

"야, 시훈아, 그만하고 이쪽으로……."

난처해하는 김시훈을 데려오기 위해 손을 뻗었다.

강우가 김시훈의 손을 붙잡자.

찰칵찰칵찰칵!!!

"꺄아아아아아악!!"

"그래! 이 구도야!! 이 구도를 바랐어!"

"공수! 공수는 어떻게 되는 거냐!!"

"당연히 검룡이 아래지!"

"아냐, 여기선 오히려 형이 아래쪽인 게……."

"저기, 저쪽의 갈색 머리 남자는 또 누구야? 라이벌? 삼각관계?"

광기에 가까운 외침. 강우와 손을 맞잡은 김시훈을 바라보며 여인들은 괴성을 내질렀다. 갑자기 주변의 온도가 10도는 올라간 듯한 착각이 들었다.

강우의 입이 쩍 벌어졌다. 그들이 내뿜는 농밀한 욕망의 냄새가 코를 찔렀다. 탐욕의 대공 마몬이 대공의 좌를 내려놓으며 넙죽 엎드릴 수준의 욕망.

'뭐야 씨발.'

지옥인가.

"시훈아, 조금 한적한 곳으로 가자."

빨리 이곳에서 벗어나야겠다는 생각 외에는 아무런 생각이 들지 않았다.

"아, 혀, 형님!"

김시훈의 팔을 끌고 반대편으로 달렸다. 마치 사랑의 도피를 하는 듯한 모습. 어째서인지 비명 소리가 더욱 커졌다.

"자, 잠깐!"

그가 반대편으로 달리는 것을 본 새뮤얼과 그 보디가드들이 다급히 뒤를 쫓았다.

하지만 그들이 쫓으려고 하는 대상은 김시훈과 오강우. 하나는 인류 중 최강의 플레이어요, 다른 하나는 구천지옥을 짓밟은 마왕이었다. 둘의 몸이 눈 깜짝할 사이에 점이 되어 사라졌다.

"이, 이런 제길!"

새뮤얼의 입에서 거친 욕설이 흘러나왔다. 그는 다급하게 통신용 수정 구슬을 꺼내 어딘가로 연락했다.

"후우, 이쯤 왔으면 됐나."

강우는 가볍게 숨을 토해내며 고개를 돌려 뒤를 바라보았다. 뒤를 따라오는 사람도, 광기에 찬 비명 소리도 더 이상 들리지 않았다.

"혀, 형님."

그의 손에 붙잡힌 채 끌려오던 김시훈이 살짝 시선을 피하며 얼굴을 붉혔다.

'뭐, 왜, 넌 또 씨발 왜 얼굴을 붉혀.'

"이렇게 갑자기……."

김시훈이 말끝을 흐리며 강우와 맞잡은 손에 힘을 주었다.

'힘주지 마, 새끼야.'

강우는 팍 인상을 구기며 손을 떼었다. 일순, 김시훈의 표정에 안타까움이 서렸다.

"갑자기 왜 그러신 겁니까?"

"그냥 거기 더 있기 싫어서."

질린다는 목소리로 고개를 저었다.

"하하하, 그건 저도 그렇긴 하지만… 그래도 빨리 돌아가죠. 이 이후에도 일정이 있지 않습니까."

"어차피 남은 일정은 시청(市廳)에서 열리는 파티밖에 없잖아."

굵직굵직한 일은 다 끝났다. 이후에 남은 건 호화로운 술자리에서 하하 호호 떠들면서 정치적인 친분을 쌓는 사교회만이 남았을 뿐이다.

'그리고 거길 가면.'

강우의 얼굴이 팍 구겨졌다. 사교 파티에서 펼쳐질 광경이 머릿속에 훤했다. 세계 각국의 권력자들이 어떻게든 콩고물을 받아먹기 위해 김시훈에게 벌 떼처럼 달라붙겠지. 그중에는 남자의 본능을 노리며 눈이 번쩍 뜨일 미녀를 미끼로 사용하는 놈들이 태반일 것이다.

'내 씨발 그 꼴은 절대 못 본다.'

김시훈에게 수십의 미녀가 달라붙는 것을 두 눈 뜨고 보라니. 너무 배 아픈 광경이라 상상조차 하기 싫었다.

'시훈이는 내 꺼다, 어딜 넘봐.'

강우는 김시훈의 어깨에 손을 올리며 입을 열었다.

"너도 이 사람 저 사람 만나는 거 지치지 않냐?"

"지, 지치긴 합니다만……."

"좋아. 그렇다면 오늘 저녁 일정은 제치고 나랑 놀자."

"아……."

김시훈의 눈이 부릅떠졌다. 그 눈빛에 잠시 갈등이 서렸다.

스마트폰이나 통신용 수정 구슬이나 새뮤얼의 연락으로 계속해서 울리고 있었다.

고민은 짧았다. 김시훈은 천천히 고개를 끄덕이며 답했다.

"조, 좋습니다!"

이런 기회는 흔치 않다는 듯, 반짝반짝 그 눈이 빛났다.

강우는 씨익 미소를 지으며 어딘가로 연락했다.

"아, 그래 발록. 이쪽이 어디냐면……."

강우는 인간의 육체에 아직 익숙하지 않아 뒤처진 발록에게 연락했다.

곧이어 골목길에 거친 숨을 몰아 내쉬는 발록이 도착했다.

"하아, 하아. 여기 계셨습니까."

"그쪽은 어땠어?"

"아주 난리가 났습니다. 새뮤얼인가? 그자가 당장 병력을 풀어서 뒤를 쫓으라고 소리 지르더군요."

"하긴 뭐……."

새뮤얼 입장에서 김시훈은 어마어마한 귀빈(貴賓)이다. 그런 귀빈이 갑자기 어딘가로 멋대로 가버렸으니 제정신으로 있는 것이 이상했다.

"뭐, 귀찮은 건 일단 신경 끄고."

강우는 쯧, 혀를 차며 고개를 저었다.

"오늘은 셋이서 가볍게 술 한잔하고 들어가자."

"지, 진짜 괜찮겠습니까, 형님?"

"뭐 어때."

굳이 갑과 을을 나눈다면, 당연히 갑은 이쪽이다. 하고 싶은 대로 하겠다는데 그쪽이 강제할 수는 없었다.

"가자."

몸을 돌렸다. 인적 드문 골목길을 걸으며, 가늘게 눈을 떴다.

'그리고⋯⋯.'

사실 이 정도로 막 나갈 생각은 없었다. 하지만.

'뭔가 좀 걸린단 말이지.'

아까 전부터 느껴졌던 묘한 위화감. 그 위화감의 이유를 알고 싶다는 이유도 있었다.

강우는 골목길 사이사이를 걸어 발렌시아의 깊은 곳으로 들어갔다. 20여 분을 걷자.

"여긴⋯⋯."

"빈민가, 인가요?"

악취가 코를 찌른다. 거리를 돌아다니는 사람들의 눈빛에서 생기가 사라져 있었다. 처음 본 발렌시아의 모습과는 완전히 다른 인상.

'이곳을 감추고 싶었던 건가.'

강우는 가늘게 눈을 떴다. 확실히, 새뮤얼의 입장에선 보이고 싶지 않은 치부일 것이다.

'이건⋯ 뭐, 어쩔 수 없는 거긴 한데.'

강우는 혀를 찼다.

빈민가가 없는 도시 따위는 없다. 발렌시아의 경우 그 정도가 심한 것 같지만, 만들어진 지 얼마 되지 않았다는 것을 생각하면 어쩔 수 없으리라.

"크읏⋯⋯."

김시훈의 표정이 구겨졌다. 방금 전까지 발렌시아는 안전하고, 아름다운 도시라며 홍보했던 자신의 모습이 떠오른 모양.

강우는 어깨를 으쓱하며 김시훈의 어깨를 두드렸다.

"몰랐으니까 어쩔 수 없지. 그리고 빈민가야 천천히 해결해 나갈 수 있는 문제니까."

강우는 가이아에게 이에 대한 문제를 얘기해야겠다고 생각하며 발걸음을 옮겼다.

"……강우 님."

그때, 발록이 낮은 목소리로 그를 불렀다.

"알고 있어."

강우는 고개를 끄덕였다. 그가 무슨 말을 하려는지 어렵지 않게 예상할 수 있었다.

천천히 고개를 돌려 주변을 살핀다.

'적의(敵意).'

걸레 쪼가리에 가까운 옷을 입은 채, 힘없이 쓰러진 빈민들의 눈에는 선명한 적의가 서려 있었다.

"……자리를 옮기자."

더 이상 이곳에 있어 봤자 좋은 꼴 보지 못할 것 같다는 생각에 강우는 발걸음을 옮겼다.

빈민가를 나서자, 술집들이 하나둘씩 보이기 시작했다.

"잠깐 들어가기 전에."

강우는 손가락을 튕겼다. 거뭇한 어둠이 김시훈과 강우의 얼굴에 드리워졌다.

'맹시(盲視)의 권능.'

그냥 무턱대고 들어가기엔 김시훈과 자신의 얼굴이 너무 알려져 있었다. 권능으로 얼굴을 숨긴 강우는 맥주 그림이 크게 그려진 술집을 대충 잡고 들어갔다.

"와하하하하!"

"씨발! 그래서 말이지!"

술집답게 그 안은 굉장히 시끌벅적했다.

일행은 구석 자리를 잡고 앉아 생맥주를 세 잔 주문했다.

1분도 지나지 않아 맥주가 나왔고, 잔을 들어 벌컥벌컥 들이마셨다.

"크으!"

톡 쏘는 감각과 함께 찌르르 몸이 울렸다.

"이제 좀 살겠네."

답답하고 재미없는 일정에서 벗어나 시원한 맥주를 한잔하니 이보다 더 좋을 수가 없었다. 발록 또한 호탕하게 맥주를 벌컥벌컥 마셨다.

"크으, 좋군요. 인간의 몸이라 그런지 술기운이 좀 더 확 도는 기분입니다."

"……많이 마시지 마라."

예전 일이 떠올랐는지 강우가 가늘게 눈을 뜨며 경고했다.

낄낄 웃음이 터져 나왔다.

'그래, 이런 분위기가 더 좋지.'

몸에 맞지도 않는 사교 파티 따위 빠지는 것이 답이었다.

"그러고 보니 형님이랑 술을 마신 적은 처음인 것 같네요."

김시훈 또한 이 분위기가 마음에 드는지 가볍게 술을 기울였다. 표정도 편한 것이 더 이상 새뮤얼에 대해 신경 쓰지 않기로 한 모양.

"좋아, 그러면 기왕 이렇게 된 거 신나게 마시자고!"

강우는 낄낄 웃으며 맥주잔을 들었다. 한설아와 함께 술을 기울이는 것도 좋았지만, 이렇게 남자들끼리 모여 술을 마시는 것도 나름의 재미가 있었다.

'사내 놈들이 모였다면.'

연애 얘기가 빠질 순 없었다.

강우는 실실 웃으며 물었다.

"그래서, 요즘 가이아 씨랑은 좀 어떠냐?"

"쿠, 쿨럭! 무, 무슨 말을 하는 겁니까, 형님?"

김시훈이 거칠게 기침하게 시선을 피했다.

"에이, 첫눈에 반했다고 당당하게 말한 놈이 이제 와서 무슨. 그래서, 좀 어때?"

"크흠……."

"쯧, 패기라고는 찾을 수 없는 놈이로군. 그래서야 여심을 얻을 수 있을 것 같나?"

"뭐? 이 자식이……."

시끄러운 잡담이 오갔다. 강우는 서로 말다툼하는 발록과 김시훈을 바라보며 희미한 미소를 입가에 머금었다.

'좋네.'

발렌시아에서 느꼈던 묘한 위화감이 딱히 신경 쓰이지 않을 정도로, 좋은 분위기였다.

강우는 새로 주문한 맥주잔을 들어 올렸다.

그때였다.

"꺄아아아아악!"

"하하하! 뭘 또 빼고 그러시나?"

쨍그랑. 맥주잔이 깨지는 소리와 함께 여인의 비명 소리가 술집 안에 울려 퍼졌다.

강우의 시선이 소리가 들린 곳을 향했다. 한 테이블에 앉은 남자들이 종업원 하나를 붙들고 있었다. 구릿빛 피부를 가진 남미계 여인은 꽤나 아름다운 외모를 지니고 있었다.

"응? 괜히 빼지 말고 여기 좀 앉아 보라고!"

"시, 싫……."

"싫긴 씨발!"

빠악! 거친 소리와 함께 여인의 목이 돌아간다.

째질 듯한 비명 소리가 울려 퍼졌다.

"무슨……."

김시훈이 두 눈을 부릅떴다.

강우의 눈이 가늘어졌다. 가장 먼저 눈에 들어오는 것은 흉악한 덩치의 사내도 아니요, 뺨을 맞은 여인도 아니었다. 사내가 입고 있는 제복(制服). 검은 바탕에 새하얀 방패가 그려진 가디언즈의 제복이 선명하게 보였다.

"양? 우리가 없었으면 지금도 몬스터 피해 빌빌댔을 년이 어딜 빼고 지랄이야?"

"흑, 흐윽……."

"맞아 아니야? 엉? 우리가 구해준 거잖아?"

"마, 맞아요……."

"그렇지 씨발! 그러니까 빼지 말고 알아서 기어야 할 거 아냐!"

빠악. 다시금 둔탁한 소리가 들렸다. 흐느끼는 울음 소리와, 그와 대조되는 웃음소리가 들렸다.

드륵.

"저 새끼들이……."

"앉아."

"……예?"

강우는 나지막이 말했다.

"앉으라고."

"그, 그게 무슨 소리십니까 형님? 지금 저 모습을……."

"발록."

"예."

발록이 일어서려는 김시훈의 어깨를 잡아 눌렀다.

강우는 다리를 꼬고 앉은 채 주변을 살폈다.

'아아.'

주변을 둘러보곤, 모든 것을 이해했다.

'그렇게 된 거였군.'

발렌시아에 도착하고 느낀 위화감이 무엇인지, 이제야 이해할 수 있었다.

휘익~!

"야! 바온 이 새끼야! 내가 오기 전부터 점찍어뒀던 년인데!"

"오늘은 내가 할 테니까 넌 그냥 짜져 있어!"

"씨발! 이 병신 같은 술집은 왜 반반한 년이 저년밖에 없는 거야?"

"남자는 또 어떻고? 몸 좋은 남자 놈도 하나도 없잖아?"

"주인장! 주인장 나와봐! 직원 뽑는 데 돈 좀 더 내라고!"

"캬하하하!"

광기에 찬 웃음소리. 지금 이 광경이 익숙하다 못해, 즐기고 있는 듯한 모습. 술집을 채운 플레이어들은 성별을 가리지 않고 음담패설을 내뱉으며 박수를 치고 있었다. 그들이 입고 있는 가디언즈 제복을 바라보며…….

"여보세요."

강우는 스마트폰을 꺼내 어딘가로 전화를 걸었다.

들려오는 대답을 기다렸다.

"야! 바온! 보기 심심한데 옷이라도 좀 벗겨봐!"

"낄낄낄, 기다려 봐 새끼들아."

바온이라 불린 덩치가 남미계 여인의 옷을 잡아 뜯었다.

부욱. 구릿빛 피부가 드러나며 다시 한번 째질 듯한 비명 소리가 울려 퍼졌다. 훤히 드러난 가슴골에 남자들이 꿀꺽 침을 삼켰다.

"저 개자식들이!"

김시훈이 참지 못하고 일어섰다. 그런 그의 어깨를 발록이 짓눌렀다.

"가만히 있으라고 했다, 인간."

"저걸 보고도……."

"왕의 명령이다."

발록이 담담한 목소리로 말했다.

김시훈의 몸이 흠칫 떨렸다. 김시훈은 초조한 표정으로 입술을 깨물더니, 강우를 바라보며 입을 열었다.

"형님 대체 지금……."

"가만히 있어."

강우는 스마트폰을 손에 쥔 채, 나지막이 말했다.

김시훈의 표정이 일그러졌다.

"형님!"

"김시훈."

깊게 가라앉은 눈으로, 김시훈을 노려본다.

"가만히 있으라고 했다."

소름 끼칠 정도로 차가운 목소리. 김시훈은 움찔 몸을 떨더니 입술을 짓씹으며 자리에 앉았다.

"그, 그만!"

"거, 이년 진짜 아까부터 처울고 지랄이네! 어차피 여기서 일할 정도면 네년도 알 건 다 알 거 아냐?"

낄낄거리는 웃음소리. 추잡한 욕망과 광기가 술집을 가득 채웠다. 그러나 강우는 굳게 입을 다문 채, 손에 쥔 스마트폰을 들고 기다렸다.

시간이 흘렀다. 5분, 10분.

구릿빛 피부의 여인은 더 이상의 반항을 포기한 채 반쯤 벗겨진 옷으로 사내들의 술을 따르고 있었다. 그녀의 얼굴은 바온이란 사내에게 두들겨 맞아 멍 자국이 가득했다.

　"……하아."

　강우의 입에서 깊은 한숨이 흘러나왔다.

　그는 손에 쥔 스마트폰을 다시 품속에 넣었다.

　'혹시나 싶었는데.'

　결국, 최악의 상황이다.

　드득. 강우는 천천히 몸을 일으켰다.

　"캬하하! 그래서 내가……!"

　여인의 어깨를 한쪽 팔로 감싼 채, 거칠게 가슴을 주무르고 있던 바온이란 사내에게 다가갔다.

　"저기……."

　조심스러운 목소리로 입을 열었다.

　"물어볼 게 좀 있는데요."

　"형씨는 또 누구야?"

　바온이 험악하게 인상을 구기며 강우를 째려보았다.

　"왜? 껴달라고? 오늘은 이년 내가 찜했으니까 딴 데 알아보쇼. 정 갈 곳 없으면 빈민가라도 가서 한 년 잡아보던가."

　이내 귀찮다는 듯 손을 휘휘 저었다.

　강우는 고개를 저으며 말했다.

　"아뇨, 그게 아니라……."

　바온은 짜증 난다는 듯 그를 노려보았다.

"아니, 씨발, 어차피 널린 게 원주민 년들인데 왜 와서 지랄이야 지랄은? 아… 설마 너."

그의 입가가 비틀어 올라갔다.

"혹시 꼴에 영웅놀이라도 하고 싶은 거냐?"

강우는 굳게 입을 다물었다.

"푸흡! 야, 씨발 이거 혼모노인 것 같은데?"

"푸하하하! 야, 이게 얼마 만이냐!"

"호호호! 와, 아직도 이런 놈이 발렌시아에 남아 있었네. 생긴 것 보니까 좀 귀여운데, 어때? 누나랑 한 판 뜰까?"

흥미진진하게 이쪽을 구경하던 사내와 여인들도 깔깔 웃음을 터뜨렸다.

"어이, 형씨."

드르륵. 바온이 자리에서 일어섰다.

"뭐, 이쪽으로 관광이라도 온 것 같은데…… 여기 사정 모르면 좀 찌그러져 있지? 응?"

"여기 사정이 뭐 어때서! 오늘 씨발 검룡 광고 찍은 거 못 봤냐?"

"푸하하하! 뭐, 안전하고 아름다운 도시 그거? 하긴, 가디언즈 소속이면 여긴 천국이긴 하지!"

광기에 찬 웃음소리가 울려 퍼졌다.

강우는 굳게 입을 다문 채, 술집 안을 둘러보았다.

"어때, 이제 좀 여기가 어떤 곳인지 알겠어, 영웅 나리?"

바온이 손을 들어 강우의 뺨을 툭툭 건드렸다.

"어디서 굴러 들어온 오타쿠 새끼인지는 모르겠는데, 영웅

놀이 할 거면 적어도 무대는 잘 보고 고르세요. 예?"

"하아."

깊은 한숨이 흘러나왔다.

그의 말대로였다.

'이곳이 어떤 곳인지.'

이제는 안다. 말이 통하지 않는 놈들이라는 것도. 강우의 얼굴이 일그러졌다.

바온이 비릿한 미소를 지으며 입가를 올렸다.

"뭐, 꼽냐? 하여튼 이래서 오타쿠 새……."

강우는 손을 뻗어 바온의 머리를 붙잡고, 테이블에 내려찍었다.

쾅!!

"까아아아아악!"

"뭐, 뭐야 씨발!!"

바온의 코가 짓뭉개지며 앞니가 튀어 올랐다.

강우가 다시 한번 조심스러운 목소리로, 입을 열었다.

"저기."

쿵. 붙잡은 머리를 다시 한번 내려찍는다.

"물어볼 게."

쿵. 맥주잔에 머리를 찍었다. 잔이 박살 나며 날카로운 파편이 바온의 광대를 파고들었다.

"좀."

쿵. 피가 튀어 오른다. 바온은 더 이상 비명 지르지 않았다.

"있는데요."

콰지직. 단단한 원목으로 만들어진 테이블이 두 쪽으로 쪼개졌다. 강우는 마치 쓰레기를 버리듯 바온을 바닥에 내던지고 그가 앉아 있던 자리에 앉았다.

"대답 좀 해주시겠어요, 이 씨발 새끼들아?"

To Be Continued

Wish Books
흙수저 판타지 장편소설
회귀자 사용설명서
어느 날, 이세계로 소환되었다.
짐승들이 쏟아지고, 믿을 수 없는 위기가 닥쳐오나.
가지고있는 재능은 밑바닥.
[플레이어의 재능수치는 최하입니다.]
[거의 모든 수치가 절망적입니다.]
선택받은 용사든, 재능 있는 마법사든,
시간을 역행한 회귀자든.
모든 것을 이용해야 한다.
살아남기 위해.
"쓰레기면 뭐 어떻습니까. 살아남기 위해서
뭔 짓인들 못 하겠어요?"